Chara

錬金術師と不肖の弟子

杉原理生

キャラ文庫

この作品はフィクションです。
実在の人物・団体・事件などにはいっさい関係ありません。

目次

錬金術師と不肖の弟子

口絵・本文イラスト／yoco

I　師匠と弟子の悪しき関係について

空の青さはどこでも変わらない。

慣れない街の人混みに圧倒されながら、リクトは路地の裏で地図をとりだし、澄みきった空を見上げた。

長いこと山の村で暮らしていたので、王都に遥々《はるばる》やってはきたものの、すっかりお上りさん状態だった。目的地への道を確認しようとしたが、疲れと空腹からの現実逃避でしばらく空を見上げたまま惚《ほう》けてしまった。

美しさに感動したわけではなく、青空に浮かぶ雲がふわふわのパンや焼き菓子の形に見えたからだ。

今朝からなにも食べていない。

出発前に師匠にもたせてもらった路銀は、昨夜の宿屋ですべて使い果たした。事前に教えられていたよりも高い宿代を請求されて抗議したら、「すまないね、お兄さん。値上がりしちゃったんだよ。うちも苦しくて」と女将《おかみ》の老婆に申し訳なさそうな顔で訴えられ、たしかに流行《はや》っている宿でもなさそうだったので値切るわけにもいかなかった。おまけに同じ宿に宿泊していた一人旅の少女に「お父さんが病気で王都に薬を買いにいくんだけど、お金が足りないみたいなの。だから王都にいったらまず春街で働くんだけど、怖い」と健気な身の上相談をされて、「これで薬を買ってください」と有り金をすべて与えてしまった。

リクトが宿屋を去ったあと、老婆と少女がほくそ笑んだことなどもちろん知るよしもない。ふたりの目には、世慣れぬ様子のリクトの顔に「良質のカモ」という文字が書かれて見えていたことだろう。

「――あ」

ふと雲の隙間をキラキラとした光が疾走していくのを目にして、思わず声をあげる。美しい鱗《うろこ》をもつ流麗な尾が翻るのが一瞬だけれどもはっきりと見えた。さすが王都――竜が通りかかるのか。

手にしていた地図に『竜を発見』と記したあと、リクトは「さて、と」と再び地図に視線を落として頭を掻《か》き、路地を通りかかった女性に道をたずねようとした。

「すいません、あの……」

女性は驚いたようにリクトを見て、「ひっ」と声をあげる。

「……やだ。ご、誤解しないでください。この裏道は通りかかっただけで……失礼しますっ」

まるで化け物でも見たように逃げられて、リクトはぽかんと女性の背中を見送る。

――都会は田舎者に冷たい。

それとも怪しい人間に見えたのだろうか。もしくは言葉に訛《なま》りでもあって通じないとか？

「……前途多難だな……」

うなだれて大きくためいきをつく――リクトはおそらく今年十七歳になる。本人にも周囲にも正確な年齢がわからない。からだつきはすらりとしていて、飾り気のない黒いマントに身をつつんではいるが、ひときわ目立つプラチナブロンドの前髪の下の顔は綺麗《きれい》に整っていた。世間知らずな面も相まって、その風貌には品があり良家の子息がおしのびで身をやつしているようにに見えなくもない。「よけいなトラブルに巻き込まれるから、あなたは姿を変える術を早く身につけなさい」と師匠にいわれるこの容貌が父に似ているのか母に似ているのかも知らない。

田舎では珍しく髪も肌も色素が薄いことから、白雪のような姿だと褒められるが、鏡を見てもリクトは違和感ばかりが募る。緑がかったはしばみ色の瞳に、陽があたるとすぐに赤くなる白すぎる肌。はたしてこれはほんとうに自分の姿なのだろうか、と。

じゃあどんな姿が正解なのかといわれると、さらに謎なのだけれども――。

七歳ぐらいの頃に、ひとりで王都をうろうろとしているところを人買いに捕まえられた。それ以前の記憶がほとんどない。その後、奴隷市の商品とされたが、運良く錬金術師の師匠のエレズに買われた。

エレズは身の回りの世話をする者を探していたらしく、リクトを奴隷ではなく、弟子として我が子のように扱ってくれた。

あれから十年——いくら山村で俗世と距離をおいた錬金術師に育てられた世間知らずとはいえ、かなり運が良かったのは自覚している。エレズ以外の人間に買われていたら、どんな目に遭わされていたことか。だまされているかもしれないと思っても昨夜の少女のような話に弱いのは自らの境遇を振り返ってしまうためだ。そして大恩ある師匠のエレズには逆らえない。

だから、今回もこうして——。

「——いくら?」

リクトが地図を睨《にら》んでいると、路地を通りかかった若い男が声をかけてきた。

リクトよりも少し年上かと思える、二十歳にいくかいかないと見える青年だ。黒ずくめの衣装で、マントの襟元には尾を飲み込む蛇——ウロボロスの意匠のバッジがついていた。錬金術師のギルドに所属している証だ。

鳶《とび》色のやわらかそうな髪を後ろでひとつにまとめ、眼鏡をかけた知的で端整な顔をしている。若いのに金バッジということは、階級が高いことを意味していた。金位の錬金術師は全体の上位十パーセントしかいない。もっとも見た目が若いからといって、彼が若者であるとは限らないのだが。

「は?　いくら、とは?」

「値段。買いたいから。相場でいいのかな」

物売りなどしてないのだが——まじまじと男を見つめていると、相手も様子が変だと気づいたのか「あれ？」と首をかしげた。

「ごめん、ひょっとして……この路地がどういう場所なのか知らない？　色子が身売りをするので有名な通りだよ」

「色子？　いえ、僕は新しい工房に弟子入りするために王都にきたんですが」

「ああ。やっぱりお仲間なのか。……ハイド地区のギルドに所属してないよね？　バッジがない」

「いままでレグナの山村にいたものですから」

「そう。じゃあ知らないのも無理ないね。手にしているのは地図？　どこの工房か教えてくれれば案内してあげるよ。昼間といえども、ここにずっと立っていたら勘違いされてしまうから」

真昼間から男娼《だんしょう》を買おうとしていたわりには、青年の態度は紳士的だった。買春しそうなタイプには見えず、どちらとかといえば教師や修道士のように禁欲的な雰囲気すらある。

それにしても、ここがあやしげな通りだったとは――先ほど逃げていった女性の後ろ姿に「なるほど」といまさらながら合点がいく。

「なに？」

「いえ。さっき女性に道をたずねようとしたら、逃げられたので。僕がどこか変なのかと落ち込んだのですが、きっとあやしげな路地で男に声をかけられて怖かったんですね。買われるとでも思ってしまったのか……勉強不足で失礼なことをした、と」

反省しながらリクトが早速地図に『とても危険な通り』と書き添えるのを、青年は楽しそうに眺めていた。

「変というか、きみはとても目立つけどね。その綺麗なプラチナブロンドは染めたのではなくて、本物？　王都は初めてかな。可愛いね」

「…………」

山村にいた頃から容姿を褒められる機会はたびたびあったが、師匠から「そういう相手には気をつけなさい。変態ですから」といいつけられている。いや、気をつけるもなにも、そもそも自分を色子と勘違いして声をかけてきた相手ではないか。

リクトはさっと表情を引き締めたが、こちらがあからさまに不審そうな顔を見せても、青年は気にする様子もなく微笑《ほほえ》んだ。

「そんなに警戒しなさんな。綺麗な猫が毛を逆立ててるみたいで麗しいなあ。わたしはフリッツ。きみは？」

「……リクトと申します」

年齢はさほど離れていないようなのに、実際は彼――フリッツがとても年をとっているような気がした。ふとしたときにその表情や声に実年齢の片鱗《へんりん》が見え隠れする。いくつかの〈扉〉を開けて錬金術の神と対面し、長寿を得ている術師の外見年齢ほどあてにならないものはない。

「リクトか。それで、工房の主の名前は？　弟子を多くとっているといったら、ソガードのところかな。それともカロン……」

「いえ。アダルバートです」

フリッツの表情が「おや」と固まった。

「アダルバート？　間違いない？」

「え？　ええ」

リクトは師匠のもたせてくれた地図と紹介状の名前をたしかめてから頷《うなず》く。フリッツは「ふうん」と顎をなでた。

「彼は人間の弟子なんてとるのかな……紹介状なんてもっていても、無意味だと思うが」

「アダルバートさんは僕の師匠の弟子だと聞きました。だから受け入れてくれるはずだと」

「あのアダルバートの師匠？　へえ……ってことは、きみは……」

フリッツは意外そうにまじまじとリクトを見つめた。ただでさえ王都のハイド地区の工房など弟子入りの基準が厳しそうなのに値踏みされているようで一気に不安になる。

世間知らずの師匠め――いったいどんな工房に紹介状を書いてくれたのか。

「あの……アダルバートさんは有名人なのですか？　そして弟子をとらない？」

「そんなことも知らないで弟子入りしようとしているの？　彼はとても有名だよ。ある意味、このハイド地区で一番名が知られてるかもしれない。彼は神人たちの落とし子だといわれてるのでね。そうだなあ……とても扱いが難しいから……弟子はどうかなあ?」

神人と聞いて、先ほど見かけた竜の姿をちらりと頭の片隅に浮かべる。

この国——西の大陸のウェルアーザーは竜や神鳥に祝福され、古代王国の末裔たちが建国したといわれている。王都にあるハイド地区は錬金術の工房が多いことで知られており、錬金術師にとっては聖地といえる。そこで有名ということは、ウェルアーザーで——いや大陸で一番知られているといってもいい。

山奥の村でひっそりと暮らしていた師匠のエレズは、主に村人たちの薬を生成するのを生業としていた。風邪やら腰痛やら女性向けの美人になる白粉やら——そんな小商いをしていた師匠のエレズが有名人を教えていたとは考えにくい。人違いの可能性もあったが、もしも当人だとしたら、田舎から出てきたばかりの自分が弟子入りをお願いしても門前払いされる可能性が大だった。都会の工房は勤め先として人気が高く、入門者を選別すると聞く。

恨みますよ、エレズ——と心のなかでリクトは再び養い親でもある師匠を呪う。

なにせ自分は錬金術師としては劣等生もいいところなのだ。鄙《ひな》びた山村の工房で、村人相手にあやしげな白粉でも売りつけて商売しているほうが気楽だった。だから工房に残りたいと訴えたのだ。それなのに……。

「——彼の工房はそこだよ。困ったことがあったら、ギルドの本部へ。わたしの名前をだしてくれればいい。彼に放りだされたら、ほかに弟子入りできそうな工房を紹介してあげよう。わたしの工房で面倒みてあげてもいいしね」

「はあ……」

案内してもらったアダルバートの工房はハイド地区の外れの通りにあった。錬金術師たちの工房が並ぶメイン通りからはやや離れた場所だ。赤い煉瓦《れんが》屋根と白い壁のこぢんまりとした館――扉のそばには季節感のある鉢植えの花がいくつか置かれていて、「錬金術師の工房へようこそ。ご依頼はお気軽に」と絵本にでも使われそうな可愛らしい字体で記された看板まである。

錬金術師の工房というよりも一見お菓子屋さんのような店構えだった。

「神人の落とし子」などといわれているというから、もっとおどろおどろしい雰囲気の工房を想像していたため、やや拍子抜けしてしまった。というよりも、著名な錬金術師の工房にしてはイメージがそぐわない。職業的にもう少し神秘的な空気というか厳かな重厚感などが欲しいところではないか？

「――無駄に可愛いよね。誰のセンスなんだか。相変わらずだなあ」

館を見上げながらしみじみと呟《つぶや》いたあと、フリッツがぷっと小さく噴きだすのをリクトは見逃さなかった。……ひょっとして、このお菓子屋さんのような外観は、同業者にも馬鹿にされている？

「では、わたしはこれで失礼するよ。申し訳ないが、用事の途中なのでね」

フリッツは紳士的に微笑んだ。王都の錬金術師事情など訊《き》きたいことはたくさんあったが、先ほどあやしげな通りで自分を買おうとしていたことを考えたら、それ以上関わるのもためらわれて、リクトは「ありがとうございました」と頭をさげるにとどめる。

「いいんだよ。若いひとの面倒をみるのは、わたしの役目だからね。困ったことがあったら、いつでもギルドへどうぞ」

せいぜい二十歳ぐらいに見えるのに、リクトを若いひとと呼ぶとは――その疑問を察したように、フリッツはおかしそうに口許をゆるめた。

「わたしはこう見えても階級は金位で、もうかなりの爺さんだからね。遠慮なく頼ってくれてかまわないよ。そうだ、アダルバートの工房に入るのならご近所情報をひとつ――そこの向かいの食堂はとても美味しいよ。なによりマスターも店員もとびきり綺麗な男の子で居心地がいいんだ。美形兄弟の食堂って有名でね」

フリッツは「じゃ、またね」と去っていった。爺さん――予測したとおり見た目のままの青年ではなかったようだ。やはり錬金術師の外見年齢はあてにならない……。

リクトは感心しながらその背中を見送っていたが、フリッツが通りすがりに食堂のガラス窓を拭いていた少年に「今日も可愛いね」と声をかけて、「うるせえ、変態」とものすごい顔で睨まれているのが見えた。気まずい場面を目撃した気がして、あわてて視線をそらす。

気をとりなおして工房の扉の呼び鈴を鳴らしたが、反応はなかった。物音ひとつ聞こえてこないので、どうやら主は留守のようだった。空腹と旅の疲れもあって体力は限界に近く、リクトは脱力しながら扉の前に腰を下ろす。

かつて自分は王都で人買いに捕まえられたのだから、ここはよく見知った土地のはずだった。だが、にぎやかな空気にも忙しそうに早足で歩く人々にも馴染めそうもない。

山の村に帰りたい。だが、実際はそこも真の居場所ではない——そんな感覚がつねにリクトにはある。

幼い頃から顔に違和感をもつのと同様、時々、自分は違う世界の住人だったのではないかと考えることがあるのだ。なぜなら、この世界では見たこともない風景が頭のなかをよぎるから。

その場所には魔法がひそむ森や古びた石づくりの家や道は存在しなくて、もっと冷たい物質でつくられた巨大な建物が並んでいる。人々は王都など目ではないくらいに忙しく動き回っていて、走る箱やテレビと呼ばれる面白い自動絵本のようなものがある。そしてさらにもうひとつ——浮かんでくる場所。自動絵本がある世界でもなく、とても暗く湿った地下牢《ちかろう》のような空間。あれはいったいどこなのか。

子どもの頃によく夢に見て、泣きながら目を覚ました。師匠のエレズは「心配しなくてもいい」と背中をなでてくれたけれども……。

しばらく待っていたが、工房の主は帰ってこなかった。もしも留守だとしたら、今夜の宿をどうするのかそろそろ考えなければならない。路銀は気の毒な少女に与えてしまったので、もう残っていない。

扉の前に座り込んだまま思案していたが、通りかかる人々の不審げな視線を感じて、リクトはあわてて立ち上がった。主が留守ならば出直してこなければならない。先ほどのフリッツを頼って錬金術師のギルドでも訪ねようかと考えて門の外へと出たところ、通りの向こうの食堂の少年が「ちょっと」と声をかけてきた。

「あんた、そこの工房に用事があるの？　主ならここ数日留守だよ。窓がまったく開いてないから」

少年はフリッツが「綺麗な男の子」と評したとおり可愛らしい顔をしていた。明るいブラウンの短髪、切れ長の目つきがやけに鋭くて、反抗期の真っ最中といった雰囲気だ。年はリクトよりやや下か。体格はほぼ同じだが、目線がわずかに低い。

「ハイド地区には他にたくさん工房があるよ。どんな依頼か知らないけど、次をギルドで紹介してもらえば？」

「ありがとう。でも、依頼ではないんです。僕は弟子入りをお願いしにきたので……」

「弟子入り？　ジジイのとこに？」

少年の顔が先ほどのフリッツと同様に固まる。

ジジイ――師匠エレズの弟子だというが、アダルバートはすでにご老体なのか。もっとも外見だけでは判断できないから、エレズの実年齢すらリクトは知らないけれども……。

「ちょっときて」と少年に腕を引っ張られて、リクトは食堂へと連れ込まれる。

店内はちょうどお昼の時間帯が終わったらしく、客もまばらだった。厨房から流れてくるスープの良い香りに刺激されて、腹がギュルル……と盛大な音をたてた。

少年に驚いた顔をされて、リクトは静かに赤面した。

「なんだ。あんた、お腹すいてるの？　ちょうどいいや。なんか食っていけば？」

「そうしたいのは山々ですが、お金がないので」

「いいよ。この地区で働くつもりなんだろ？　ツケでかまわないよ。工房の弟子なら働き口はあるから」

「でも……」

「いいって。ここは俺の家の食堂だから。――兄貴、いいよな？」

カウンターの奥から少年によく似た面差しの店主が現れて、「いいよ」と微笑みかけてきた。やんちゃな雰囲気の弟に比べて、兄は穏やかでやさしそうな青年だった。なるほど「美形兄弟の食堂」――先ほどのフリッツの言葉にリクトはひそかに深く頷く。

「あれは兄貴のダレン。で、俺はアビー。あんたは？」

「リクトと申します」

少年はリクトをテーブルに座るように促し、温かいシチューとパンの定食を運んできてくれた。

「食べなよ。うまいぜ。うちの看板メニューのブラウンシチュー」

「ありがとう」

シチューは絶品だった。「美味しいですね」と褒めると、アビーは得意そうに鼻の頭をかいた。リクトは鞄《かばん》から帳面をとりだし、親切な兄弟の名前とブラウンシチューの美味しさを書き記す。

「ん？　帳面に書くほど美味いのか」

「はい、習慣なので」

リクトには子どもの頃から突然意識がなくなる持病がある。どういうわけか、目覚めたときにはその発作がでる前後の記憶が欠けていることが多いので、大事な経験を忘れてしまわないようにメモを書くのが癖になった。

「――ほんとうにありがとうございます。実は山の村から出てきたばかりで、路銀も底をついてしまって、どうしようかと困っていたんです。親切にしていただいたご恩は忘れません」

食事が終わったあと、深々と頭をさげるリクトに、差し向かいに座っていたアビーは「いいって」と赤くなる。

「おおげさだよ。メシをツケでいいっていっただけだぜ。それに敬語なんてよせよ。俺たち、同じぐらいの年だろ」

「でも声をかけてくれて、うれしかったので。街には慣れてなくて、心細かったんです。……恩人です」

「もういいって」

アビーがさらにもじもじしていると、カウンターの奥から店主である兄のダレンが出てきて「こんにちは」とおかしそうに笑った。

「ごめんね、こいつ照れてるんだ。アビーはきみみたいな綺麗な髪の色の子に弱くてね。亡くなった母さんがよく似たプラチナブロンドだったから、すぐに面影をさがす。マザコンなんだよ」

「うるせーな」

アビーはダレンを睨んでふくれっ面になる。

いつもならば容姿を褒められても複雑な気持ちになるが、今回ばかりは感謝したくなった。白雪のよう――などといわれても、リクト自身は昔から自分の顔がさほど好きではないし、なによりも「儚《はかな》げ」だとか「たおやかな」とか性格とかけ離れたイメージをもたれてこそばゆいのだ。「だからさっさと姿を変えられるようになりなさい」と師匠にも注意されるお荷物な外見だが、たまには役に立つこともある。

「ところで、きみはアダルバートの工房に弟子入りするって?」

「そのつもりですが」

「――彼は弟子をとらないと思うけど、どうかな。……まあ、ちょっと苦労するかもしれないけど、頑張って」

「……はい」

どうやらエレズが紹介状を書いてくれた工房の主は気難しいことで有名らしい。田舎育ちの自分に務まるのだろうかとあらためて心配になる。

「食後のお茶をもってきてあげるね」とダレンが再びカウンターの奥に引っ込むと、アビーが「その話だけど」と声をひそめた。

「やめとけよ。あそこは得体が知れないぜ。お客がきてるの見たことないし、兄貴のいうとおり弟子をとったことなんてない。どうせなら同年代の子がたくさんいる工房のほうが楽しいんじゃない？　もっと吟味したほうがいいよ」

「有名な方だと聞きましたが。どういうふうに得体が知れないんですか？」

「そりゃ……」

アビーがいいかけるのを「ちょっと待って」と制して、リクトはテーブルの上に再び帳面を開く。

「それもメモとるのか？」

「癖なので」

アビーは「あんた、おもしれーな」と目を丸くしてから話しだす。

「有名っていっても、俺にしてみればただの無愛想なじーさんだよ。道で会っても目をそらすだけで挨拶もしない。リクトみたいなのは行かないほうがいいよ」

「なぜ？」

「その……あんたのほうが錬金術師の師弟関係で色々トラブルが起こるって知ってるんじゃないの？　ほら、あれ——錬金術師の師匠と弟子のあいだでは、術のために……その、師匠が弟子の——せ、精気を吸いとるとか。やるんだろ？　あそこのじーさんはそれをやってるんじゃないかと思うんだ」

「精気……ですか」

ふむふむ、と頷きながら、リクトはメモをとっていく。

「じーさんの工房に弟子がいたのは見たことないけど、綺麗な男が結構出入りしてるんだよ。あれ、絶対にアヤシイだろ。錬金術師にはろくなやつがいない。あんた、さっきフリッツと一緒だったろう。あいつもおかしいんだぜ。俺のこと見て、いつも『可愛い』とか気持ち悪いこといってくるんだ。ギルド長のくせして」

ギルド長——やはりフリッツは只者《ただもの》ではなかったのか。そんな人物が昼間から男を買うような通りに出没していた事実に、リクトは眉をひそめた。師匠のエレズもそうだが、錬金術師の才能が突出している者に限って、日常的な感覚が欠落している典型なのか。養い親とはいえ、師匠に苦労させられた日々がまざまざと甦《よみがえ》ってきて、さらに眉間に深い皺《しわ》がよる。

「ん？　どした？　あんたも変態野郎になにかされたのか？」

「いいえ。偉いひとには色々ストレスがたまることがあるから、発散する場所が必要なのかと考えてまして。……まあ個人的な嗜好《しこう》なのでしょうね。たしかにきみはとても可愛いですし」

アビーは「なっ」と頬を赤らめて、「可愛いってなんだよっ」と声を荒らげる。

「とにかくアダルバートのじーさんも変なんだよ。あんな年齢になっても孫みたいな年代の子たちを連れ込んでるって相当だろ。錬金術師としての力はあってもスケベなじじいだよ」

「なるほど——助平な爺、と」

正確に書き記していくリクトを見て、アビーは「やっぱあんた面白いな」と感心するように唸《うな》った。

「……変ですか?」

「かなり。あんた、いつもいちいち会話を書き留めてるの?」

「重要だと思われる情報だけです。自分の記憶にいささか問題があるので」

いままで師匠と山奥でふたりきりの生活だったので気にしたことはなかったが、やはりいちいちメモをとるのは奇異に映るのだろうかと手を止める。

「……そうですね。僕が考えるに、アダルバートさんやフリッツさんが男の子を所望しているとしたら、欲望の解消以外にもなにかの研究対象という目的があるのかもしれません。彼らが実際にそうだとは限りませんが、精力も人間の生命エネルギーのひとつですから。弟子の精力を己のエネルギーに変換する術を究めて、何人も干物にしたあげく、不老不死と万物を操る力を得たという伝説の大錬金術師もいるんです」

アビーは「だろ？」と目を輝かせた。

「やっぱりそうなんだろ？　そういう怖いヤツもいるんだよな？　都市伝説かと思ってたぜ」

たしかに妖しげな術を追究している錬金術師もいるが、工房を開いている術師のたいていは地域のみなさんの便利屋か薬屋のようなものだ。

もともと錬金術は冶金術の流れを組んではいるが、現在では自然の裡《うち》に潜む隠れた力を引きだす術の総称とされている。かつては魔術と呼ばれていたもの、様々なものを生みだす錬成術、それから神秘的な力を呼びだす召喚術――それらをすべて包括した超自然的な力をウェルアーザーでは錬金術と呼んでいるのだ。この世界では錬金術と火の神と呼ばれているアジェスへの信仰が根付いている。遥か昔――大陸を制覇していた古代王国はアジェスの寵愛《ちょうあい》を受けた錬金術師たちが黄金を作りだして支配していたという。

だが、現在では師匠のエレズのように人の生活に役立つ術を切り売りして生計をたてている者がほとんどだ。五十年ほど前に古代のような栄光を取り戻そうとして錬金術師たちが王都で反乱を企てた事件があった。その際に軍との衝突で多くの錬金術師たちが粛清されて亡くなったらしい。ウェルアーザーはハイド地区のような錬金術の聖地をかかえているが、一方では錬金術師たちへの制約が他国に比べて厳しい。多くの術師たちは牙を抜かれた状態で慎ましく暮らしているのが現状なのだ。

リクトが生まれる以前の出来事なのでよく知らないが、錬金術師たちには五十年前の反乱とその後十年ほどは暗黒時代と呼ばれている。エレズは当時を知っているようだが、「昔の話だから、子どものあなたには関係ない」と詳しく語ってくれない。リクトが歴史の勉強のために知りたがっても複雑な顔を見せる。

「——なあ、悪いことといわないからさ。ジジイに変なことされたら困るだろ？　とんちきな錬成術の研究のために人体実験されるかもしれないいんだぜ。アダルバートの工房はやめて、ギルドで他の仕事先を見つけてもらえって」

アビーはやけに熱心にアドバイスをしてくれる。そうはいわれても、紹介状なしで田舎者の自分を受け入れてくれる工房があるとは思えなかった。

「……ご忠告ありがとう。でも、僕は彼に弟子入りするために山の村を出てきたので、簡単にあきらめるわけにはいかないんです。養い親である師匠からの紹介でもあるので」

「いいのか？　スケベじじいに悪戯《いたずら》されても」

「悪戯？」

アビーは「いや、その」と再び赤くなった。

「さっきの話聞いてただろ？　弟子に変な関係を強要するやつもいるって。俺、ここに食事にくる客たちに噂聞いてるんだ。酔うと、みんなあけっぴろげなこともいうから。錬金術師はいかがわしい術も研究してるって。その——男のアレを、白いアレから化け物をつくったりするとか」

風貌は生意気なのに、アビーは性的なことを口にするのは躊躇《ためら》うらしく、「アレアレ」と耳を赤くしている。

「精液から人造の生命体をつくる術のことですか？　ホムンクルス」

「そう、それ！」

アビーは救われたように力強く頷いた。

「——もちろんそういう研究をしてる術師もいるけど……みんながみんなやっているわけではないですよ。僕を育ててくれた師匠も、僕に錬成術のために精液を提出しろとはいわなかった。もしも必要だといわれたら、協力しましたが」

「ええっ。師匠にいわれたら、出すのか。アレを」

「ぜひ喜んでという心境にまでは至らないけど、それが新たな錬成術の発展に役立つのなら」

きっぱりといいきるリクトを前にして、アビーは「すげえな、おまえ……よくわかんないけど」と感嘆のためいきをつく。

「すごいというか……師匠のためですから」

一般の常識とはかけ離れた物指しで生きている自覚はあるが、なにせこちらは奴隷市でエレズ以外の人間に買われていたら、どんな生活を送っていたのかわからない身の上なのだ。それを考えればフラスコのなかで自分の体液が実験材料にされるなど安いものだった。

「……あんた、綺麗な顔してるくせに、なんか肝がすわってるなあ。錬金術師ってみんなそうなのか」

「いえ、僕は臆病者ですよ。顔は……褒めてくれるのはうれしいですが、中身はただの田舎者なので……がっかりされると、それが期待に応えられずに申し訳ないというか」

「だよな。あんた、ちょっと変だもん」

「――――」

狭い世界しか知らないので世間慣れしてないのは自覚しているとはいえ、さすがに直球で指摘されるとつらいものがあった。「そうですか……やっぱり」とショックを受けて肩を落とすリクトに、アビーは「あ、違う違う」とあわてたように首を振る。

「いい意味で。ギャップっていうか。そんな覚悟を決めて、弟子をやってるなんて偉いじゃん」

「偉いというか、生きるためなので」

そう――すべては日々の糧《かて》を得るためなのだ。奴隷商人から引き取ってくれた師匠には感謝しているが、自分の身がどうなってもいいと思っているわけではない。エレズがもし体液を必要だといいだしたら純粋に研究のためだとわかるが、他の者の場合はよからぬ目的もあるだろう。

だいたい錬金術師の師弟関係には悪しき風習がある。まず術師の多くは男性だが、たいてい結婚をしない。錬金術の神――アジェスの力を得たものは長寿になるので、普通の女性では寿命が合わないからだ。価値観の合う同業者と恋愛しようにも、女性の錬金術師は錬成や召喚が子どもを生む際に身体に悪影響を及ぼすといわれていることからごく希少だ。

もしもなにかの縁で女性の錬金術師と恋愛関係になって子どもを産ませたとしても、その子が錬金術師になるとは限らないし、親が子どもよりも長生きしてしまうため、工房や築きあげた財は同じ錬金術師の弟子に継がせるケースがほとんどなのだ。そして、その師弟関係に男色的なものが含まれないといったら嘘になる。

もちろん師匠にそういう趣味がなくて、純粋に術師として優秀な弟子を跡継ぎに選ぶ場合もある。だが、多くは自らと愛人関係にある弟子に工房を譲るのだ。

エレズにそういう趣味はなかったが、弟子はひとりだけだったから、リクトは自分が山の村の工房を継ぐのだと思っていた。そのために奴隷市で子どもを引きとったのだと——けれど……。

「じゃあ、あのジジイと寝てもいいのか？　そういう関係を迫られたらどうするんだよ」

「それは……研究材料として体液を求められるのではなく、個人的な快楽に奉仕するという意味で？」

「そうだよ。だってあんた……綺麗な顔してるし。絶対に危ないぞ」

「うーん」と悩むリクトを前にして、アビーはあわてた顔つきになった。

「おいおい、なんでだよ？　考える余地なんてないだろ」

「でもそれが弟子になる条件だといわれたら……錬金術師には伝統的に男色家が多いのですよ。その……術師の社会構造が偏っているというか、一般の女性だと寿命があわずに家庭をもちにくいから」

「それは知ってるけど。相手はじーさんだろ？　やばいだろう」

「ご老体なんですよね。精力盛りのひとを相手にするよりは負担が少ないのではないかと思うのですが、どうだろう？」

精一杯前向きに返答してみたつもりだったが、アビーは「え」と口許をひきつらせた。

「……あんた、経験者なの？　男とやったことあるの？」

「まさか。男性とも女性とも経験はありませんが、閨房術《けいぼうじゅつ》の本は読んだことがあります。なかなか興味深い内容というか。伽《とぎ》の技術なども図解入りで載っていたのでいくつか記憶してますけど……僕にできるかどうか」

アビーは「悩むとこ違う！」とかぶりを振る。

「俺がいってるのはそういうことじゃなくてだな。駄目だろ、そんなの。初体験はもっと気持ちが通じ合った良い相手じゃなきゃ……！」

声を荒らげたところで、食後のお茶をもってきてくれたダレンが「――ちょっと少年たち」と苦笑する。

「その手の話題に興味がある年頃なのはわかるけど、もうちょっと小さな声でやってくれるかな。夜なら酒もだしてるけど、昼の時間帯だと困るお客さんもいるから」

「かっ……勘違いするなよ。錬金術師の師弟の悪しき慣習の問題点について話し合ってたんだよ。リクトが変なことばっかりいうから」

アビーは焦ったようにいいかえした。近くの席に座っている女性たちがくすくすと笑いながらこちらを見ているのに気づいて、リクトは「失礼しました」と頭をさげる。先ほどの通りで女性に勘違いされたように、知らないうちに無礼を働いてたらしい。女性たちは声をたてて笑いだし、愉快そうに「いいのよ、可愛い坊やたち」と返してきた。

エレズは性的な現象に関しても、医学的な見地から説明してくれたから、なにも恥ずかしがるものではないと思っていたが、やはり人前では配慮が必要なのだ。山の村では女性たちから「リクトの筆おろしはわたしがしてあげるわ」と毎日のように夜這《よば》いの誘いを受けていたが、街ではおそらく文化が違うのだろう。またひとつ勉強になった——。

帳面に丁寧に『性文化の違い』と記していくリクトを見て、アビーは「や……なんだ、もういいや。あんた変わってるから」と脱力したように呟く。

「とにかく忠告はしたからな。あんな偏屈そうなじーさんに弟子入りしたら苦労するって。しかもムッツリ助平っぽい。なにかあったら、うちに逃げてきてもいいから」

先ほど会ったばかりだというのに、アビーは本気でリクトの貞操を心配してくれているようだった。

なぜそんなふうに見知らぬひとを気にかけてくれるのだろう。ひとの思いがけないやさしさにふれると、リクトは自分がそれに値しないような罪悪感にかられてしまう。

チクリと心の底が痛むのだ。まるで旧い傷が疼《うず》くみたいに。

「——ありがとう、アビー。きみにそういってもらえると、勇気がでます」

「いや、勇気っていうか、あんたズレてるよな。山村で育ったからか？　実はどっかのお坊ちゃんだとか？　てか、さっきから敬語よせっていってるじゃん」

「変ですか？　僕はもともと浮浪児ですし、お坊ちゃんなんかじゃないですよ。ずっと師匠とふたりきりの生活だったから、他のひとと親しく会話するのに慣れていないだけです。それで……きみさえよかったら、僕と友達になってくれませんか。友達だったら、親しくしゃべれるようになると思います」

田舎の山村では錬金術師は特別な目で見られていて、敬われつつも遠巻きにされていた。リクトは錬金術師の養い子だったため、村の同年代の子どもたちとは親しく交流することもなかったのだ。だが、師匠の書庫にある物語の本を読んで、男同士の友情にはずっと憧れていた。主君に忠誠を誓う騎士同士の命をかけた絆《きずな》など。

それらの物語を思い浮かべ、目をキラキラ輝かせるリクトを前にして、アビーはおののいたように唸った。

「……駄目ですか？」

「だ、駄目じゃねえよ。ただそんなこといわれて友達になったことねえから、びっくりしたっていうか」

「僕も初めてなので……よかったら、よろしくお願いします」

リクトが握手を求める手を差しだすと、アビーは「お、おう」とうわずった声をだす。

「もちろんいいぜ」

気恥ずかしくなるほど初々しい態度で手を握りあうふたりを見て、ダレンが愉快そうに笑いだす。

「友情成立したみたいだね。アビーと仲良くしてくれるのはありがたいよ。弟をよろしくね」

「とんでもない。僕のほうこそよろしくお願いします。王都には知り合いもいないので、心強いです」

ダレンがふいにリクトの顔をじっと見つめて小首をかしげる。

「……ふうん？　きみは面白い相をしているね。錬金術師のひとって皆そうなのかな」

「どこか変ですか？」

「いや、変っていうか……きみはとても綺麗な男の子だけど。なんていったらいいのかな。僕は目がいいんだ。普通のひとには見えないエネルギーが見えるというか。きっときみは力がある……すごく特別な錬金術師なんだね」

工房の掃除やフラスコ洗いが主な仕事の見習いなので、そんなことをいわれたのは初めてだった。

アビーが得意げに鼻をならす。

「兄貴は〈黄金の力〉があるんだよ。占い師や、錬金術師に弟子入りしないかってしょっちゅういわれてるんだ」

「こらこら。おおげさにいわないように。子どもの頃に数回声をかけられただけだろ」

〈黄金の力〉というのは、錬金術師になれる素質のようなもので、見るひとが見れば一目瞭然らしい。

おそらくエレズが自分を奴隷市で引きとってくれたのもその素質ありと判断してくれたのだろう。しかし……。

「……僕は錬金術師としての才能はあまりないみたいなんです。師匠にはいつもあきれた顔をされていますから」

「そうなの？　でもきみは独特の光をもってるけどね。僕の目なんかアテにならないけど」

「独特の光……ですか」

錬金術の才能について褒められたことなどないので、落ち着かない気分になる。リクトが錬金術の新たな〈扉〉を開こうとして失敗するたびに、エレズはがっかりしたようにためいきをついていた。同時に「でも、あなたは出来損ないでいいのかもしれない」と笑っていた。それで許されてきたから、師匠の世話をやくことで安穏と過ごしてきたのだ。

〈黄金の力〉の有無はともかく、ダレンの眼差しからはたしかに本質を見抜くような不思議な力を感じた。どうして自分にそんなことがわかるのか。エレズが聞いたらなんというだろうか。自惚《うぬぼ》れてはならないと注意されるだろうか。それとも……。

ふいに「ほら……」とどこからか声がしたような気がした。

（……ほら、王都には変わった能力をもった人間がいる。気をつけないと）

突如、頭のなかに響く声に、リクトは「え」と固まってしまう。

いまの声は――誰？

「――あ。じーさん、戻ってきたみたいだぜ。どこ行ってたんだろ」

アビーの声にはっとして窓を覗《のぞ》くと、通りの向こうを黒いマント姿の男が歩いているのが見えた。

あれが工房の主のアダルバートだろうか。いかめしそうな横顔――白髪で、真っ白で豊かな髭《ひげ》をたくわえていて、かなりの高齢に見えたが、背が高く、姿勢がきちんとしている。

白く長いもじゃもじゃの髭は、なにかを思い出させた。ああいう容貌で真っ赤な帽子をかぶり、トナカイのそりに乗っている有名な老人がいなかっただろうか――と考えて、リクトは首をかしげた。

例の別世界みたいな記憶といい、よくこういう経験があるのだ。トナカイという動物を見たこともないのに。いつ覚えたのかわからない知識が頭のなかにひょいと湧いてくる。だが、いまはその現象について深く考え込んでいる暇はなかった。

「アビー。それでは、僕はアダルバートさんに挨拶にいってきます」

「おう、貞操の危機を感じたら、すぐ戻ってこいよ」

そのやりとりを聞いて、ダレンが「きみたち、そのことを話してたの？」とあきれた顔をする。

急いで帳面を鞄にしまいこむと、リクトはふたりにあらためて「ありがとうございました」と頭をさげてから店を出た。

黒マントの白髪の老人は工房である館の門のなかに入っていく。扉の前で鍵を開けるために立ち止まった彼の背中に、リクトはようやく走って追いついた。

「アダルバートさん……！」

声をかけると、アダルバートは動きを止めて振り返った。

神人の落とし子といわれるアダルバート。彼の顔は下半分がほとんど髭に覆われていたが、若い頃は人目を引いたであろう端整な顔立ちをしていた。なにより背が高く、理知的な瞳はサファイアのように透き通る深い青色をしている。

吸い込まれるように綺麗な瞳だった。老人の目がこんなに澄んでいるなんて――。そしてますます髭の感じがサンタに似ていると思った。そうだ、サンタクロース……。

見惚れているうちに、リクトは謎知識の「サンタさん……」という言葉を思わず口にした。

「サンタ？」

　ぼそりとくぐもった声が髭のなかから洩《も》れてくる。老人には似つかわしくない、低いけれども張りのある、若い男のような声だった。

「あ……失礼しました。初めまして、アダルバートさん。リクトと申します。僕は弟子入りをお願いしにきまして…」

「――――」

　アダルバートは気難しげな表情でリクトを見つめてきた。

　リクトは鞄から紹介状をだそうとしたが、相手の「――マント」という一言に動きを止める。

「え？」

「そのマントはどうした」

　リクトの着ている黒いマントは、旅立ちにあたって師匠のエレズが用意してくれたものだ。山村での暮らしは慎ましかったが、身の回りにかまわない彼にしては珍しく奮発してくれたらしく、上等な布でしつらえてある。

「マントですか？　これは僕の師匠が……」

　いい終わらないうちに、アダルバートは館の中に入ると、リクトの目の前で扉を閉めてしまった。

　なにが起こったのかわからずに一瞬ぽかんとしてから、リクトは扉を叩《たた》く。

「アダルバートさん？　待ってください。お話をさせてくれませんか」

いったいどこが気にさわったのか。いくら呼びかけても返答はなく、リクトは茫然《ぼうぜん》と立ちつくす。

弟子入りをことわられるかもしれないとは予想していたが、まさか話すら聞いてもらえないとは——しかし、とにかく紹介状だけは見てもらわなくてはならない。

ためしにノブに手をかけてみると、鍵はかかっていなかった。客がくる工房なのだから、主が帰ってくれば鍵はかかってなくてあたりまえか。おそるおそる扉を開けて中を覗く。

薄暗い工房のなかにアダルバートの姿は見えなかった。

一歩足を踏み入れると、なつかしいような匂いがした。王都にきてから、都会の風景には馴染めないと思っていたが、ここにはリクトの知っている日常がある。

館の外観はお菓子屋のようにメルヘンチックだったが、工房の室内は一転して殺風景だった。旧い本がぎっしり詰まった書棚や薬品類や実験道具が置かれた棚が並び、部屋の奥には蒸留設備や錬成窯《がま》、そして机の上にはフラスコやビーカーなどが乱雑に置かれている。硝子《ガラス》容器のなかでは不思議な色と匂いの液体が妖しい光を発していた。

室内はカーテンの隙間から差し込む細い西日の光にほのかに照らされているだけだった。光と影と静寂に支配された空間——。

吸い込まれるようにして、リクトは書棚に近づき、本の背表紙を眺めた。古代文字や暗号文字で書かれた年代ものの本がたくさん並んでいる。エレズの書斎と同じだ。

自分の知識では読めないのに、なぜかぱっと視界に入ってくる一冊があって、その背表紙に目をこらす。古書が多い書棚のなかでも、いっそう古びて見えるえんじ色の革表紙の本。好奇心を抑えきれなくて、手を伸ばしたところ……。

「——勝手にさわるな。なんの用件だ」

低い声が聞こえてきて振り返ると、奥の扉が開いていて、若い男が立っていた。弟子はいないと聞いていたから、突然の第三者の出現にリクトは目を瞠《みは》る。

濡《ぬ》れたような艶のある長い黒髪に深い青色の瞳が美しい青年だった。神経質そうに眉をひそめているものの、顔立ちは街を歩けば女性たちの熱い視線を浴びそうなほど端麗に整っていた。単に男前というよりも、整いすぎていて、物語の挿絵に登場する人物のように見えた。理知的かつ憂いを秘めたような眼差しは、先ほど見たアダルバートに相似している。もしかしたら彼の孫か血縁者なのか。

「失礼しました」

本に勝手にさわろうとした非礼をあわてて詫《わ》びる。

「僕はリクトと申します。申し訳ありませんが、アダルバートさんにお話がありまして——とりついでもらえないでしょうか」

「——」

若い男は無言のまま冷たい眼差しを向けてきた。

彼と目が合った途端、なぜかこの工房の空気をかいだときと同じようになつかしい気持ちになった。以前、彼とどこかで会ったような――？

どうしてだろう？　胸が温かくなると同時に痛くなるような、不思議な感覚にとらわれる。

自分はこのひとを知っている……？

「なんの用だ」

「先ほど扉の前でお会いしたときにお願いしたのですが、弟子入りをさせていただきたいのです」

「それはもう聞いた。ことわる」

「いえ、アダルバートさんに直接お話しさせてもらえないでしょうか」

若い男はかすかに眉間に皺をよせると、リクトに近づいてきた。間近で見ても、男の顔はつくりものみたいに精緻《せいち》に整っていた。体温を感じさせない美貌――。

タイプは違うのに、俗世を超越したような雰囲気は師匠のエレズに似ていると思った。彼も錬金術師なのだろうから、〈扉〉を開けつづけるとこうなるという事例なのか。

「俺がアダルバートだ」

若い男の思わぬ言葉に、リクトは「え」と瞬きをくりかえした。

「いえ、あの――工房の主のアダルバートさんにお会いしたいのですが」

「だから、俺が主だ」

キツネにつままれた気分で首をかしげる。

「では、先ほどのおじいさんは……？　あの方はどなたですか。僕はてっきり……」

「あれも俺だ。外出用だ」

外出用——老人に姿を変えていたという意味か。

若いと思ったら爺さんだという男がいたり、爺さんだと思ったら若い男だったり——錬金術師の外見があてにならないとわかっていてもさすがに頭が混乱してきて、リクトはこめかみのあたりを指で押さえる。

「失礼しました。では、あらためて……」

「——再度いうが、弟子入りの話ならことわる。俺は弟子をとる気はない。ギルドの会館の場所を教えてやるから、そこにいくといい」

早速ギルドの地図でも書こうというのか、アダルバートは机の上のペンを手にした。こちらの話を聞く気はまったくないようだ。フリッツやダレンがいっていたとおり手ごわそうな相手だった。

しかし、こちらも路銀がつきているし、今夜の宿を確保するためにも引き下がるわけにはいかない。

「すいません。紹介状を見ていただけないでしょうか。僕の養い親で師匠のエレズをご存じではないですか」

アダルバートはぴたりと動きを止めて、驚いたようにリクトを振り返った。

「おまえはエレズの所縁《ゆかり》の者か」

「——はい」

やっと話を聞いてもらえそうな雰囲気になったので、リクトはすかさず鞄から封筒を取りだす。

アダルバートはすぐに中身を確認した。紹介状と添えられた手紙を読みながら、その表情が徐々に剣呑《けんのん》になっていく。すべてを読み終えると、彼は不愉快さをこらえるように唇を固く引き結んだ。

「エレズが病気？」

「そうなのです。それで、あなたに弟子入りをしろ、と」

つい先日、いきなりエレズから「どうやらこの身の終わりがきたようです」と告白された。リクトは当然ながら師匠が病気ならば看病のために付き添うつもりだったが「あなたの行く末が心配です。わたしはもう面倒を見られないかもしれない。新しい師を見つけなさい」といわれてしまい、遥々王都にやってくる羽目になったのだった。

山村の工房に残りたいと訴えたが、エレズは頑なに「駄目です」といいはった。師匠の命令は絶対であるし、「あなたが立派になることがわたしの願いなのだから」とまでいわれてしまったら、弟子としてはいうことをきくしかない。

「アダルバートさんが弟子をとらないという事情は、王都にきてから知りましたが、僕もこのまま帰るわけにはいかないのです。僕の新たな仕事先が決まらない限りは、エレズが心労でよけいにからだに負担がかかるといっていたので……。どうか弟子入りを許可していただけないでしょうか」

頭をさげるリクトを前にして、アダルバートは小さく息をついた。

「――俺は弟子はとらない。……だが、しばらく居候としておまえの身は預かろう。この手紙によると、エレズが治療に専念するために療養地に赴くというから、とりあえずそれが終わって山村の工房に彼が戻ってくるまで。大丈夫だ。あれは簡単にくたばらん」

弟子ではなく居候――贅沢《ぜいたく》をいえる身分ではないので、リクトは「よろしくお願いします」と再び頭をさげる。

「エレズの体調はどうなんだ?」

「病気だといわれても、見た目はお元気そうでした。いくら聞いても、詳しくどんな症状なのかは教えてくれなかったので。『ただ早く王都に行きなさい』といわれるばかりで」

「――そうか」

アダルバートは再び眉間に皺をよせて、「エレズめ……事前のことわりもなしに……」と呟く。

彼が弟子をとらない主義だと知らないわけはないだろうに、どうしてエレズは紹介状を書いたのか。

「アダルバートさんも、エレズの教え子だと聞きました。ほんとうなのですか?」

「俺のことはアダルバートと呼び捨ててくれていい。……エレズの弟子でなかったら、俺がおまえを引きとる理由がないだろう。不本意だが、師匠の頼みはきかなければならない」

おまえは招かれざる客だといわれているわけだが、普段から自分もエレズにはかなり振り回されているだけに、リクトは「そうですね、ご迷惑ですよね」と深く同意するしかなかった。いきなり「余所《よそ》に弟子入りしろ」と放りだされて、自身もいまだにとまどっているのだから。

「──そのマント」

アダルバートがリクトを凝視したまま指摘した。そういえば家の前で対面したときにもマントを気にしていたことを思い出す。

「この衣装に、なにか?」

「──いや。さっきは話も聞かずにすまなかったな。おまえのマントから、いやなやつに似た気配がしたので……だが、エレズの弟子というのなら納得だ。そのマントは彼から与えられたのだろう?」

「そうですが……なにか問題でもあるのですか?」

「気にしなくてもいい。マントとしては上等なもののはずだ。前の持ち主の気配が残っているというだけで」

　質素で倹約家のエレズらしくない上物だと思っていたら、誰かのお古だったのか。それにしても物に残る気配まで感じとれるというのは——。

「前の持ち主と知り合いだったのですか？」

「——いや」

　アダルバートはそっけなく否定したが、しかつめらしい表情は「知っているが、話したくない」といっているようだった。

「……いやなやつとはまさかエレズのことなのですか。おふたりは仲が悪いのですか」

　このやりとりは重要な気がして、リクトはいつもの癖で鞄から帳面をとりだした。

「——それを聞いてどうするんだ。おまえ、なにを書いてるんだ？」

「いえ……これは習慣なので、気にしないでください。重要な話を忘れないようにするためなので」

　アダルバートは理解しがたい生き物を見るような顔をしていたが、ふいに思い出したように口を開く。

「……おまえには何年か前にエレズのもとを訪ねたときに会ったことがある。庭で遊んでいたな——あのときの子がもう大きくなったのか」

「僕と会ったことがあるのですか？」

先ほど出会ったときになつかしいと感じた理由はそのせいなのだろうか。エレズのもとに依頼者以外の客人がくるのは珍しかったから、アダルバートのような印象的な男は覚えていてもよさそうだったが、記憶になかった。子どもだったせいか、それとも例の記憶がなくなる症状がでていたのか。帳面にも書き忘れたのだろうか。

「すいません。……覚えていません」

「無理もない。まだ小さかった。俺はちょうど仕事に行く途中だったから、昼飯を食いにほんの少し立ち寄っただけだ。庭でおまえがひとりでいるので、遊びの相手をしてやったんだが……。そうしたら、悪戯をされた」

この無愛想そうな男が遊んでくれたのか。そして、いかにも親しみにくそうな相手にどんな悪戯をしたのか。大胆すぎるだろう、過去の自分――とリクトは己の行動を恥じる。

「それは……とんだご迷惑をかけまして失礼しました」

「かまわない。子どもは悪戯をするものだ。それはよく知っている」

アダルバートは無表情に答えたが、次の瞬間、わずかに口許が固く引き結ばれる。

「――さっき『いやなやつ』といったのは、エレズのことではない。安心しろ」

館は工房の奥に書庫と台所、二階は生活のための居住空間となっていて、リクトにも部屋が与えられた。物置からあふれた不用品の墓場と化していたため、まずは寝る場所を確保するために掃除が必要だった。

二階には他にもいくつか部屋があったが、ひとつはアダルバートの寝室、残りはすべて物置となっているようだった。

「そこが一番ましな部屋だ。中に置いてあるものは、一階の書庫か、隣の空いてる部屋に移していい」

いわれたとおりにガラクタや謎の標本類、薬品の在庫類などを運びだすと、部屋は一気にすっきりした。しかしひととおり掃除をしても、埃《ほこり》っぽいような湿った匂いがした。

空気の入れ替えのために開けていた窓からは、向かいのアビーたちの食堂が見えた。すでに空は夕焼けに染まっていて、仕事帰りの客で店内は賑《にぎ》わっているようだった。

食欲をそそる匂いを思い出したせいか、シチューを食べてからそれほど時間が経っていないのに再び腹の虫が鳴った。

アビーに明日にでも色々話にいこうと思った。アダルバートの弟子にはなれなかったが、居候として暮らせるようになったこと。彼が老人ではなくて若い男だったこと。それからアビーが心配してくれた貞操の危機はまだ訪れていないこと。

とはいえ居候といっても、ただ飯を食らわしてもらうわけにはいかないだろうし、なんらかの奉仕は必要なはずだ。伽をしろといわれる可能性もあるのではないか。

そもそもアダルバートは男色家なのだろうか。弟子はとらないというくらいだから、そっちの趣味でもないのか。だとすると……。

「――片付いたのか」

あれこれ思案していると、開け放した部屋の扉のそばにアダルバートが現れた。

「はい。物は移動させてもらいました」

「空気が悪いな。長く物置にしていたせいか」

「窓を開けているので、時間が経てば大丈夫だと思います」

「そうだな」

アダルバートは部屋のなかをしげしげと見回した。

「もし気になるようだったら、今夜は俺の部屋で寝てもいい」

「――――」

匂いがきついなら避難してきていいといわれているだけに聞こえるが、そこは師匠と弟子の悪しき慣習のある錬金術師の世界――ひょっとしたら、これは遠回しのお誘いなのだろうかとリクトは身構える。

「どうした？　埃や黴《かび》くささは気にならないか？　平気ならいいが」

「いいえ……。空気を入れ替えていますが、夜になっても変わらないようだったらお邪魔したいと思います」

アダルバートは「そうだな。遠慮はしなくてもいい」と頷いて去っていった。

真意は測りかねたものの、もしやという場合もあるので、事の経緯を記録しておくために帳面を開く。

このやりとりを覚えていなくて、事後にアダルバートの寝台で裸で目覚めたりしたら大混乱するだろう。アビーには弟子になるためには師匠に奉仕することもやむをえないといったものの、はたして自分にその覚悟があるのか。

『……紹介された工房に無事到着した。だが、ひそかに畏れていた事態になりつつある。どうやらアダルバートに肉体関係を求められているようだ。僕は未熟者だが、男色関係は錬金術師の師弟の絆をつなぐ慣習として存在することは理解しているつもりだ……』

書き記してから、リクトはエレズの書斎から閨房術の本をもってこなかったことを後悔した。自分は器用ではないから、新しいものに挑戦するときには予習が不可欠なのだ。無知なまま、ベッドのなかで居候としての代価を払うことは可能なのだろうか。

待て……もしかしたら単に空気が悪いから自分の部屋で寝ろといっているだけかもしれない。いや、やはり婉曲なお誘いなのでは——とあらゆる局面を想定しながら部屋の片付けをしているうちに陽はすっかり暮れてしまった。

悩んでいても仕方ないので、そろそろ食事の支度をする頃だろうと一階に下りる。工房を覗くと、アダルバートは机に向かって作業をしていた。

「なにかお手伝いしましょうか」

「いや」

こちらを振り向きもしないまま、そっけなくかぶりを振られる。

フラスコの中身を睨んでいるアダルバートの横顔は、あらためて見ても実に整った見事な造形をしていた。男性だというのに長い黒髪がよく似合う端整な顔立ち――とはいえ、決して弱々しい雰囲気はない。繊細な造りの美貌とはいえ、工房に引きこもっているわりには細身ながらもしっかりと筋肉のついた身体をしていることが、袖をまくって見える腕からも推測できる。

師匠のエレズも綺麗な男だったが、錬金術師は美形でないとなれないという法則でもあるのか。そういえば最初にエレズに出会ったとき、彼も老人の姿をしていたことを思い出す。外出のときには爺になる――そういう流派の決まりでもあるのだろうか。だとしたら、自分もいずれ姿を変える術を身につけたら、老人になるのか……。

「……なんだ？」

作業に没頭しているのかと思いきや、さすがにリクトの食い入るような視線には気づいたようだった。

「あ……いえ。そろそろ夕食時ですが――食事はいつもどうしているのですか。僕が台所をお借りして作ってもいいでしょうか。なにがお好きなのか、教えていただければ……」

長年、師匠の身の回りの面倒をみてきたので、家事全般にはひととおりの自信がある。少しでも役立つことができれば、居候として正しい在り方だろうとリクトは意気込んだ。

「もうそんな時間か」

アダルバートは時計を見上げて作業の手を止める。

「食事なら、パンとチーズと干し肉がある。料理できるような材料はないな」

台所にいってみると、棚に何日たったのかわからないような底に黴が生えた硬いパンと、犬でもそっぽを向くような不味《まず》そうな干し肉とチーズがあった。あちこちをさがしてみたが、食料といえるのはそれだけだった。

ハイド地区の錬金術師は田舎のしがない工房に比べたら儲《もう》かっていると下世話な噂を聞いていたが、ここの工房は事情が違うらしい。おそらくアダルバートは商売っ気のない純粋な探究者なのだろう。山村の工房でもエレズが高価な古書を買い込んでくれたおかげで、パンが食卓にのぼらない日が続いたこともあった。リクトがひもじくお腹を鳴らしていると、「耐えなさい。これは試練です」と諭すようにいわれたものだ。おかげで、山に生えているキノコや山菜をとってきて料理する術を覚えた。

「……どこも大変なのだな……」

王都の工房だというから、内心では食糧事情だけは改善されるのではないかと期待していたが、甘かったようだ。ひょっとしたら都会に工房を出しているせいで経費だけでも馬鹿にならないのかもしれない。

しかし粗末な食事には慣れているとはいえ、黴の生えたパンは口にしたことがない。

リクトは悩んだものの、とりあえず事実を告げることにしてパンを手に工房に戻った。

「——アダルバート。棚にあったパンが黴ているのですが……」

「ああ……その部分は切り取ればいい。黴は俺がもらう」

黴を食べるのかと驚いたが、アダルバートはパンを受けとると、手元のナイフで黴の部分を切り取った。そのまま硝子容器に入れたので、食用ではなくてなんらかの実験に使うのだと察する。

「黴がない部分は食えるはずだ」

何事もなかったように手元にパンを戻されて、リクトは「はい……」と頷くしかなかった。

やはりこれが通常の食事なのか。もちろん贅沢をいえる立場ではないので、ありがたく頂戴して部屋を立ち去ろうとした。しかしタイミングの悪いことに、腹の虫がぐるる……と盛大な音をたてる。

「いまの音は？」

真面目な顔で問われて、リクトは静かに赤面した。そこで初めてアダルバートは気づいたように「ああ——」と声をあげた。

「そうか……育ちざかりだから、こんな食事では足りないな。俺はいつも簡単にすませているから」

「いえ、大丈夫です。粗食には慣れていますので……失礼しました」

リクトが姿勢を正して頭をさげるのを見て、アダルバートの硬い表情がわずかにゆるみ、やがて堪えきれないようにくっと笑いだした。

「……無理をするな。その腹の音を聞けば大丈夫ではないだろう」

整いすぎた顔のせいで黙っていると神経質そうに見えるが、声をたてて笑う姿は普通の青年となんら変わらなかった。あまりにも屈託なく笑うのが意外で、リクトはしばし茫然としてしまったほどだ。

「いえ……これも試練だと教えられました。食欲、睡眠欲、性欲――いずれすべての欲を断ちきれば真理の扉が開くと。上位の世界に近づくためには己の存在を極めて……」

「エレズらしいが、俺は彼ほど鬼じゃない。すまなかったな。相手の外見を見ただけでは年寄りか若いのかわからない世界に生きているから。おまえはまだほんとうに子どもなのだな」

「子どもというほど、幼くはないですが……」

「成長中という意味だ」

たしかに長寿を得ている者から見れば、リクトなど普通に年をとるものは違う生き物に見えるのかもしれない。

アダルバートは「これが必要だな」と背後の棚から海賊の宝箱のような大きな箱を取りだしてきた。蓋を開けると、大量の金貨と札束がぎっしりと詰まっていて、目にまばゆいほどだった。

「悪いが、俺は料理はできない。この金で好きなものを買ってくるといい。この通りを歩いてきたなら、食料品店があったのは見ただろう？　まだぎりぎり開いているはずだ。もしくは向かいに食堂があるからそこで食べてきてもいい」

見慣れぬものを目の前にして、リクトはとまどいと不審を抱かずにはいられなかった。

「このお金は——錬金術師として合法的に稼いだものなのでしょうか」

「合法的？　俺はあまり金を使わないからたまっていくだけだが……。他にこういう箱がいくつもある。皆そういうものではないのか」

「一般的ではないと思いますが」

「そうか……」

アダルバートは少し困ったように眉根をよせた。なにやら考え込んだあと、「おまえに預けておく」と宝箱の鍵をあっさりとリクトに渡す。

「見たところおまえは荷物も少ないし、衣服なども足りないだろう。この金を使って必要なものをそろえるといい」

「いいえ、こんなに大きなお金は必要ないですし、それに居候の身でそこまで甘えるわけにはいきません」

「かまわない。俺にはどうせ必要のないものだ。好きに使えばいい」

金が必要のないもの——。

質素倹約の貧乏工房暮らしが身についているだけに、異世界の言語を聞いているような気がして、リクトはしばし返答に詰まった。

ひょっとしてこれは罠《わな》か、好きなように使えといわれて、代わりにすごい代価を要求されるのではないか、また人買いに売られる——？

「おまえの食事が足りないことに気づかなかったように、俺は気が回るタイプじゃない。遠慮されるよりも、自分で必要なものを調達してくれたほうが助かるんだ」

だからといって、こんな金の詰まった宝箱の鍵を預けるとは——自らも狭い世界しか知らないから偉そうなことはいえないが、ひょっとしたら彼はとんでもない世間知らずなのではないかとリクトは心配になった。

「——アダルバート、危険なのではないかと思うのですが」

「なにが？」

「こんなふうに初対面の相手に、お金のたくさん入った宝箱を見せてはいけません。僕が悪い男だったら、あなたをどうにかして、工房をのっとる計画を企むと思います」

詐欺師にでもつけ込まれてだまされたら大変だ——とリクトなりに真剣に進言したつもりだ

った。

アダルバートはしばらく無言のままリクトを見つめていたが、やがておかしそうに唇の端をあげた。

「――悪い男？　おまえが？」

「僕ではありませんが、よからぬことを考える者はいます」

「そいつはどうやって俺から工房をのっとるんだ」

「それは……僕だって金銭の誘惑にかられて道を踏み外すこともあるかもしれません。本で読んだのですが、たちの悪い弟子にあの手この手で誘い込まれて籠絡《ろうらく》されて、工房も財もとられて丸裸になった術師もいるそうです。弟子と師匠の行き過ぎた愛情関係の弊害として、そういう詐欺のケースには気を付けましょうと注意を促している内容でした。工房の経営の入門書だったかと」

こちらは真面目にいっているのに、アダルバートは笑いをこらえきれないように口許を手で押さえている。

「――籠絡されてみたいものだが」

「え――」

「心配はいらない。だから俺は弟子はとらないといってるんだ」

そこでようやく話が見えて、リクトは「――あ」と呟く。

「なるほど。弟子をとらない理由はそれなのですか。すでに誘惑にのらないように対策を講じていたのですね……」

アダルバートは「おまえ面白いな」と感心したように呟いただけで気分を害した様子はなかった。

「――それに、騙《だま》されてもかまわないさ。どうせ俺には金の使い道など限られてる。だから心配せずに腹の虫が鳴らないように夕食を買ってくるといい」

「ですが……」

リクトが頑固に箱の鍵を返そうとすると、アダルバートはためいきをつき、「それをよこせ」と手から鍵ではなくパンをとりあげた。

「食べるのですか?」

「――違う。これは捨てる。俺も好き好んで黴の生えているパンを食べているわけではない。気がつくと、黴が生えてるだけだ。いままでからだに害がなかったからかまわなかったが、衛生上いいこととはいえないのはわかっている。だから、おまえがパンに黴が生えないように新しいものを買ってきてくれたら、俺もこういうものは食べないようにしよう。そのためにも金を管理してくれ。おまえのいう『悪い男』に宝箱の鍵をとられたりしないように」

リクトが買い物をするのを遠慮しないですむようにわざわざ話していることが伝わってきたので、さすがにことわるわけにはいかなかった。

「……では、管理します」

「頼む」

アダルバートは微笑んだが、机に向き直るとそれきりその話題には関心がなくなったように無表情になって調合中のフラスコの中身に目を凝らす。

切り替えが早く、ひとつのことに集中すると他が見えなくなるようだった。こういう点はエレズと似ている。つまりはリクトのよく知っている錬金術師らしい。

「――買い物に行ってきます」

リクトがそういって工房を出るとき、アダルバートは「ああ」と頷いただけでこちらを見ようともしなかった。

食事が粗末なのも金銭的な事情ではなく、ただ単に興味がないからなのだろう。ならば、身の回りはおろそかになっていることが多いに違いない。弟子にはしてもらえなくても、居候として手伝えることはたくさんあるはずだった。基本はエレズの世話をしていたときと同じだ。そう考えると、少し気が楽になった。

食料品店に買い物にいく道中、リクトはあらためて幼い頃の記憶をひとかけらでも思い出しやしないかと考えてみたが、残念ながら甦ってくるものはなかった。

子どもの頃、王都にいたはずなのに。浮浪児になって人買いに攫《さら》われるまで――自分はどうやって生きていた?

エレズに「新しい師匠に弟子入りしろ」といわれて渋々旅立ってきたとはいえ、王都にきたら自らのルーツがわかるのではないかと期待しなかったといったら嘘になる。

いったい自分はどこの誰なのか。親や兄弟は？　さがしてくれるひとはいないのか。

ふと先ほどのアダルバートの顔を思い出す。最初は物語の挿絵みたいで近づきがたかったのに、笑っている姿は普通の青年のようだった。新鮮なはずなのに、どこかなつかしい。

なつかしい……？

そう感じた瞬間、胸の底が針を刺されたみたいにチクリと疼いた。古い傷が疼くみたいな
——不思議な感覚。


その夜は簡単な野菜スープと、肉と芋の炒めものをつくり、買ってきたばかりのパンを添えた。

テーブルに並べられた湯気のたつ夕飯を見て、アダルバートは「器用なのだな」と感心したようだった。

「エレズは料理をしないだろう。以前は俺たち弟子にもさせなかった。錬金術以外のことには興味をもつなといわれて、掃除や料理はべつの使用人に頼っていたが」

たしかに最初は村の女性たちに食事の用意を頼んでいた。だが、リクトが成長して自ら家事をするようになっても、とくにエレズは「やめなさい」と止めはしなかった。

「僕は才能がないようなので、エレズも錬金術にこだわらず人並みに生きていくことを覚えさせたほうがよいと思ったのかもしれません」

「そんなことはないだろう。俺が師事していたときにはエレズはたくさんの弟子をかかえていたから、いまとは事情が違う」

「弟子がたくさんいたのですか？」

初めて聞く話だった。エレズは山村の工房にくるまでどんな暮らしをしていたのか、ほとんど語らない。

「エレズに昔の話を聞いたことがないのか？」

「まったく。秘密主義なんです」

「――では、俺からも話すのはやめておこう。話さないのはなにか理由があるのだろうから。知りたかったら、本人から聞くといい」

考えてみれば、養い親であるエレズのこともリクトはなにも知らないのだった。なぜ自分を育ててくれたのか。なにしろ工房の跡をつがせるつもりなのだろうという説は、こうして余所に弟子入りしろといわれたことであっけなく崩れ去ってしまったのだから。

リクトはテーブルの下でこっそり帳面を開き、『エレズには弟子がたくさんいた』と書き記す。

「——今日は長旅で疲れただろう。さっきもいったが、俺の部屋で休んでいい」

食事の片付けを終えてから二階の自室に戻ってみると、幾分湿った匂いがしたものの我慢できないほどではなかった。こちらの部屋で寝ても問題ないが、工房主が気を遣って声をかけてくれているのだから無視するわけにもいかない。

リクトはアダルバートの部屋の扉をそっと開けて中に入り、室内をぐるりと見回した。二階で一番広い部屋だが、寝台以外はほとんどなにもなく簡素な空間だった。

さて、どうしたものか——。

寝台に腰を下ろして、腕を組んで考えはじめる。エレズにはそういう趣味がないから安心していたが、とうとう覚悟を決めるときがきたのか。

錬金術師の世界にはありがちなこと。乗り越えなくてはならない壁だと理解しているつもりだったが、いざとなるとさすがに緊張する。

ふといつも持ち歩いている帳面が手元にないのに気づいた。夕食を終えてから帳面を開いた記憶はない。食事をしながら、膝のうえでメモしていたから、まだ工房に——。

リクトが帳面をとりにいこうと立ち上がりかけたところ、ちょうど階段を上がってくる足音が聞こえてきた。

「リクト？　こちらの部屋にいるのか」

低く問いかける声がして、ほどなく扉が開いてアダルバートが現れる。

先ほどまではいくぶん和んだ雰囲気になっていたのに、彼はなぜか最初に顔を会わせたときのような硬い表情に戻っていた。

「……これはなんだ？」

部屋に入ってきて、アダルバートが差しだしたのは、リクトの帳面だった。やはり工房の机の椅子に置き忘れていたらしい。

「僕のです。すいません」

受け取ろうとしたが、アダルバートは帳面を返してくれなかった。

「見るつもりはなかったが、頁《ページ》が開かれたままだったから内容が目に入った。……いったいどういうつもりなんだ？」

なぜ責められているのかがわからなくて当惑する。

「忘れないために記録をとるのが習慣となっているので」

「それはわかる。ずっとなにか書いてるから、師匠のいいつけで教えられたことを書き記してるのかと思ったんだ。勉強熱心で感心だな、と……」

「褒めてもらえるなんて――」

リクトが笑顔になりかけた途端、アダルバートのこめかみにかすかに筋がたった。

「褒めてなどいない。エレズはおまえにどういう教育をしたんだ。そこに書いてあるのはなんだ？」

「なに――とは？」

不都合があっただろうかとリクトは首をかしげる。

「俺がおまえにいつ肉体関係を求めた？　それは妄想日記かなにかなのか？」

指摘されたのは『ひそかに畏れていた事態になりつつある』と書き綴《つづ》った箇所だった。よりにもよってその部分を読まれたとは――気まずくていやな汗をかく。

「それは……あなたが僕に自分の部屋で寝てもいいといったので、男色関係を誘われたのかと思ったのですが、違うのですか？」

「俺がなぜ？　おまえにいやらしい目でも向けたか？」

「そんなことはないですが……遠回しに試されているのかと」

アダルバートは眉間に皺をよせながら悩ましげに額に手をおいた。

「……どこをどう解釈すればそうなるんだ。長年使ってない部屋だったから、湿っぽい匂いが不快なら俺の部屋で休めといっただけだろう。おまえがこのベッドに寝るのなら、俺は今夜部屋では寝ないし、下の工房で休む。それぐらいは想像つくだろう」

要するに、リクトがあれこれ考えて覚悟を決めようとしていたことはすべて外れていたらしい。空回りしていたことに気づいて、あわてて頭をさげる。

「……失礼しました。僕の勘違いだったのですね。初めにきちんとあなたは男色家なのかと確認するべきでした」

「いや……会うなりいきなりそんなことを聞かれても困るが」

アダルバートは困惑したようにためいきをついた。

「さすがエレズの育てた子どもだな。やっぱり考え方が変わっている……。あの変人め」

周囲にだいぶ変わり者だと思われているアダルバートに「変わっている」といわれて憮然《ぶぜん》とする。

最初に勘違いの可能性も考えたのだが、工房を訪れる前にさんざんアビーと悪しき慣習の話をしていたせいもあって、リクトの頭はだいぶ毒されていたようだった。

「……では、僕はあなたと寝なくてもいいのですか」

「寝たいのか？」

冷静に問い返されて、リクトは即座にかぶりを振った。

「そういう関係を強要する師匠も多いことは知識としてあったので覚悟していたのですが……しなくてもいいなら、積極的には望みません」

「エレズとそういう関係なのか。違うだろう？」

「まさか。エレズは色恋には興味ない方なので」

「――そうだよな」

アダルバートは頭痛をこらえているようにこめかみを指で押さえながら、「おまえと話してると、調子が狂う」と呟く。

リクトはすぐに自分の部屋に戻ろうとしたが、立ち上がった途端によろめいてしまい、再び寝台に腰を下ろした。

「どうした？」

「……ほっとしたら、からだの力が抜けてしまったみたいです。一応……その、経験のないことなので。そそうがないようにしようと緊張していたので」

いくらそれが錬金術師の師弟の世界ではありえることとはいっても、頭のなかで考えていただけで、実際には受け止めきれる度量などないのだった。アビーみたいに「初めてはもっとよい相手と」と具体的に理想を描いていたわけではないが、やはりこういう行為はもっと違う雰囲気で体験したい気もする。

それが誰かはわからないけれども――可愛い女の子と？　恋する相手と？　もしもそういう出会いがあるのなら……。

てっきりあきれられるかと思ったが、アダルバートはわずかに表情をゆるめた。この場面で彼がそんなふうにやわらかい顔を見せるのが意外だった。

「――おまえはいくつになる？」

「十七ぐらいだと思います。人買いに捕まる前の記憶がはっきりしないので」

「まだほんとに子どもなんだな。よけいなことは考えなくてもいい。むしろその年頃だから、あれこれ想像を巡らせるのか」

額の髪をそっと指先でなでられて、リクトはそのぬくもりに目を瞠った。

愛想はないのに、アダルバートの憂いのある青い瞳はどこか艶っぽく映った。工房でフラスコを睨んでいるときは偏屈な男にしか見えないのに——身の回りにはかまわないようだが、少し微笑むだけで、飾り気がないだけに顔かたちの造形そのものが際立って美しい男であることが再認識される。

「俺はいやがる相手をどうこうする趣味はない。安心して、ゆっくりと休むといい。今日はこのままここで寝ていい」

アダルバートは「これは返す」と帳面をリクトに手渡した。

「おやすみ」

アダルバートが出ていってから、リクトはしばらくぼんやりと閉じられた扉を見つめていた。

このままここで寝ていい——。そういわれて、さらにからだの力が抜けてしまった。とりあえずの居場所は見つかった。思えば、山村を出てきてからずっと気が張りつめていたのだ。深く考えないようにしていたけれども、心細くて仕方なかった。

なにせ自分がどこの誰かもわからない。エレズが工房を閉めたら、もう帰る場所はない。どこにも頼れる相手はいないのだ。そうだ……だからこそ、エレズは病になったと知ったとき、あえて厳しく「余所に弟子入りしなさい」といったのか……。

自分の部屋に戻るつもりだったが、旅の疲れが襲ってきて、リクトはそのままアダルバートの寝台に横たわった。

浅い眠りの夢のなかで、エレズに叱られたような気がした。「すべてはあなたのためなのですよ」と。

続いて、いまよりも若く見えるアダルバートの顔がぼんやりと浮かんできた。なぜ彼の若いときの姿を知っているのだろう。いまの外見が二十代後半ぐらいなら、十代後半ぐらいの、少年と青年の狭間の年頃ぐらいの彼だった。

幼い頃に遊んでもらったときの記憶かもしれなかったが、子どもを相手にしているわりには、若い彼は厳しい表情を浮かべていた。まるで憎んでいる相手でも見ているみたいに――。

「悪戯をされた」といっていたから、自分が悪いことをしたのかもしれない。まだ子どもだったから。どんな失礼なことをしたのか今度聞かなくては――そう考えているうちにリクトは眠りの底へと落ちた。

Ⅱ　繁盛する工房についての考察

養い親かつ師匠であるエレズについて、リクトが最初に覚えているのは老人特有の皺《しわ》深い手だった。

「その子を買おう」

王都の裏通りの倉庫で秘密裏に開催されている奴隷市――リクトは鉄の首輪につながれて、悪臭のたちこめる檻《おり》に閉じ込められていた。

檻の前に奴隷商人とともに現れたエレズは真っ黒なマントのフードを深くかぶっていたが、覗《のぞ》ける口許はしみと皺だらけで、自分を指さす手は枯れ木のように細かった。

「へへ、じいさん。こいつは見目がよいから愛玩用で高いぜ。もしただの使用人の小僧をさがしてるなら、もっと安いのがあっちの檻にいる」

「いや、この子がいいんだ」

「なんだ、悪いじいさんだな。その年になっても、そんな子が必要かい。スキモノめ。まあ、こっちは金さえ払ってもらえりゃなんでもいいがね。無理して壊しちまわないでくれよ。昨夜の常連客なんざ、すぐに可愛い子の柔肌に傷をつけてしまったみたいでね」

ひひひと下卑た奴隷商人の笑い声と、エレズの「心配は無用だ」というしわがれた声ははっきりと覚えている。むしろリクトの幼い頃の記憶はそこから始まったといってもいい。それ以前の出来事は靄《もや》がかかったように不透明だ。

取引がすんで、奴隷商人から引き渡されたとき、エレズは「おいで」とリクトの手を引いてくれた。皺深くて骨が感じられるほど細くて頼りないけれども、子ども心にもこれは救いの手だと思った。

奴隷商人の吐く息はドブのような臭いがした。だが、見た目は老いていて美しいとはいえなくとも、エレズの声は凛《りん》としていたし、からだからはとても清潔な匂いがした。

ぎゅっと手を握りしめると、エレズはやや驚いたように振り返ってリクトの顔を眺めた。

「小さくおなりになって——」

七歳ぐらいの子どもが小さいのはあたりまえなのだから、よく考えてみればおかしな発言だった。だが、当時のリクトにはあれこれ考える余裕などなかった。

自分が売られて、この老人が新しい主だというのは理解していた。なるべく酷い目に遭わなければいい——それだけを願っていた。

エレズはリクトを滞在している宿屋に連れて行き、すぐに風呂の用意をしてくれた。そして「からだを洗いなさい」と命じた。言葉遣いは丁寧だったけれども、裸になるときに少し恐怖を感じた。まだ詳しい知識もなかったが、奴隷商人のもとにいるあいだに他の子どもが裸にされて乱暴されているのは知っていた。リクトは運良く「上物の初物」と認定されて、それが売りになるからと手はだされなかったのだ。

リクトが震えながらからだを洗って出てくると、エレズは「さあ、これを」とタオルを手渡してくれた。

真っ白なタオルをもつ手は、白魚のように綺麗《きれい》だった。瞬きをくりかえしながら彼の顔を見上げて、リクトは心臓が止まりそうになった。

先ほどまでそこにいたはずの老人の姿はどこにもなく、リクトにタオルを差しだしていたのは天使だった。いや——実際には天使のように美しいひとだった。声が低かったので男性だとわかっただけで、外見だけならば女性と見紛うばかりだった。ゆるやかなウェーブのついた長い金色の髪が両肩にかかっていて、『聖母』とでもタイトルのついた絵画の中心で微笑《ほほえ》んでいそうな、やさしげな美貌——瞳は珍しいスミレ色をしていた。

「わたしはエレズといいます。錬金術師です。明日から旅をしますよ。わたしの工房は王都から離れた山の村にあるので」

なぜ老人がいきなり美しい男のひとになったのか。錬金術師とはなんなのか。幼いリクトには理解できなかった。

「僕はそこでなにをすればいいのですか」

「まずは成長して大きくなってください。気が向いたら、わたしの弟子になってくれてもよいのですが」

大きくなってくれ、というのは変わった命令だった。なぜ最初に普通に「弟子がほしいから買い取った」といわなかったのかと後年になってエレズに訊《き》いたら、「あまりにも小さかったので……そのちっちゃな頭のなかにきちんとものを考える脳が詰まっているのかどうか不明だったからです。ものを教えても覚えられるかどうか心配で」と返答された。要するに馬鹿かもしれないから、成長するまで弟子にするかどうかを決めかねていたようだ。

一風変わった——実にエレズらしい考えかただった。表向きの言葉や物腰はあくまでやわらかくてやさしいのに、じっくり考えてみると結構ひどいことをいわれている——という場面がよくあった。しかし、本人に悪気はまったくなかった。なにより自分を大切に扱ってくれることがわかったので、リクトはすぐにエレズが好きになった。小さな子どもにしてみれば、自らを養ってくれる聖母のような美貌の持ち主というだけで、慕うには充分な理由だった。

旅の道中、外にいるときはエレズはつねに老人の姿になった。あんなに綺麗なのにどうしてわざわざ外見を変える必要があるのかと、リクトは不思議でならなかった。

「なぜエレズはおじいさんの姿になるのですか」

「色々面倒だからです。あなたとふたりで旅をするには、このほうが都合がいい。わたしは美しすぎるので」

普通に聞いていれば、とんだナルシストだとあきれるところだが、一流の絵画から抜けだしてきたような容姿のエレズに事実を告げるのみといった調子で淡々といわれてしまうと、こちらは「なるほど」と頷《うなず》くしかないのだった。なにしろエレズ自身は自らの美貌に露ほども関心がないのが、普段の素振りを見ていても明らかだったからだ。容姿で注目を浴びるのは煩わしいこと――おそらくそのぐらいにしか感じていないようだった。

王都から離れた山村の工房で、エレズは主に村人相手の薬などをつくって生計を立てていた。時おり村人以外の客もきたが、そういうときにはリクトはすぐに部屋の奥へと追いやられるか、外へと出されたので、どういう依頼を受けていたのかは知らない。ただ余所《よそ》の客の注文が入ったときには、エレズはハンターから珍しい調合材料を取り寄せて、作業をするときには工房にリクトを決して入らせてくれなかった。

だいぶ謎めいたひとではあったが、リクトにとっては良い養い親かつ師匠だった。基本的に錬金術の研究のことしか頭になかったが、リクトが泣けば「どうしたのですか」と慰めてくれたし、具合が悪いときには付きっきりで看病してくれた。

あれはいつのことだっただろうか。重い風邪にかかって高熱で何日か寝込んだときがあった。いつもはすぐにエレズの薬が効いて一晩で治ってしまうはずなのに、そのときはだいぶ具合が悪かった。

エレズは一晩中寝台のそばにいてくれて、リクトがうなされると「大丈夫ですよ」と手を握ってくれた。

「――わが主」

そう呟《つぶや》いて、リクトの手の甲にそっと唇を押し当てた。

主はエレズのはずなのに、どうしてこんなことをいうのだろう――不思議でならなかったが、夢のなかの出来事なのかもしれなかった。なぜなら熱が下がったあと、エレズにそのことを確認したら、「そう聞こえたのですか」とおかしそうに笑われたからだ。

村人たちはエレズを「先生」と呼んで敬っていたが、何十年も姿かたちが変わらない彼のことを内心畏れていたようだった。その適度な距離感が居心地がいい――とエレズ本人は語っていた。

時間がゆるやかに流れているような、のどかな山の村での暮らし。リクトもいずれはエレズの工房の跡を継ぐのだろうと勝手に考えていた。つい先日、エレズが体調が悪くなったと告白してくるまでは。

療養地についていくことができないのなら、ひとりで留守番をして工房を守るとリクトは訴えた。だが、エレズは「駄目です」と却下した。

「今回だけの問題ではないのです。あなたのこれからを考えなくてはなりません。療養が終われば、わたしは時の終わりまで静かに暮らしていきますが、あなたはそうではない。ここにいるべきひとではありません」

やんわりと工房のあとを継がせるつもりはないと宣言されてしまったので、リクトも自らの将来を考えざるをえなくなった。
　ここにいるべきではない――?　では、いったいどこが自分の居場所だというのか。

　カーテンの隙間からこぼれてくる朝陽に誘われるようにして、リクトは目を覚ました。一瞬自分がどこにいるのかわからなかったが、部屋のなかを見回してアダルバートの部屋だと気づく。

　昨夜は自室に戻るつもりが、結局あのまま眠ってしまったのだ。もうここは山村の工房ではなく、王都のハイド地区の工房――。

　頭をすっきりさせるために窓を開けて陽の光を浴びていると、背後で部屋のドアが開く音がした。アダルバートかと思って振り返ってみたが、誰の姿も見えなかった。ただドアはわずかに開いている。

「――?」

　首をかしげながら一階に下りると、工房の机に突っ伏して眠っているアダルバートの姿が見えた。

　寝椅子があるわけでもないので、工房で休むとなると、こういうスタイルになるのか。これでは疲れがとれないだろうに――昨夜の勘違いといい、あらためて申し訳ない気持ちになりながら、リクトはそばにあったブランケットをそっと彼の肩にかける。

無防備な寝顔を覗くと、気難しげな表情がないせいか、起きているときよりもずっと若く見えた。額や頬にかかる髪はなめらかな艶があるし、不健康そうな生活を送っているわりにはつるりとした綺麗な肌をしている。昨夜のくちぶりではすでに長寿を得ているようだったが、エレズやフリッツを見たときに感じるような見た目は若いのに一癖あるような、謎の年齢不詳の生き物といった印象はない。きっと彼らよりは若年なのだろう。

リクトは台所で火を起こして、あまり音をたてないようにしながら朝食の支度をした。アダルバートは普段の食事を簡素なものですませているようだったが、一応の調理道具や食器はそろっていた。料理はしないといっていたから、過去には使用人を雇っていたこともあるのか。あの宝箱を見ても金銭的には困っていない。でも、いまはひとり――。なぜ頑なに弟子をとらないのか。

朝食が出来上がったので工房の様子を見にいくと、アダルバートがちょうど「……ん」と頭を振りながらからだを起こしているところだった。

リクトが窓のカーテンを開けて陽の光を入れると、彼は眩《まぶ》しそうに目を細めた。

「起きられましたか。おはようございます」

「――おまえ……」

自らの肩にかかっているブランケットとリクトの顔を交互に見て、アダルバートはしばし悩むような表情を見せた。

「ああ、そうか。エレズのところからきたのだったか……」

寝起きで頭が働かないのか、ぼんやりした顔つきで呟く。

リクトがテーブルに朝食を運んでいっても、アダルバートの反応は鈍いままだった。もくもくと食べはじめ、リクトの顔を見ないし、口もきかない。

昨夜は自らの早とちりで失礼なことをしてしまったとはいえ、「ここで寝ていい」と部屋を譲ってくれたし、許してくれたものと思っていたが、ひょっとしてまだ怒っているのだろうか。

「……アダルバート。昨夜は結局部屋をお借りしてしまって申し訳ありませんでした。おかげさまで、よく眠れました」

「――いや」

アダルバートはちらりとリクトに視線を向けたものの、すぐに気だるそうに伏し目がちになる。

もしや食事が口に合わないのかと思ったが、いままで小食で過ごしていたわりには、昨夜の食事もそうだがいまも目の前で普通に食べてくれている。

やはりもう一度謝罪しておくべきか――とリクトは姿勢を正した。

「あの……昨夜は大変失礼なことをしました。気を悪くされてないとよいのですが」

「――」

アダルバートは無言のままじっとリクトを見つめてくる。姿かたちは絵のように綺麗な男なので、そうやって凝視されていると、なにやら落ち着かない気分になった。リクトのとまどう顔を見て、彼はやっと意味を理解したように「ああ」と頷く。

「べつに気を悪くはしていない。朝が弱いだけだ。すまないな」

不機嫌そうに見える理由が判明して、ほっと胸をなでおろしたのも束の間、「それと――」と続けられる。

「正直なことをいうと、昨日おまえを『居候として預かる』といってしまったが、この先どうするのが一番いいのかと考えていた。エレズがいつ戻ってくるかも決まっていないし、一時期でもきちんと弟子入りさせて修業させてくれる工房に預けたほうがいいのかもしれない、と」

将来を考えれば、そちらのほうが時間的には無駄にならないが、いまさら余所の工房に世話になる気にはなれなかった。

たった一晩過ごしただけだが、アダルバートの工房の空気は自分に馴染む気がするのだ。どうしてか説明はできないけれども、なつかしいような気すらする。なによりも彼が養い親のエレズの紹介というだけでも信頼度が高い。ほかの工房に行って、そこの主と相性がいいとは限らないし、それこそアビーと議論したような問題もあるわけで……。

リクトがあきらかに乗り気でないのを、アダルバートは察したようだった。

「新しい工房にいったら、昨夜、勘違いで覚悟を決めたようなことを実際にしなくてはいけないと不安か？　もちろんそんな心配のない、評判のいい工房をさがしてやるつもりだが」

「それもありますが……このままこちらに置いてもらうわけにはいかないでしょうか。弟子として仕事に携われなくても、料理や掃除など家のことをやりますので」

「おまえがそうしたいならかまわないが」

　アダルバートは少し迷うような顔をしてから口を開いた。

「──おまえは俺と一緒にいて平気か？」

　問われている意味がつかめずに、リクトはきょとんとする。

「どういう意味でしょうか」

「率直にいうなら、俺はあまり人間と一緒にいるのが得意じゃない。そんな男のところにいても、おまえのためにはならないのではないかと思ってな。だいたいこの家に人間がいること自体が珍しいんだ。さっき起きたときも、おまえがいることで、自分の工房じゃないような気がした。考えてみれば、こうやってひとと食事をするのも何年ぶりになるかな」

「──」

　先ほど寝起きにリクトを見て奇妙にぼんやりとしていたのはそのせいか。

「でも昨夜も一緒に食事をしてますけど。普通に色々お話ししたりもしましたし」

「昨日は──いきなりおまえがきたから驚いたせいもあって、その存在に違和感を覚えるひまもなかった。だから、一夜明けてみて、どうしたものかとあらためて考えていたんだ」

さすがに「人間が得意じゃない」という発言には驚くが、長年師匠のエレズとふたりきりで外界から閉ざされたような生活をしてきたリクトにしてみれば、アダルバートのような人間との暮らしにさして問題はないのだった。かつての師匠と弟子だけあって、エレズとアダルバートは俗世から隔たりがあるような雰囲気がよく似ている。

「僕がいることは、アダルバートにとってご迷惑ですか」

「迷惑ではない。というより、おまえがきたからといって、俺は自分の生活のペースを変えられないが、それでもいいのかという話だ。誰かと暮らすことに慣れてないからな。成長期で学ぶべき立場の者にとって良い環境とはいえないだろう。おまえが見た目だけじゃなくて、ほんとに若いのだということも最初忘れていた」

そんなことをわざわざ考えてくれる時点で、充分相手に気を遣っているといえる。アダルバートは本人や周囲が考えているほど、決して気難しい人間ではないようにリクトには思えた。

将来を考えると「困った」というだけであって、彼自身はリクトを工房におくことを決して拒絶しているわけではなさそうだ。

こちらとしても、エレズの紹介であるのにくわえて、初めて友達になってくれたアビーも近所にいるし、できればこの工房で暮らしたい。

「ご迷惑でなければ、僕はここでお世話になりたいのですが。邪魔だと思っても、家のなかにもうひとりの人間がいるというのは、結構良いものですよ？　自分の手が放せないときに用事をいいつけられますし、留守も任せられますし」

　こちらも今後の生活がかかっているので、必死にアピールしてみる。「掃除や料理もひととおりできます」とあれこれ利点を熱心に訴えるリクトを前にして、アダルバートはさらに難しい表情を見せた。しまった、しつこいのは逆効果だったか。

「それは……最初は目障りかもしれませんが」

　弱気になって小さくつけくわえると、アダルバートは苦笑した。

「俺はなにも目障りとまではいっていないが」

「それならしばらく様子を見てもらえないでしょうか。僕ならば、わがままな人の世話も慣れてますし――」

　つい調子にのっていってしまってから、リクトはハッと口許を押さえる。アダルバートは一瞬目を瞠《みは》ったものの、おかしそうに唇の端をあげた。

「なるほど。俺はわがままな男に見えるか」

「――いえ、失礼しました。その、エレズがマイペースな方なので……決してあなたのことではありません」

「いいさ。どうせ俺は周囲にろくな評判をたてられてないんだろう。偏屈だの、不気味な爺だといわれてるのは知っている。どういわれようとかまわん」

たしかにフリッツやアビーから聞いた「アダルバート評」は一見近寄りがたいものだったが、実物に会ってみると印象はだいぶ違う。

だいたい不気味な老人などではないし、黙っているときは気難しそうに見えるが、こうして話をしているると想像していたよりもだいぶとっつきやすい。

なによりも時折笑うさまは、もともと顔立ちが美しいこともあって、魅力的な青年に見えた。昨夜だってリクトがとんでもない勘違いをしたのに許してくれた。わざわざ外出用のいかめしい髭《ひげ》のおじいさんに姿を変えたりしないで、本来の姿で表情をやわらかくしていれば好感度が高いのに——とリクトは思う。

「アダルバート。勿体《もったい》ないと思うのですが」

「なにが?」

「ここを訪ねる前にあなたの評判は聞きましたが……当たってないと思うんです。みんな誤解してるんじゃないでしょうか」

「おまえはまだ俺をよく知らないだろう」

「それは詳しくはないですが、少なくとも工房の居心地は悪くないです。僕はあなたとうまくやっていけるんじゃないかと思うのですが、どうでしょう?」

「——」

アダルバートの表情が固まって、複雑そうに瞳が揺らいだ。硬直した眼差しを向けられて、なにかまずいことをいったのだろうかと焦る。

だが、アダルバートはこちらを見つめていても、目の前のリクトではなく、なにかべつのものを——遥か遠くに思いを馳《は》せているようだった。

いったいなにを考えているのか。リクトが疑問を呈する前に、アダルバートは視線を落として自嘲《じちょう》気味に呟く。

「……おまえと話してると、調子が狂うな。遠慮がちなのかと思うと、ぐいぐいくる。昔、子どものときもそうだったが」

「——すいません」

やや必死になりすぎたかと反省するリクトに、アダルバートは「……まったく」と笑った。

怒ってはいないようなので一安心しながらも、彼のやわらかい表情を目にしていると、昨夜、夢のなかで見た若いときの顔が脳裏に甦《よみがえ》る。まるで憎む者と対峙《たいじ》しているような厳しい目つきをしていた。あれはやはり自分が子どものときに会った記憶なのだろうか。どうしてあんな顔をされたのだろう。悪戯《いたずら》をされたといっていたが——？

「その話ですが、やっぱりエレズのところでお会いしたことをよく覚えてないんです。悪戯とは——僕はなにか失礼なことをしたんでしょうか」

「聞きたいのか？」

わざわざ問われるとなにやら怖いものがあったが、リクトはこくりと頷く。アダルバートはどこか楽しげに見えた。

「依頼人の屋敷に行く途中で――エレズの工房に立ち寄ったときのことだ。庭にある木の椅子のところでおまえが本と帳面を開いていたから、『なにしてるんだ』と聞いたら、読めない文字があるというから、教えてやろうとした。隣に腰をおろしたら、おまえは俺の背中にいきなりひっついてきて、髪を『長い長い』といって三つ編みにしはじめたんだ。『やめろ』といってもきかなくて困った」

「………」

リクトは思わずアダルバートの肩にかかる艶やかな髪にじっと目を凝らした。この見事なストレートな黒髪を三つ編みに……。

いくら幼かったとはいえ、自分がそれほど傍若無人《ぼうじゃくぶじん》に振る舞うさまが想像つかない。

「……僕はそれほど無邪気に他人様にふれる子どもじゃなかったような気がするんですが」

「そうだな。エレズから子どもを育てていることは聞いていたが、『引き取ったばかりで、警戒心があるから』といっていた。見知らぬ大人の男は怖がるというから、紹介もされなかったんだ。だから、俺が工房のなかにいるときは、おまえは庭に出されてたんだろう。ちょうどエレズのもとに村の人間が訪ねてきたから、俺は邪魔にならないように外に出て――それでおまえを見つけた。俺が近づいても怯《おび》える様子もなかったし、髪を編みながら鼻歌をうたって楽しそうにしてるから、ほうって好きにさせておいたが」

聞けば聞くほど自分のこととは思えなくて、リクトは頭を悩ませた。

たしかに奴隷商人のもとから引きとられた当初は、エレズ以外の大人は信用できなくて近づけなかったのは覚えている。なのに、一見親しみにくそうなアダルバートに無遠慮になつくとは――。

それに話を聞いていると、彼は子どものリクトがしたことにさして腹はたてていないようだった。夢のなかで見た怖いような表情と一致しない。なにかがおかしい。

納得がいかずに首をひねっていると、アダルバートが揶揄《やゆ》するような眼差しを向けてきた。

「『僕はそんなことしない』っていいたそうだが、おまえの印象はいまもそれほど変わっていないぞ。話せば話すほどそう思う」

「それは――心外です」

少なくとも、いま現在のリクトにアダルバートの髪を三つ編みにするような勇気はない。だが、ひとから見たらそんなものなのか。こちらが気を遣っているつもりでも、きっと無意識に無礼なことをしているのかもしれないと落ち込んだ。

「……僕はそれほど図々しいでしょうか」

「そうはいってない。図々しいとは一言もいってないだろう。だが、驚くようなことはする。昨夜の帳面の件も、俺は度肝をぬかれた」

「……申し訳ありません」

冷静になって思い返すと、いくら事前にアビーとその話で盛り上がっていたとはいえ、すぐに男色関係を求められると想像するなんて愚かだった。だいたいエレズの紹介なのだから、律儀に「師匠の頼みはきかなければならない」というアダルバートが変なことをするわけがないのに。

「今後は早とちりをしないように気をつけます。僕も慣れない王都にきて緊張していたものですから。それで――二度と勘違いしないためにも確認しておきたいのですが、アダルバートは男色家なのですか？」

「――――」

お茶のカップを手にしたまま、アダルバートはたっぷり十秒間ほど固まったように動かなかった。無表情のままリクトを見つめると、かすかに眉根を寄せてからようやくカップをソーサーに置き、「久々に他人の頭を分解して中身を見てみたいと思ったぞ……」と呟く。

「俺が男色家だったら、おまえはどうする？　ひとに聞く前に、おまえ自身はどうなんだ？」

「僕は――好きになったら、男性も女性も関係ないと思います。そういう意味では男色家にもなりうる未分化の存在だと考えています。……とはいえ、初恋もまだなので、あまり偉そうなことはいえないのですが。好きになったら、相手が男性でも女性でも誠意を尽くしたいです」

そばで聞いていたら悪魔も尻尾を巻いて退散しそうな、まっすぐな目をして語るリクトを見て、アダルバートはわずかに口許をひきつらせて視線をそらした。

「……なるほどな。それだけ自分が清廉潔白だと、ひとに対して堂々とあれこれいえるわけだな」

　さすがに皮肉られていることはわかったので、リクトはかすかに頬を染める。

「……理想です。いままでエレズとふたりきりでしたから――ただ空想するだけで、実践はまったくともなっていなくて。昨日王都にきて、やっと初めて友達ができたくらいで……」

　恥じ入ってしょんぼりするリクトに、アダルバートは「馬鹿だな」と目を細めた。

「こんな世捨て人の男にちょっとチクリといわれたくらいで気にするな。――そうだな。おまえを急いで余所にやる必要もないし、しばらく様子を見よう。せめておまえが王都の暮らしになれるまではここにいるといい」

「ありがとうございます」

　リクトは姿勢を正して頭をさげた。「それで――」と先ほどの疑問を再び口にしようとしたところ、アダルバートが制するようにかぶりを振った。

「俺が男色家かどうかは秘密だ」

「なぜですか？」

「世の中にははっきりと白黒つかないこともあると知っておいたほうがいい。すべての疑問に答えがあると思うな」

　良いことを聞いたとばかりに早速帳面をとりだして書き記すリクトを見て、アダルバートは苦虫を噛《か》みつぶしたような顔になって「とくにおまえはな」とつけくわえた。

工房での居候としての暮らしがはじまった。長年使われていなかったリクトの部屋は壁をすべて塗り替え、蚤《のみ》の市で机や新しい寝台を購入してもらった。壁の色が明るくなり、家具もそろうと一気に人間の住処《すみか》らしくなった。

療養地のエレズには『弟子にはなれなかったけど、居候としてならいてもいいといわれました』と手紙を書いた。ほどなくして『彼が弟子をとらないのは知っていますが、あなたならきっと大丈夫ですから、自分の良い面を知ってもらって弟子にしてもらいなさい』という返事がきた。エレズが元気になったなら、また山村の工房に戻りたいという希望も伝えたのだが、それについての返答はなかった。

ひょっとしたら、もうエレズは工房を再開する気はないのだろうか——それほど体調が悪い？

あれこれと思いを巡らせると不安になるので、リクトは王都での新しい生活に馴染もうと努力した。

まずは工房主のアダルバートの生活様式を把握しようとした。一緒に暮らしていくからには相手との居心地のいい距離感をつかまなければならないからだ。

だが、アダルバートの生活はかなり不規則で、基本として工房主よりは朝早くに起きようとしていたリクトの計画はすぐに頓挫した。作業に集中しているあいだは、彼はろくに眠らない。日の出とともにリクトが起床しても、夜中からずっと工房に灯りがついていてアダルバートが作業している状態だった。かと思えば、寝室にも戻らずに工房の椅子で昼すぎまで死んだように眠っていることもある。外出も多く、「仕事に行ってくる」といって出ていくと、三日や五日はあたりまえのように帰ってこない。そして戻ってくると、「珍しい材料が手に入《つ》った」といって再びあやしげな液体を調合したフラスコを睨《にら》んだり、釜の前になにかに憑かれたような顔をして夜中まで立っているのだった。そして翌朝、また死体のようになって工房の机の上に突っ伏している――そのくりかえし。

リクトがくるまでは、食事の時間をわざわざとることはなく、ふらりと眩暈《めまい》を覚えたら肉体が限界なのだろうと察して、パンや干し肉をかじっていたらしい。それではパンに黴《かび》も生えるわけだ、そして宝箱いっぱいの金を使うひまなんてないわけだ――とリクトは納得した。

「気にしなくてもいい。これでいままで死んでいない」

自信満々でいうが、いまは大丈夫でも明日はいきなりぽっくりと逝くこともあるのではないのかと思われるほどの不健康ぶりだった。エレズも集中すると周りが見えないタイプだったが、少なくとも朝昼晩食卓につくことは知っていた。

三日ぶりに外の仕事から帰ってきて、「とにかく食事をしてください」とリクトに強制的にテーブルに座らされたアダルバートが、スープをすすっているうちにスプーンを握ったままふっと意識を失うように眠ったこともある。そのときは死んだのではないかと焦って、思わず「生きてますか」と肩をつついてしまったほど怖かった。

「――アダルバートはそのうちに過労死するんじゃないかと思うんですが……」

昼どきをすぎた頃、リクトは工房の向かいにある食堂を訪ねて、アビーに相談した。この時間帯ならば客が引けたあとなので、ちょうど彼の休憩時間なのだ。

王都で気軽に話せる相手はアビーしかいないのでついつい頼りがちだが、彼はいつも笑顔で迎えてくれる。

「へえ。じーさん、また留守なの?」

「はい。今度は五日後に戻ってくるといっていたけど……ろくに眠りもしないまま、どこに行ってるんでしょう。あ、前にもいいましたが、アダルバートはおじいさんではないんですよ。あの姿は外出用の勝負服みたいなものなんです」

「爺姿が勝負服ってなんなんだよ、それ……」

アビーは「でも俺は爺の姿しか見たことねえもん」と唇を尖《とが》らせた。

居候として工房にいられることが決まってから、アダルバートが老人に姿を変えていることは真っ先に説明したのだが、アビーは長年の「向かいの工房の爺」という認識が覆されるのがいやなのか、頑なに「じーさん」と呼び続ける。

「じーさんが『どこに行ってるんでしょう』って仕事だろ？　いままでだって、あそこ窓が閉まってること多かったし。いつ工房開けてるのかわからねえくらいだったもん」

「そうですよね。ご本人も『仕事だ』といっているから間違いないのですが――でも、それにしては不思議なことが……」

いってもいいのだろうかとリクトが迷って口ごもると、アビーはごくりと息を呑んだ。

「な、なんだよ。途中でやめるなよ、怖い話かよ？」

「怖くはないんですが、謎で――なぜあんなに忙しいのかがわからなくて。だって――僕がきてからというもの、工房に依頼のお客さんがきたことなんて一度もないんですよ？」

「…………」

アビーは「なんだ、そんなことか」と拍子抜けした顔を見せてから、「ん？　待てよ」と首をひねった。

「うわっ、たしかに……よく考えると、俺も客がきたの見たことない。こええ。いままでなんとも思わなかったけど。なんでリクトが死ぬんじゃないのかって心配するほど、じーさんは仕事してるんだ？　どこから依頼がきてるんだよ？　つか、その依頼、ほんとに存在してるのか？」

「でしょう？　だから不思議なんです」

そう――アダルバートは忙しそうに仕事をしている。しかし、リクトが居候として世話になってからそろそろ一ヶ月が過ぎようとしているが、そのあいだに工房を訪ねてきた客などひとりもいないのだ。

最初に「仕事でしばらく留守にする」といわれたとき、リクトは「それでは依頼があったら、用件を聞いておきます」と申し出た。ところがアダルバートはどこか寂しそうともいえる微妙な顔つきになって「それは必要ない」と答えた。実際、留守のあいだに訪ねてくる人間はいなかった。

それ以降、なんだかふれてはいけないような気がして、依頼客云々とは口にしたことがない。『ご依頼はお気軽に』――と書かれた可愛い看板がむなしく見えるような状態が続いているのだ。

「いや、でも、金につながらない、独自の研究とかじゃないの？　錬金術師はそういうのをこつこつ探究するんだろ」

「そうなんですが……彼の場合、ちゃんと金銭は得ているんです」

リクトも金の詰まった宝箱の存在を知らなかったら、アビーと同じように考えただろう。だが、一介の錬金術師が一生かかっても稼げないほどの金銭を彼は所持している。いったいどんな依頼をこなせば、あれだけ稼げるのか。

仕事の旅から帰ってくるたびに新たに金貨を箱に詰め込んでは、「頼む」といってその鍵をリクトに渡すのだから無頓着にもほどがある。アダルバートはリクトを世間知らずのように時々いうけれども、彼も大概そうだと思う瞬間だった。

「――金はあるのか。そうだな、じーさん、数年前に工房を建て替えたし。そういや職人たちが『意外に気前がいい』とかいってたっけ。謎だな」

「ええ、謎なんです。……あの工房って、建て替えたんですか?」

「うん……建て替えっていうか、外観をいじっただけなのかな。とにかく前はもっと――こう、古びてて、壁一面に蔦《つた》がからまってるような怪しげな館だったんだよ。だから『不気味な工房の爺』ってイメージがついてたし。それがいきなりあのメルヘンチックな館に変身したから、持ち主も変わったのかと思ったら、じーさんのままだったという」

リクトも最初に見たときに違和感を覚えた、まるでお菓子屋さんのような店構え――。

「――謎ですね」

「謎なんだよな。でも、誰も怖くて理由を聞けないっていう」

リクトとアビーはふたりで頷きあってから、「うーん」と腕組みして唸《うな》った。

「――きみたちはいつもふたりで楽しそうな話をしてるね。はい、新作のパイ。ご試食にどうぞ」

ダレンがふたりの座っているテーブルに、お茶と焼きたてのパンプキンパイをもってきてくれた。こんがり焦げたパイ生地と、たっぷりつまった黄色いカボチャがいかにも美味しそうだ。

「すみません。明日は……お客としてお昼を食べにきます」

「気を遣わなくたっていいのに。アビーの休憩のおやつを一緒にあげてるだけだから」

「大丈夫です。許可はもらってますので」

いくら宝箱の金の管理を任されていても、さすがに常識の範囲で慎ましくしか使っていない。しかしアビーと友達になったことをアダルバートに告げたら、「それではたまに食堂に食べにいってやれ。あそこも客商売だから」といわれたのだ。周りに頓着しないようでいて、変なところで彼は実に神経が細やかだ。

「なあ、兄貴。じーさんの工房って、数年前に綺麗になったじゃん？　あれ理由って知ってる？」

「職人たちは普通に『年代的に古くなったから』だって改装の理由を聞いたっていってたよ。まあ、その前はちょっと雰囲気が重すぎる感じだったからねえ」

「そうだよな、幽霊屋敷みたいだったもんな。通り過ぎるだけで怖かった。中からじーさんが出てくるのに会うと、その夜は腹を下すっていう呪いの噂があって」

——ひどい噂である。さすがにアダルバートが気の毒になった。

「幽霊……出たんですか？」

「いや、出そうな雰囲気だってこと。中に入ったことないから知らないけどよ。肝試しとして、あの工房の呼び鈴を鳴らすって遊びがガキのあいだで流行《はや》ってたくらいだから」

「そうなんですか。実際に見たひとはいないんですね」

幽霊――と聞いて、リクトは思い当たる節があるのだ。実は工房で暮らしはじめてから、何者かの気配を室内で感じることがある。知らないあいだに部屋の扉が開いていたりするのだが、そこには誰もいないのだ。それが一回や二回ではない。

「……なんだよ？　リクトはなんか見たのか？」

「見たというか――見えないんですが、なにかがいるというか。あの館に……」

アビーは「げっ」と顔を青くして首を横に振った。

「いい。俺、お化けの話苦手。その話パス」

「怖い話ではないですよ？」

「幽霊の話なら怖いだろうが」

「だって幽霊なんて存在するわけがないじゃないですか。お化けと騒がれているものは、実際のところ死者の魂ではなく、上位の世界の精霊というか霊的存在なのです。神鳥や竜などの大物とまではいきませんが……彼らは特別な力をもっている。だから霊的現象にはとても興味があります。できることなら、正体をつかみたいです。ついでに捕えたい」

「……あんた、ほんとに変なとこだけは肝がすわってるのな。そんな怪しげなもの捕まえてどうするんだよ」

「契約して使役して、商売に利用するんです」

きっぱりといいきるリクトを前にして、アビーは唖然《あぜん》とした。

「はあ？」

「──だって……精霊に祝福されたお守りの石でも売りだせば、アダルバートの工房にお客さんがくるかもしれません。せっかく錬金術師の聖地といわれるハイド地区に工房を構えているのに、いまのままでは勿体ない」

買い物に行くときにメイン通りにある他の工房を覗いてみたが、余所はもっと繁盛していた。ハイド地区には観光客も多いから、本格的な依頼はなくとも、錬金術で作りだした魔除けの石などが土産として飛ぶように売れるのだ。

たいてい行列をつくってる店の看板には、精霊と契約しているだの、竜の鱗《うろこ》を砕いた霊薬ありますだの、高位の霊体と接触していることを売り文句にしている例が多い。

「土産物売って流行ってるとこは、難しい依頼には応じられない工房が多いんだぜ。まあ、両方こなして大繁盛してるとこもあることはあるけど」

「メイン通りの一番大きいカロンさんの工房は予約をとるほどの大人気でした。恋占いの石は一ヶ月待ちだとか」

「あそこは観光客相手に特化してるもん。工房主がギルドでも幹部だし──だけど、商売はえげつないぞ。女性客にまじない石を売るために、弟子からしてみんな容姿で採用して、美少年ばっかり揃えてるって有名なんだから。じーさんの工房がそんな路線は無理だろ」

「――アダルバートだって、勝負服さえ脱いでくれれば、結構な美男なんですが……」

たしかにアダルバートが笑顔で女性に「こちらの石はどうですか」と接客している場面は想像がつかない。しかしいざとなったら、その役はリクトが担ってもよい。とにかく工房に客がきてほしい。

リクトが必死になるのも、工房に依頼がないから、アダルバートは裏ルートの危ない仕事を請け負っているのではないかという懸念があるからだ。普通に工房だけで商売できれば、遠出して仕事をする必要もないのではないか。

弟子ですらないから工房の経営には口がだせないが、いまのままではアダルバートが身体を壊してしまうのではないかと心配なのだった。

「じーさん、頑固そうだからな。……そういや、リクト、最近帳面もってこないのな。メモ魔はやめたのか」

アビーはリクトの手元を意外そうに見る。

「普通の会話でいちいちメモをとるのは話しているひとには不快でしょうから、控えるようにしてるんです。エレズとふたりきりのときはなにもいわれなかったので続けてましたが……」

さすがに都会に出てくると、いつも帳面を脇に抱えて、ところかまわず書き記しているのは挙動不審者に思われると気づくようになった。いまはとりあえず自室に戻ってから重要なことを書き留めるようにしている。

それに――以前は時折、意識を失って記憶がなくなっていたが、その発作も最近はでていない。エレズからは「たぶん年齢を経るごとにでなくなっていくでしょう」といわれていたが、実際そのとおりになりつつある。もう記憶の空白を埋めるためのメモは必要ないのかもしれなかった。

「ま、とにかくどこから依頼されてるのかわからない怪しい仕事でも、金を稼げてるならいいじゃん。正直、じーさんは工房が繁盛することなんて望んでないと思うぜ」

「そうでしょうか……そうかもしれませんが」

また早とちりで余計なことをしてはならないと自制しているため、リクトもアダルバートに対してはアビーに話したようなことは一言も告げていない。要らぬお世話だといわれそうな気もする。

工房には金貨と札束の詰まった宝箱があるのを知っているから経済的な心配はしていないが、それでもどうして客がこないのかは居候としても気になるところだった。

アビーの休憩時間が終わったので、リクトはパイのお礼を再びダレンに告げてから食堂をあとにした。工房にはまっすぐ帰らずにメイン通りの美少年揃いという噂のカロンの工房を見に行く。

相変わらず工房の前には観光客らしき人だかりができていた。どうすればあんなふうに人気がでるのだろうと通りに立って観察していたところ、「こんにちは」と背後から声をかけられた。

「きみは買い物の途中？　それともアダルバートの工房から追いだされてカロンに弟子入りを願いにきた？」

振り返ると、フリッツがにっこりと笑顔で立っていた。ハイド地区の錬金術師ギルドの長——王都にやってきたその日に、あやしげな路地でリクトを買おうとした男。

「……こんにちは。いえ、たくさんのお客さんで賑《にぎ》わっててすごいなと思いまして」

「ああ。アダルバートの工房は——静かだからね。集中して学ぶにはいいだろうね」

ものはいいようである。貼りついたような笑顔を見ていると、アダルバートの工房に依頼客がまったくよりつかない現状を把握したうえでの皮肉にも聞こえた。

「てっきり仕事先を見つけてくれとギルドに泣きついてくるかと思っていたのに、きみはアダルバートのもとでうまくやってるみたいだね」

「でも弟子にさせてもらったわけではないんです。僕の師匠が病気になったので、療養から戻ってくるまでのあいだ居候させてもらっているだけなので」

「アダルバートも師匠のいうことは聞くのか。さすがにエレズには逆らえないんだね。可愛いところもある」

フリッツの口からエレズの名前がでたのに驚く。

「エレズをご存じなのですか？」

「知らないわけがない。王宮錬金術師のエレズだろう？　かつてウェルアーザーの王家に仕えていた——長らく行方がわからなかったが、きみの話ではいまはレグナの山村にいるのだっけ」

エレズが王家に仕えていた——初めて知る事実に、リクトは目を瞠った。

「え……人違いではないですか？　だってエレズは……」

「間違いないよ。アダルバートが師匠と呼ぶのなら、王家に仕えていたエレズだ。当時の王は迷信深いひとだったから古代王国の繁栄に倣って錬金術師を重用していて、王宮付きの術師がたくさんいたんだ。エレズは博識だったから、王子たちの家庭教師も兼ねてたんだよ。アダルバートもそのとき一緒に王宮で暮らしていたのだからね。いまの暮らしぶりからじゃ想像もつかないだろうけど、王子の遊び相手もつとめてたぐらいだから」

弟子がたくさんいた——とは聞いたが、まさか寂れた山村で貧乏工房を開いていたエレズにそんな華々しい経歴があったとは思いもよらなかった。村の女性たちに美人白粉を売りつけていた彼が、王子の教育を？　そしてアダルバートは王子様の遊び相手？

「知らなかったの？　彼らが王家に仕えていたことを？」

「はい。初めて聞きました」

「へえ……そりゃ——またなんで……」

フリッツは意外そうに顎をなでたものの、すぐに「まあね」と納得したように頷く。

「あまり話したくないのもわかるかな。きみも知っての通り、この国はハイド地区という聖地があるとはいえ、錬金術師にとっては規制が厳しい国になってしまったからね。いま、王宮に仕えている錬金術師はひとりもいない」

かつての錬金術師たちの反乱――暗黒時代と呼ばれていた頃のことだと察しがつく。そういえば歴史を知りたいといっても、エレズは多くを語ってはくれなかった。

フリッツはリクトの顔をじっと凝視してから目を細める。

「きみがエレズの弟子だと知ったときは、彼にも感傷というものがあるのだと感心したけどね」

「どういう意味ですか?」

「いや――それをわたしが伝えてしまうのはどうかな。ただ王家に仕えていた事実は彼にとって心に残ることなのだろうと思ったから」

フリッツは苦笑しながら言葉を濁した。

「当時を知るひとにとっては話したくないことなのでしょうか」

「タブー視してるひとは多いかもね。わたし自身は気にしないけど、エレズたちが語らないのなら、他人の事情をこちらが勝手にあれこれいうのもまずいだろうから」

「……そうですね。わかりました。僕も気をつけます」

本人たちにも下手に質問したりしないほうがいいのかもしれない――とリクトは心に留めた。

いくら好奇心が疼《うず》くからといって、無神経だとは思われたくない。

「きみは――良い子だね。エレズがきみを弟子にしたくなった気持ちはわかるな。うらやましいことだ」

先日会ったときには警戒しなければいけないと思っていたものの、フリッツがエレズの過去の事情とやらを軽々しく口にしないことで、却って見る目が変わった。さすがギルド長だけあって、実はしっかりしてるのではないかと思う。

「ところで、きみ――ほんとはカロンの工房になにしにきたの？ ライバル店を視察？」

「いいえ、とんでもない。ただどうしてカロンさんの工房はこんなに人気なのかと考えていまして」

「そりゃ決まってる。弟子が美少年揃いだからだよ。わたしだって用もないのに目の保養によく彼の店は訪れるよ。もともとまじない石なんて効用があるかどうか、気持ち次第のところもあるから。可愛い子から売ってもらったほうがいいに決まっている」

「はあ……」

特別な嗜好《しこう》はともかく、ギルド長がそんなことを公言していいのかと首をひねる。黄金をつくりだすとまではいかなくても、さまざまな効力のある石を錬成することは、ウェルアーザーの錬金術師にとってはいわば基本となる商売だ。気持ち次第といわれてしまっては術師の存在価値が揺らぐ。

「アダルバートに工房繁盛のコツを盗んでこいとでもいわれた？」

「いいえ。あくまで僕が個人的に工房の——その静かすぎる環境を気にしてまして」

なるべくさしさわりのない言葉を選んだつもりだったが、フリッツはおかしそうに笑った。

「なるほど、個人的にね。でもいまさら人間のお客なんて増やそうとしなくても、アダルバートには上得意のお客さんがたくさんいるだろうに」

「上得意——ですか？」

いいえ、このひと月依頼なんて一件もこなかったですよ——といいたいのを、リクトは堪えた。それを口外してしまうのはいくらなんでもアダルバートに失礼な気がする。

「だって彼には——そうか……。きみ、ほんとうになにも知らないんだな。特別なお客がいることを——」

フリッツは意味ありげに微笑んでから「おっと」と口を押さえた。

「これも勝手にいわないほうがいいだろうね。それにしても可愛い居候が閑古鳥が鳴いている工房を心配してるのに、なにも話してやらないとはアダルバートも罪な男だ」

「——」

いくら他人の事情を詮索するまいとは思っても、工房に特別なお客がいるといわれては興味をひかれずにいられなかった。だが、アダルバートがなにもいわないということは……。

「知りたい？」

勿体ぶったいいかたをされて、リクトは「いいえ」とかぶりを振った。

「アダルバートに直接聞いてみます。僕に知らせてもいいことなら、教えてくれるでしょうから」

「そうだね。きみはきちんとアダルバートと会話できてるようだから、とても貴重なことだよ。だから伝言を頼んでもいいかな。もし工房の将来を人並みに考えてるなら、ギルドの件も考えてほしいと話しておいてくれ」

「ギルドの件？」

「そういえばわかる。もう十年ぐらい同じことを催促してるから。フリッツから頼まれたといえば」

「アダルバートはいま遠出してますので、数日後になりますが」

「かまわないよ。なにせ十年待ってるからね。わたしは爺だから気が長いんだ」

それでは失礼します――とリクトが頭をさげて立ち去ろうとしたところ、フリッツが呟くようにいった。

「きみはほんとに特別だよ。すぐに追いだされるかと思ってたのに、彼の工房で長続きしそうなんだから。アダルバートが他人と関わろうとするなんて。――様以来だ」

え――？

最後に告げられた言葉は、すぐそばのカロンの工房の賑わいにかき消されて聞こえなかった。

数日後、アダルバートは夜遅くに工房に戻ってきた。外出用の老人姿の彼は、いかめしい表情で「なにかあったか」と留守のあいだに異常はなかったかとたずねる。

「とくになにも――」といいかけてから、リクトはフリッツに伝言を頼まれたことを思い出した。

「伝言があって――それから少しお話があります」

「わかった。着替えてきてから聞く」

アダルバートが二階にあがるのを見送ってから、リクトはそっと後を追いかける。

着替えてくる、といっても彼は単に服を着替えるだけではない。いつもどうやって老人姿から青年の姿に戻るのだろうか。幼い頃、エレズが老人になっていたのは覚えているが、結局どんな術を使っていたのか見たことはないのだ。今日こそはたしかめられないだろうか。

生活全般に無頓着なアダルバートは、部屋の扉を閉めていなかった。半開きの扉を静かに押し開けながら覗いてみると、すでにそこに白髪の老人はおらず、シャツを脱いで上半身裸のアダルバートがいた。

「――なんだ？」

すぐにリクトに気づいて、アダルバートは振り返る。

「は、早いですね……」

すでに変身を終えたあとだったのかと、リクトは落胆する。

「なにが？　おまえに覗きの趣味があるとは知らなかった」

「趣味ではなく、興味が――」

いつも服の上からも結構鍛えられたからだをしていると思っていたが、実際剝《む》きだしになったアダルバートの上半身はしなやかな筋肉に覆われていて、細身ながらも逞《たくま》しかった。

張りのあるなめらかな肌に、手入れもろくにされてないだろうに黒々とした絹糸のような髪が流れ落ちているさまは、男の目から見てもひどく艶っぽい。

「アダルバート、いい身体してますね」

実際、アダルバートは外見だけならば飛び抜けて美男だった。正直なところ、彼がその気になれば、カロンの工房の美少年の弟子たちなど問題にならないほどの美形錬金術師として名を馳せられるのではないか、そうすれば工房は――とリクトは頭のなかで下世話なソロバンをはじく。

「……どうした、食い入るような目をして。人体解剖でもしてみたくなったか。医術に興味でもあるか」

「いえ、そういうのではなく、もっと色気のある話なのです。あなたがもう少し……」

商売っ気をだしてくれればきっとボロ儲《もう》け——とカロンの工房の繁盛ぶりを思い出しながら考えたが、もちろんそんなことは迂闊《うかつ》に口にだせるわけもない。

貧乏工房暮らしには慣れているはずなのに、都会にきてすぐに身のほどもわきまえずに余所を羨《うらや》むなど——リクトは欲にまみれた己を戒める。

「……もう少し？　なんだ？」

アダルバートが不思議そうに近づいてきて、リクトの顔を覗き込む。

こちらが観察しているときには平気だったのに、近すぎる距離から見つめられると、心臓が不用意な音をたてた。

つい先ほどまでは大胸筋が、上腕二頭筋が、と身体の部位としてつぶさに眺めることができたというのに——。綺麗な彫刻みたいだと思っていた肌の色がやけに生々しく映る。

「ち、近いです」

リクトがかすかに頬を赤くして後ずさると、アダルバートはきょとんとしてみせてから揶揄するような笑みを唇に浮かべた。

「勝手に着替えている部屋に入ってこられて、俺のほうが恥じらいたい立場なのだが……」

「そうですね、失礼しました……！」

リクトはあわてて部屋の外に出て扉を閉める。部屋のなかからはアダルバートのかすかな笑い声と「厄介な年頃だな」という呟きが聞こえてきた。

そうか、年頃の問題か——とリクトは謎の心臓の高鳴りを理解しようとした。なるほど、そういえばものの本に同性への憧れも成長過程として通過すると書いてあるのを読んだ気がする……と自らを無理やり納得させる。

頰の熱をさますようになでながら一階に下りると、簡単な夜食の支度をした。アダルバートはひとりで遠出しているあいだは道中にろくなものを食べてないとわかっているから、戻ってきたらまず食事をとらせるようにしているのだ。

最初は「いらない」といっていたが、二回目には文句もへり、三回目からは無言になった。だいたいスプーンを握ったまま眠ったこともあるのだから、身体は疲労しきっているに決まっている。

アダルバートは工房のテーブルに並べられた食事を見て、一瞬むっつりした顔を見せたが、なにもいわずに椅子を引いて席についた。

「……それで、ほんとはなんの用だったんだ？　部屋にきたのは」

消化のいい野菜を煮込んだスープを口に運びながら、アダルバートはたずねてくる。先ほど、裸体で接近されて顔を赤くしたことをからかわれなくてほっとした。

「アダルバートがどのようにして老人の姿になるのか知りたかったのです。変身の場面を観察しようとして——いつも見逃してしまうので」

「あれはべつに変身しているわけではない。幻影を見せているだけだ。俺の姿が変わっているわけではない。おまえの目に映るものが違って見えるだけだ」

そういっているあいだに、いつのまにか目の前に座っているアダルバートの姿が白髪の老人の姿になっていた。ぽかんとしているリクトに、「さわってみろ」と命じる。

「さわれば、実際の姿かたちが違っていることに気づくはずだ」

いわれたとおりにそばにいって、試しにサンタクロースのような豊かな長い髭にふれてみる。

「実際は髭なんてないのがわかるだろう?」

「いえ、髭あります。もじゃもじゃしてます」

老人のアダルバートはあきれたようにリクトを睨んだ。

「幻覚だ。本質を見極めろ。目で捉えたものを疑わずにいるから、脳が勘違いして認識しているだけだ。それでは真理に辿《たど》り着けない——」

叱りつけられた瞬間、頭の片隅でなにか疼くものがあった。錆《さ》び付いたような古い記憶——前にも誰かに同じことをいわれたような——そう考えてぼんやりした次の瞬間、はっと我に返る。

気がつくと、いままで老人に見えていたはずのアダルバートが若い姿に戻っていた。髭をなでていたつもりが、なめらかな頬から顎にふれていたことを知って仰天する。

「……し、失礼しました」

先ほど覚えた不可思議な胸の高鳴りがまた甦ってきて、リクトはあわてて手をひっこめて席に戻る。

かすかに頬を染めるリクトを見て、アダルバートはやや複雑そうな、困ったような表情を見せた。

「多少はカラクリがわかったか」

「――はい」

「なら、いい」

胸の不規則な鼓動もそうだが、先ほど一瞬頭に浮かんだものが気になった。記憶の断片のような――あれはいったいなんなのだろう？

「――俺は明日また外出する。今回はたぶんそんなに時間がかからない。明後日には戻る」

今日戻ってきたのに、また明日――毎度のことながら、ハードなスケジュールに疑問と心配はふくらむばかりだった。

「わかりました。なにかやっておくことはありますか」

「特にない」

そう――いくらアダルバートが留守でも、客などひとりもこないのだから、リクトに手伝えることはなにもない。

エレズも村人相手の商いでは簡単な薬などを調合するのみで、余所からの謎の依頼のほうが大仕事のようだったから、それと同じなのだろうか。フリッツがいっていた特別なお客？

いよいよ気になっていたことを追及するべきときがきたと、リクトは覚悟を決めた。

「あの……お聞きしたいことがあるのですが——アダルバートは普通のお客さんは相手にしない方針なのでしょうか。そこが主戦場ではないというか」

「普通のお客？」

「工房に全然依頼がこないから……ハイド地区の錬金術師の工房は有名で、ウェルアーザー全土から——いえ、大陸中からわざわざこの地を訪れる客も多いと聞きます。実際、ほかの工房は賑わっていて、土産物の魔除け石などが飛ぶように売れているのを見ました。あれはとても経費も安く、量もさばけて——」

「——」

アダルバートが唇を固く引き結んでこちらを睨むように見たので、リクトはごくりと息を呑んだ。

考えてみればギルド長のフリッツに「彼はとても有名だ」と評されるアダルバートなのだ。しかもかつては王家に仕えていたという。その彼にしてみれば、土産物の石などを錬成して儲けようなどという小賢《こざか》しい商法は論外なのかもしれない。

自らの俗物的な発想を見抜かれた気がして、リクトがなかなか二の句が継げないでいると、アダルバートは悩ましげに視線を落とした。

「相手にしてないわけではない。うちに客がこないだけだ」

ふれてはいけないと思っていたことを自ら口にしてくれたので、リクトはこの機を逃すまいと果敢に追及する。

「なぜですか？」

「流行ってないからだろう」

即座に返答されて気まずくなった。もしかしたら簡単な依頼はことわっていて、こちらが客のえり好みをしているのではないかとも思っていたのだが……。

「普通だとか普通じゃないとかで、客は選んでいない。というよりも、選ぶ前に誰も訪ねてこない。おまえも知っているだろう」

アダルバートはただ淡々と事実を告げているだけだ。現実はなんて残酷なのだろう——とリクトは沈黙するしかなかった。

「先日、おまえの部屋の壁を塗り替えただろう？　あれをやってくれた職人たちに以前頼んで、工房の外観を変えてみたりもしたのだが、あまり効果がなかったようだ」

幽霊屋敷のようだったという屋敷の外観が可愛らしいお菓子屋のようになった経緯を知って愕然《がくぜん》とする。

「依頼を増やそうとして、建て直したのですか？」

「いや、ちょうど館が老朽化していたから、ついでだが……それに、なぜか頻繁に子どもたちに呼び鈴を押されて悪戯されたからな。作業に集中できなくて困っていたんだ。建て替えれば、それも減るかと」

近所の子どもたちが肝試しにやっていた——というアビーの言葉を思い出して、リクトはなんともいえない気持ちになる。

「あの……いまの工房の外観や、『ご依頼はお気軽に』の看板は、アダルバートの注文なのですか」

「俺はよくわからん。そういうものには疎いから、職人たちがすすめてくれるままに頼んだだけだ。入りやすいほうがいいといわれたからな」

「メイン通りにある工房は、洒落《しゃれ》た感じで神秘的な空間を演出しているものが多いと思うのですが、参考にしなかったのですか？」

「ここは外れた立地だから、他と違うようにして、目立たないといけないといわれた」

「…………」

やはりアダルバートは世間知らずだと思う。努力はしているのに客がこない——という事実を知って、リクトは言葉をなくす。

「いや、別口から依頼はくるので——おまえも知っているように、俺が遠出して出稼ぎしてくればいいだけなんだが……そうすると、何日も工房を留守にするから、たまに客がきても相手にできない。あそこの工房はいつきても閉まってる、営業してるのかどうか謎だ——という評価になるのかもしれない」

珍しくいいわけがましい口調になるところからして、客がこないことはアダルバートも多少気にしているようだった。

「それでは悪循環ではないかと思いますが」

「それは認めるが、俺はやれるだけのことはやっている。生きていけるから、とりあえず問題ない。客商売は難しいし、俺には向いてないのだろう」

すでに悟りきっているようだった。なるほど、だからアビーたちの店に「客として食べにいってやれ」などと似合わないことをいったのか。自らが苦労しているから――。

たしかに他に稼げる依頼があるからかまわないのだろうが、あんなふうに一晩中調合したり錬成したり――そしてろくに休みもせずに遠出ばかりしていたら、からだを壊してしまうのではないか。

錬金術師は長寿とはいえ、不死ではない。不老不死とされた大錬金術師の話を本で読んだことがあるが、厳密には伝説の彼でさえひとつの肉体では限界があるのだ。だから不老不死とはいえ、魂だけが生きていて、肉体は新たにつくって入れ替える。

それこそアビーが顔を赤くして言葉にしていた、人造的な生命体――ホムンクルスのようなものを器として……。

これはどこで得た知識だっただろう。エレズの書斎にある本は閨房術《けいぼうじゅつ》に至るまでなんでも読んだが、大錬金術師の話もそうだっただろうか。伝説の話はともかく、器となる人造的な生命体についての記述はもっと違う場所で読んだような……古い記憶と新しい記憶が交錯しているような違和感にふと混乱する。

「——どうした？」

アダルバートに声をかけられて、リクトははっとして「いいえ」とかぶりを振る。やっと意識が現実に浮上したような安堵《あんど》感。

「……工房の件だが、おまえは心配しなくてもいい。気になるのはわかるが……だいたい他に根本的な問題があるから、客がこないのも仕方ないんだ」

アダルバートはためいきをついた。

「根本的な問題とは？」

「この工房はギルドの認定証がない。客がハイド地区にきて、まず訪ねるのは錬金術師ギルドの本部の会館だ。そこの案内では認定されている工房しか紹介されない」

認定証がない——まさかの事態にリクトは目を見開かずにはいられなかった。

「それは……大問題ではないですか。どうして認定証をとらないのですか」

「——期限が切れている。次に更新するとしたら、今度はギルドの運営委員の役目が回ってくるからな。それがいやなんだ」

まるで子どものようないいぐさを聞いて、リクトは困惑した。いまの生活ぶりを見ていると、外部と接触する機会は極力避けたい性格なのだろうが、それで認定証まで更新しないとは工房主としてどうなのだ？

「アダルバート。それはいけないと思うのですが。やはりギルドの認定証は……」

「――」

じろりと鋭い視線を向けられて、リクトはすぐに「……僕などがいうことではないですが」と声を小さくした。

「おまえにいわれなくても、そんなことはわかっている。だが、ギルドの会合に出たりすることで無駄な時間をとられるのはかなわない」

認定証がとれるなら無駄ともいいきれないのでは――と思ったが、リクトは口にはしなかった。たぶんなにをいっても無理だろうと感じたからだ。意固地になったアダルバートは決して譲らない。

エレズにもよく謎の屁理屈で押し切られたものだ。師匠がカラスは白いといったら白いのだ。弟子としての鉄則を頭のなかで唱えてひそかに息をつく。

そこでようやくフリッツに頼まれていた伝言を思い出した。

「ギルドといえば――フリッツさんにお会いしたときにいわれたのです。『ギルドの件を考えてくれ』と」

「なぜ、おまえに？　フリッツと知り合いなのか」

「王都にきた日にちょっと……」

さすがにあやしげな路地で色子と勘違いされて声をかけられたとは伝えにくくて言葉を濁す。

「裏路地で声でもかけられたか?」

ズバリといいあてられて、リクトはごまかすことができずに動揺した。「やっぱりか……」

とアダルバートは眉をひそめる。

「なぜご存じなんですか」

「――やつはそうやって、弟子をさがしてるんだ。多少の趣味も入ってるんだろうが……きちんと修業する気があるならな」

「色子にわざわざ?」

「……フリッツの工房の弟子は大半がそうらしい。身を売るしかない境遇の子どもに、職を与えてやりたいと考えていると聞いたが……。彼もかなりの高齢だから、そろそろ跡継ぎとなる弟子を育成したいらしくて、高い素養がある子を見つけるために、最近しょっちゅうその手の路地に行っていると聞いた」

「素養って――〈黄金の力〉ですか」

「そうだ。これぱっかりは誰でもいいというわけにはいかないからな」

では、リクトに声をかけてきたのも、素養ありと判断してくれたからなのか。

それにしても、真っ昼間から買春するなど、いささか不道徳なのではないかと思っていたが、男娼《だんしょう》で身をたてている少年を救う意味があったとは――。

「僕はフリッツさんを誤解していたようです。最初、声をかけられたとき、不審な人物だと思ってしまいましたが」

アダルバートはあきれたような顔をした。

「……さっきもいったが個人的な趣味が入ってるから、そんな尊い行為というわけでもないぞ」

「そうなのですか……？」

「〈黄金の力〉もそうだが、自分の好みの相手を見つけようとしてるんだからな。彼がいうには、弟子を愛人として跡継ぎにするのではなくて、恋人を弟子として育てて跡継ぎにしたいそうだ。──で、それを男娼をやっている子のなかから探そうとしていると……」

弟子を愛人にではなく、恋人を弟子として育てる──結果としては同じように思えるが、過程の違いか。

師匠が複数の愛人をもつ工房では、弟子同士の対立と足の引っ張り合いが激しいと聞いたこともあるので、最初からひとりに決めてくれるのならそちらのほうが快適だろう。工房内の平和も保たれる。

「それは……素敵ですね」

効率的だし──と思いながらリクトが賞賛すると、アダルバートは眉間に皺をよせた。

「そうか？　俺にはよくわからん」

まだ跡継ぎを考えるほどの年齢ではないのだろうが、弟子をとらないというのなら、アダルバートは工房や財をどうするつもりなのだろう。

恋人がいたことはあるのだろうか。そもそも彼が異性愛者か男色家かさえわからないのだけれども……。

そういえば以前、アビーが工房に綺麗な男が出入りしているといってなかったか。あの話はいったいなんだったのか。いや、綺麗な男というのは、ひょっとして老人姿ではないアダルバート自身か……?

だいたいギルドの会合に顔をだすのがいやで認定証を更新しないくらいなのだから、恋人や愛人の有無を問うこと自体無駄なような気がした。人間が苦手だといっている彼が、そんな面倒くさい相手をつくるわけがない。

本来の美貌で街に出て、アダルバートが声をかければ、老若男女問わずに喜ぶ者は多いだろうに……。にっこりと微笑む術を身につけてくれれば、カロンの工房に負けないくらい客も増えるに違いない。しかし、それらは可能性であって現実ではない。なぜなら、アダルバート自身にその気がないから——色々な意味で実に勿体ないというか残念な存在だった。

宝の持ち腐れ——という言葉がリクトの頭に浮かぶ。

「アダルバート。フリッツさんがいっていたギルドの件ってなんなのですか」

「それは先ほどの認定証の話だろう。期限が切れているから、いつも更新しろといわれている」

リクトは思わず「は?」と声をあげた。

「……十年待ってるっていってましたよ? 十年前から認定証がないんですか?」

「——なにか問題あるか」

堂々といいきられて、リクトは「いえ……」と口ごもる。師匠がカラスは白いといえば白い——と例の鉄則を頭のなかで唱える。

しかし、リクトはまだアダルバートの弟子でもないのだった。もしもエレズが山村の工房に戻ってこなかったら、どうすればいいのか。実際のところ、アダルバートの工房の閑散ぶりを心配をしている場合ではない。まずは自分の将来を考えなくてはならなかった。まったく本末転倒だ——。

ふとフリッツがいっていた言葉を思い出した。

(きみはほんとに特別だよ。……アダルバートが他人と関わろうとするなんて。——様以来だ)

なんにでも興味をもつリクトだが、あのときなぜか聞き返すことができなかった。心にちくりと刺さるものがあって——その名前を聞いたら、胸が不安にざわついて、落ち着かなくなるような気がしたのはなぜなのか。

Ⅲ　神なる種族との交際術

「一は全なり、全は一なり」という言葉は錬金術の基本を表している。

　この世界のすべてはひとつの物質から成り立っていて、その物質は第一質料といわれ、すなわち神の霊魂を指す。どのような形をとっていようとも、もともとは同じく神の霊だという理屈だ。

　神が世界を創造したのなら、同じく人間の手によって小さなフラスコのなかで世界をつくりあげようというのが錬金術の根底にある思想なのだ。

　神の霊がすべての源なのだから、それさえあれば、何者でもつくりだせる――。

　錬金術師といっても、鉱物の錬成、霊薬の生成など、実際に生みだされるものは多岐にわたる。共通しているのは神の霊から創造されること。

　ウェルアーザーでは〈黄金の力〉をもつ者が、神の霊である第一質料のある上位の世界の〈扉〉を開けることができるとされている。

〈扉〉はすべてで八つあり、ひとつ開けるごとにさらに上位の世界に近づくとされ、純度の良い第一質料が手に入るとされている。純度が高ければ高いほど、あらゆる物質に変容できるという無限の可能性をひめている。

なぜ〈扉〉は八段階に分かれているのか。八は聖なる数字――無限大であり、錬金術のシンボルであるウロボロスを表す。

八つ目の〈扉〉を開ければ、錬金術師自体の存在が浄化され、純度を増し、第一質料そのものに還元されてしまうといわれている。人間も元は第一質料からできているのだから――それはつまり、神の一部に還るということだ。

もちろんそこに辿《たど》り着いて戻ってきた者などいないので、真実は定かではない。

錬金術師として工房をもつ資格があるのは、とりあえず第一の〈扉〉を開くことができる者。第一質料を手に入れられなければ、その術者がつくりだすものはまがい物に過ぎない。

ただの粉を霊薬だといったり、そこらの川辺で拾ってきた石をさも霊力のこもっている霊石だといったり、手品のようなトリックを使って黄金を錬成したように見せかけたり――古代から、錬金術師と詐欺師の存在は隣り合わせだ。

だからこそ、工房を開くさいには、「この錬金術師は本物ですよ」という錬金術師ギルドの認定証が重要になるわけだが、アダルバートはその更新を怠っているという。

工房主としてあるまじき怠惰といえるが、しがない居候のリクトにはどうしようもなかった。お世話になっている工房がなんとか繁盛したらいいと知恵を絞っているものの、主の協力なしでは打開策は見つけられそうもない。

そしてここ最近、リクトは工房の閑散ぶりよりも気になることがあった。それは静かすぎる館のなかに何者かの気配を感じることだ。以前から気になってはいたのだが——アビーにも話したように、知らないあいだに扉が開けられていたり、足音がしたりするのだ。

振り返ってみても、そこには誰もいない。

「——どうもこの館には霊がいるのではないかと思うのですが」

朝食の席で、おもむろにリクトが切りだすと、アダルバートは眠そうな目をこすったあと「ほう」と頷《うなず》いた。

「それはいいな。捕まえるか」

「実はひそかに何度か試しているのですが、捕まえられません」

普通ならば家のなかに霊がいるといえばアビーのように震えあがるところだが、自らの手で神の奇跡を起こそうと日々見果てぬ夢を追っている錬金術師にしてみれば、霊魂は貴重な実験材料にすぎず、畏れるものではない。

それは死者の魂などではなく、この世界に馴染めない浮遊するエネルギー体にすぎないからだ。つまり異世界からのお客様だ。神の霊魂とまではいかないが、使いようはある。

「やりかたが下手なのではないか」

「エレズがつくった魔除けの石を、効果を真逆にする布につつんで餌として置いたのですが、間違っていますか。魔除けの反対で、吸い寄せられるかと思ったのですが」

「そのやりかたでは変な邪気を集めるだけだろう。最近の流行りでは磁気を利用するといいらしい」

「磁気ですか……」

それならば効用のある石を錬成できないリクトにも、霊魂吸収装置を作成できそうだった。

「霊を捕まえてどうする気だ。たちの悪いものだったら大変だぞ」

「もしも意思の疎通ができる、高位の霊体だったら、契約したいのです。美しい姿を見せてくれる者もいると聞きます。それこそお伽噺《とぎばなし》の精霊のように」

精霊に祝福されたまじない石をつくることを、リクトはまだあきらめていないのだった。アダルバートはリクトの顔をじっと見つめたあと、ふっと唇の端をあげた。

「土産物のまじない石でもつくるつもりか。おまえはカロンの工房をちょくちょく見にいっているそうだな。弟子入りしたいなら、紹介してやってもいいぞ。あそこは弟子の採用基準が変だが、おまえも顔だけなら及第点だろう」

リクトはぎょっとした。アダルバートが遠出して留守のときの行動をなぜ知っているのだろうか。

「先日、偶然外でフリッツに会ったからな。おまえのことを『面白い』といって褒めていた。うちの工房が静かすぎると感想を述べていた、と……」

わざわざ「個人的に」と前置きしてたのに、アダルバートに告げるとは――リクトはフリッツを恨んだ。

「カロンさんの工房を見に行ったのは事実ですが、弟子入りしたいわけではありません」

「遠慮しなくてもいい。それがおまえのためになるのなら」

アダルバートがあっさりといいきったことに、リクトは幾ばくか失望した。工房で暮らしはじめてもう一ヶ月以上――居候で雑用しかしていないとはいえ、少しも手放すのが惜しいと思ってもらえる関係性も築けてないのだろうか。

「遠慮ではなく、ほんとうに――僕はエレズがからだを治したら、山村の工房に戻りたいと考えていますし――もし……エレズが工房を閉めるのなら、こちらで引き続きお世話になりたいと思っています。その場合、すぐにとはいいませんが、いずれ弟子入りさせてもらえればありがたいのですが」

どうせ出会った頃と同じように、すぐに「俺は弟子はとらない」とにべもなくはねつけられると思っていた。

だが、アダルバートは何事か考え込むように口許に手をあてて沈黙した。そしてしばらくたってから小さく息をついた。

「……悪いが、それは無理だ。俺は弟子はとらない」

即答でことわられたら、「なぜですか、お願いします」とさらに頼み込むところだったが、妙な間を置かれてしまったら言葉が続かない。一応検討してみても、やはり駄目だというふうに解釈できるからだ。

こうして居候としてすでに一緒に暮らしているのに、どうして弟子となると、それほど拒絶反応を示すのか。

「——おまえが捕まえたいという霊の話だが、契約するのはやめておけ。彼らは彼らの理屈でしか動かないし、なにかを約束するのは命とりになることもある」

話題を元に戻されて、リクトもそれ以上は弟子入りの件を言及できなかった。だが、療養地のエレズにいくら手紙を送っても、『アダルバートに弟子入りしなさい。それがあなたのためだから』という返事をくりかえされるばかり——おそらくエレズはもう工房を再開する気はないのだ。長年一緒に暮らしてきただけに、リクトには彼の考えがわかった。このままでいくと他の工房への弟子入りを本気で考えなくてはならなくなる。

「……命とり——ですか。きちんと契約書を交してでもですか」

「おまえがつくる磁気装置で捕まえられるとしたら、下位の霊体だ。知能があるとは限らないし、姿だって醜いゴブリンのようなものしか出てこないぞ」

ゴブリンだとしても珍しいいし、見ようによっては愛嬌《あいきよう》も——と考えかけたものの、やはりまじない石のセールスポイントにはならないか、とリクトは「うーん」と唸《うな》る。

アダルバートは白けたような目線をくれたあと、ふいにくっと笑いだした。

「まったく……おまえは考えていることが丸わかりでいいな。いつも楽しそうで、羨《うらや》ましい限りだ」

そんなことはないですよ——とリクトは反論したかった。

いまだって不安なことはたくさんある。なにせ自分には親兄弟がいないし、養い親のエレズがもしもいなくなったら誰も頼れる相手が存在しない。

アビーにはよく「肝がすわっている」といわれるが、いつもどこかに居場所をつくりたくて必死なだけなのだ。

たとえばアダルバートの工房を繁盛させたいというのも自分を気に入ってほしいからやっているのかもしれないし——そう考えると、自己嫌悪に陥る。

あれこれと興味をもつのも、目先のことに夢中になっていないと不安で仕方がないから。そもそも自分は何者なのか。時おり、頭に浮かんでくる断片的な記憶やこの世界にはない映像——あれはなんなのか。

霊魂が異世界からの訪問者だというのなら、自分こそ余所《よそ》の世界からきたのではないかと考えてしまう。

「——今日も出かけるが、夜までには帰ってくる。もしかしたら、男がひとり訪ねてくる可能性があるが……。俺は留守だからまた出直せと伝えてくれ」

来客の予定があると告げられるのは初めてだった。アダルバートの工房としては事件だ。

「男性ですか……？　お名前は？」

「名前はレナートというが、口はきかないかもしれない。金髪で緑の目をした、背丈は俺と同じくらいの男だ。周期的には今日きそうなのだが、確定ではないし、用事があるのならべつに外に出てもかまわない。それからこれを──俺が帰ってくるまで、首にかけておけ」

アダルバートは小さなロケットペンダントをリクトに手渡した。

「なんですか、これは？」

「──邪気が近づかないように」

リクトが霊を捕まえると息巻いているから、お守りをくれたのだろうと理解した。

「行ってくる」

朝食を終えたあと、アダルバートはいつものように白髪白髭《ひげ》の老人の姿となって現れた。「外出用」というようにリクトの知る限り、外に行くときは必ず姿を変えている。人並み以上に美しい姿を隠しているのは、師匠のエレズ譲りなのだろうか。

扉のそばまで見送りに出ながら、リクトはずっと抱いていた疑問を口にする。

「どうしてアダルバートは老人の姿になるのですか。わざわざ変えなくてもいいのに」

「仕事の関係上だ」

爺の姿が必要な仕事——ますます意図がわからない。

なぜアダルバートがしょっちゅう遠出しているのか。その件については先日ようやく理由が判明した。

リクトが工房に客がこないと嘆いていると思った彼は、「別口の依頼」の事情をやっと説明してくれたのだ。どうやら各地の領主や貴族の家が得意先になっているらしく、指名で呼ばれているらしかった。

いまの王家は錬金術師を昔のようには重用していないが、古い貴族のなかにはいまだに昔のように錬金術師に頼っている家もあるらしい。それこそ特製のまじないをしてもらったり、門出に良い日を占ってもらったり、持病に合う霊薬を調合してもらったり——お抱えの術師のようになっていて、必要になると呼びだされるのだと。

フリッツからかつて王家に仕えていた経歴を聞いていたので、その縁で良客がたくさんついていると察せられた。なにも知らなかったら、なぜアダルバートにそんな貴族の客が——と訝《いぶか》しんだことだろう。アダルバートも過去を話したくないから、工房に閑古鳥が鳴いていても余所の仕事がある——という事情をなかなか説明しなかったのかもしれない。だから、リクトはもうあまり深くは追及しなかった。

それにしても気になるのはフリッツの言葉だった。彼が勿体《もったい》ぶったようないいかたをしていたので、もっとなにか意外な理由があるのかと思っていたら、普通のことだった。これほど流《は》行《や》っていない工房の上客が、名家の貴族たちだというのはたしかに驚きに値するけれども。

「貴族の方というのは、老人の錬金術師を好むのですか？」

「――威厳があるだろう」

もじゃもじゃの髭の奥から、アダルバートは普段よりも重々しい声で応える。なるほど、外ではこんなふうにしゃべっているのか。

「どうせ同じ術を施すのなら、そこらへんにいそうな普通の男よりも、魔法使いの杖《つえ》をもっていそうな爺のほうが効き目がありそうに思うだろう。人間は単純なものだ。すぐに見た目に惑わされる」

ギルド長のフリッツといい、錬金術師自身が術そのものよりも視覚効果が重要だと発言するのはいかがなものなのか。

「でも、それをいうのなら、普段の姿のほうが効き目がありそうですよ。アダルバートは美男ですから、惑わされるひとはたくさんいると思います」

「…………」

いかに世間知らずとはいえ、自分の容姿が整っていることぐらいは自覚があるのだろうと思っていたが、アダルバートは不気味な沈黙のあと、老人にしては澄んだ青い目でリクトを睨《にら》んできた。

「俺がほんとうに若かった頃――老人の姿にならずにそのまま行ったら、酷い目にあったことがある。領主には『〈扉〉をいくつ開けているか知らないが、青二才の若造めが』と罵られて、奥方や令嬢たちがやけに親切にしてくれるので、礼儀正しく対応していたら、不倫の疑いをかけられて、地下牢《ちかろう》に閉じ込められてな。あんな面倒くさいことはもう二度とごめんだ」

「――――」

そんなことがあったのか。さすが師弟――結局はエレズの「わたしは美しすぎるので」と同じ理由だと思ったら、不謹慎だと思いつつもリクトは笑いが込み上げてきた。

「不倫したのですか？」

「するわけないだろう。濡《ぬ》れ衣だ」

珍しくアダルバートは声を荒らげる。

「なぜ笑う」

「すいません……僕がエレズと最初に出会ったとき、彼も老人の姿をしていたんです。とても綺麗《きれい》なのにどうしておじいさんの姿になるのかが不思議で……そのことを思い出したら、つい……」

最近手紙をやりとりしても、エレズに工房に戻る意思がないことを感じとってしまうせいか、以前だったら笑っていられた思い出が、なぜか少しばかりせつなく胸に迫ってくる。

「美しすぎるので」――あんなことをいっていたエレズが、工房を再開しそうもないということは、彼には寿命の終わりが近づいているのだろうか。もしそうなったら、自分は……。

笑顔ではいたが、リクトの顔つきからなにか感じとったのか、アダルバートの表情から険しさが消えた。

「――エレズのことが心配か」

「あなたのいうとおり、エレズはそう簡単に病になど負けない方だとはわかっているのですが……」

ただ心細くなるだけで――その言葉を呑み込んだところ、アダルバートがふいに近づいてきて、いきなりリクトの頭をぽんと叩《たた》いてきた。

そのまま手を動かされる。頭をなでられているのだと気づくのにやや時間がかかった。まさかそんなことをされるとは夢にも思っていなかったので。

「――おまえのことはべつに……いってないわけじゃない」

アダルバートが小さく呟《つぶや》いたので、「え?」とリクトは聞き返した。その瞬間、それまで白髪の老人だった彼が、再び本来の若い姿で見えた。しかし、彼は複雑そうな表情をしたものの、答えることなく「なんでもない」とかぶりをふった。

「夜には戻る」

そういって扉に手をかけたときには、外出用の老人姿に戻っていた。実際には変身しているわけではないといっていたから、いまの瞬間、リクトが本質を見極められたということなのか。

アダルバートが出ていってしまってから、リクトはしばらくぼんやりしていた。なんていわれたのだろうか。よくは聞き取れなかったけれども、たしか……。

（——おまえのことはべつに気に入ってないわけじゃない）

アダルバートの声を耳の奥で再生させたら、ふいに心臓が跳ねて、例の不規則な胸の高鳴りを覚えた。


用事があるなら外に出てもいいといわれたが、せっかく初めて工房に客が訪れるのかもしれないのに、奇跡的な瞬間を見逃すわけにはいかなかった。

リクトは工房の掃除をしながら、いまかいまかとレナートなる人物の来訪を待った。落ち着かない気分で書棚の埃《ほこり》を払いつつ、ふとしたときにアダルバートが出かける前に口にした台詞《せりふ》を思いだす。頭にふれてきたときの手のぬくもりも。

エレズが工房を閉めたら弟子入りさせてくれと頼んでしまったから、気を遣わせたのだと思った。

まだエレズが戻ってこないと決まったわけではないのだから、あまり周囲を煩わせないようにしなくては——と反省する。

山村の工房が再開されたら戻りたい気持ちは変わらないけれども、その場合はここを去らなければいけないのだと考えると少し複雑だった。

自分がいなくなったら、アダルバートはどうするのだろう。また弟子もとらずにやっていくのだろうか。ギルドの認定証も更新しないまま、三度の食事もとらずにたまに黴《かび》が生えたパンをかじりながら、ずっとひとりで――？

それでかまわないと本人はいいそうだけれども、先ほどの「気に入ってないわけじゃない」という台詞を思い出すと、胸がどこか苦しくなる。

エレズの病気を心配して心が重苦しくなるのとはまた違った、高揚感をともなった不思議な感情……。

それがなんなのかわからないまま、リクトは妙にふわふわした気分になりながら館のなかをぴかぴかになるまで掃除した。午後になっても工房の呼び鈴が鳴らされる気配はなかった。家の仕事は終えてしまったので、二階の自室に行き、霊体を捕まえるための錬成陣を床に描きはじめる。

時間があれば鳥を生け捕りにする罠《わな》のようなカラクリ装置をつくりたかったのだが、ひとまず昔ながらの方法で試してみることにした。魔除けの石を逆作用の布でつつむのは間違っていたようだから、今回は磁力のある石を円の中心に置く。工房にあったものを利用したので、どのくらいの効力があるのかは謎だった。

リクトはまだ〈扉〉を開けたことがないので、神の霊魂のエネルギーを引きだすことは叶わず、この陣に特別な力は込められない。要するに格好だけ整えたハリボテだが、一応生来の〈黄金の力〉があるとされている錬金術師の弟子ならば、多少似た効果は期待できる——はずだった。

深呼吸して、中央に置いた石の上に手をかざす。

「——ウェルアーザーの古き大地よ、我はその血を受け継ぐ者。大いなる力を我の手に顕現させよ。火の神アジェスよ、我に力を与えたまえ……」

もっともらしい口上を述べてみるものの、自分でやっておいてなんだが、効果がある気がまったくしない。

ただ空間が気まずく静まりかえっているような、つまらない冗談を口にしたときみたいなむなしい気持ちのみが残る。

いくら〈扉〉を開いた経験がなくても、〈黄金の力〉の素養があるなら、なんらかの手応えがあってもいいはずだった。〈黄金の力〉とは、こちらの世界に残された神の力の名残なのだから。

エレズはリクトがなにをしても、その評価は明確にせず、「あなたはそれでいい」とあきれた顔で苦笑していた。劣等生であることは自覚しているが、どうにか救いのある段階なのか、もしくは他に職を求めたほうがいいレベルなのかはたしかめたことがない。

「……僕に〈黄金の力〉がほんとにあるんだろうか……」

アダルバートのいうとおり、こんな未熟な錬成陣に引っかかるのはレベルの低い霊体のみだろう。錬金術師としての力が込められていなければ、素人のまじないと同じなのだから。

エレズがわざわざ奴隷商人から指名したり、フリッツだって路地で声をかけてきてくれたのだから、自分には少なくとも素養があると信じたい。もしもそれがなかったら、錬金術師の弟子でいられなくなってしまう。

それに——目がいいというダレンだって、リクトのことを特別だといってくれた。あのとき変な声が聞こえたような気がしたけれども、あれは……。

たしかになにかを聞いたはずなのに、内容がはっきりと思い出せなくて首をひねっていると、階下から呼び鈴の音が聞こえてきた。待望の客人のおでましだった。

「は、はいっ」

リクトはあわてて階段を下りて、工房の扉を開けた。反射的に、繁盛しているカロンの工房を観察して得た、とっておきの商売用の笑顔をつくる。

「いらっしゃいませ。こんにちは。本日はどういうご用件でしょうか」

「…………」

扉の前に立っていた男は、リクトを見て驚いたように目を瞠《みは》った。アダルバートにいわれたとおりの特徴をもつ男——金髪で緑色の瞳が美しい彼はとまどったように工房の奥へと視線を走らせる。

年齢は二十代後半ぐらいだろうか。いかにも上質そうな衣服を身にまとい、淡いブロンドが本物の金のように光り輝いている。緑色の瞳は宝石のエメラルドでもはめこんでいるようで、綺麗すぎて感情のない人形のようにすら見えた。現実味のない美貌は、たとえるならばまるで美術館の彫像が服を着て歩きだしたような印象だった。

彼が目線だけで「アダルバートは？」といっているのがわかったので、リクトは教えられたとおりに対応する。

「ひょっとして、レナート様でしょうか。申し訳ないのですが、主のアダルバートは留守にしておりまして、また後日出直していただきたいとのことです」

「――――」

レナートは無言のまま「そうか、わかった」といいたげに頷く。瞳は伏し目がちになり、ひどく残念そうだった。

「口をきかないかもしれない」とはいわれていたが、ほんとうにしゃべらない。なにかの病気で、もしかしたら特別な薬の調合などを頼みにきたのか。この風貌からして貴族の客だろうか。

初めての客人――という事実に舞い上がっていたせいで、彼がどういう人物なのか聞いていなかったことを悔いる。

「申し訳ありません。わざわざきていただいたのに……あの、よろしかったら、お茶などいかがですか。少し休まれていきませんか」

リクトの申し出に、レナートは考えるそぶりを見せてから頷く。

顔立ちだけ見ると傲慢《ごうまん》さを感じさせるようなクールな貴族顔なのに、態度は静かで控えめだった。本物の貴族は偉ぶらないものなのかと感心する。

工房の食事をするためのテーブルにレナートを案内してから、リクトはお茶の用意をした。上等な茶葉などないので、できるだけ丁寧に淹《い》れる。

レナートは憂鬱そうな顔をして椅子に座っていた。リクトが「どうぞ」とお茶を差しだしても、なかなか手をつけようとしない。じっとリクトの顔を見つめてくる。

病人ならば休憩してもらったほうがいいと思ってお茶をだしたのだが、間がもたない。なにせ初対面で相手が何者か知らないし、こちらから提供できる話題もない。

「――あの……主が留守で申し訳ありません。僕は最近、この工房にお世話になっていまして、リクトと申します。レナート様はいつも工房にいらしてくださってるんですか？」

レナートは話しかけられたことに安堵《あんど》したように表情をゆるめて頷いた。

「ありがとうございます。お得意様なのですね」

「――――」

迷うように首をかしげてから、レナートは曖昧に微笑《ほほえ》んでみせる。

いちいち表情や仕草がたおやかで、深窓のナントカというやつか、とリクトは勝手に解釈して納得する。

た。

「──どうぞごゆっくり」

とりあえずいったん奥へと引っ込もうとしたところ、背後からぼそりと低い声が聞こえてきた。

「えらいハリボテなんだな」

意味不明だったが、棘《とげ》のある調子に驚いて振り返る。しかし、声を発したと思われるレナートはカップを手にして優雅にお茶を飲んでいるだけで、リクトと目が合っても、「え?」というようにとまどった顔を見せる。

「……いま、なにかおっしゃいましたか?」

レナートは無言のまま「いや」というように首を振る。空耳か、疲れてるのかな──とリクトは頭を掻《か》きながら踵《きびす》を返す。すると──。

「馬鹿が」

今度ははっきりと聞こえてきた。リクトが再び振り返ると、レナートは先ほどと変わらぬ風情でカップに口をつけている。きょとんとした表情だけ見ていると、とても暴言など吐きそうもなくて、リクトは混乱した。

「あの……」

問い質《ただ》そうとしたそのとき、上の階から物音が聞こえた。誰もいないはずなのに、ドンドンと床を叩いているような音──こちらは完全に空耳ではなかった。

心当たりがあるのは館に以前からひそんでいると思われる霊体――いよいよ、錬成陣の罠にかかってくれたのか。

物音に不愉快そうに眉をひそめるレナートに、リクトは「うるさくて申し訳ありません」と告げてからその場を離れて二階への階段をのぼる。

あんな効力の薄い錬成陣にひっかかるなんて、どうせチンケな小物に決まっていたが、才能がないと落ち込んでいたところなので、何者だろうとありがたかった。この際だから、ゴブリンみたいに醜くてもいい。契約さえしてくれれば、自分の使役できる精霊として精一杯可愛がるのだ――。

覚悟を決めて、意気揚々と自室の扉を開けたリクトが目にしたのは、意外なものだった。先ほど描いた錬成陣の中央に――磁力のある石をおいた場所に、ある生物がじたばたと蠢《うごめ》いている。頭から背にかけて角があり、硬い甲羅のような鱗《うろこ》で全身を覆われているそれが、陸にあげられた魚のように尾をぴちぴちとさせて暴れていた。意外につぶらな大きな瞳に涙らしきものをにじませている。

『ええい、口惜しい。こんなものに捕まるとは。カトル、一生の不覚』

ゴブリンではなかった、それは人の形すらしてなかった。金色に光る、全長三十センチぐらいの可愛らしいトカゲに似た生き物だった。

リクトは一瞬茫然《ぼうぜん》としたが、あわてて錬成陣の中央に手をかざす。この際、トカゲでもいい。

しゃべるトカゲなど珍しいではないか。

「下等なる霊よ、わがしもべに――」

『無礼な！　誇り高き竜人に人間ごときが何をぬかす。わが正体を見て、畏れおののくがいい……！』

トカゲはじたばたしたまま、リクトに爬虫類《はちゅうるい》の目をじろりと向けてきて叫んだ。次の瞬間、トカゲの全身から金色の光があふれだす。

眩《まぶ》しくて目を開けていられなかった。ようやく目を開けたときには、リクトの前からトカゲは消えていた。代わりに、錬成陣の中央に十四、五歳と思われる少年が座っていた。ゆるやかなウェーブの金髪に縁取られた顔は綺麗に整っており、興奮して涙ぐんだ緑の瞳は麗しく、悔しそうにリクトを睨んでくる。

「――――」

なにが起こったのか、現実を把握できなくて、リクトはしばし固まってしまった。醜いゴブリンか、トカゲか、それでも可愛がると覚悟を決めていたのに、まさかこんな大金星が出てきてくれるとは――。

感謝の気持ちを込めて、リクトは思わず床に膝をつき、少年をぎゅっと抱きしめた。これだけ美少年の霊体なら工房のセールスポイントになるではないか。

「わ、わーっ！　なんだ、この人間はいきなりっ……変態か、畜生っ、さわるなぁ」

リクトの抱擁に、少年は動揺したように真っ赤になった。そこではっと少年の言動に重要な意味が含まれていたことに気づく。

「さっき……あなたは竜人といいましたか？　つまり神人？」

「そうだ。離れろ、このカトル様をもっと畏れ敬えっ」

「……カトルというお名前なんですか？　まさかこんなに高位な霊体が僕のちっぽけな術に引っかかってくれるとは」

「だから、離せというのに……く、苦しい。おまえどんな術を使って――あ、抵抗できない……あ……」

　それほど強く抱きしめてはいないのに、カトルは息が詰まるというようなしぐさをしてみせる。「大丈夫ですか」とリクトが肩をさすればさするほど、その表情が苦悶《くもん》に満ちていった。

「――彼のペンダントのロケットだ。アダルバートが術をほどこしていってる。彼にさわると苦しむように。竜除けだ」

　背後からの声に振り返ると、いつのまに二階にあがってきたのか、レナートが立っていた。

「レナート様っ！」とカトルはほっとしたように叫ぶ。

「ハリボテの錬金術師に、ハリボテの錬成陣――こんなものに捕まるとは、馬鹿が」

　階下で聞いた声とまったく同じだった。やはり彼がしゃべっていたのか。

　先ほどまでは控えめな紳士に見えたレナートだったが、カトルに向ける表情は別人のように刺々《とげとげ》しかった。

状況がつかめずに困惑しているリクトを、カトルが睨む。

「レナート様がお声をだすなんて――おまえはなんて罰当たりなんだ」

「え？」

「レナート様は人間などという下賤《げせん》な生き物とは滅多に会話をしない。ありがたい声を聞かせてやるなど勿体ないからな」

竜人の少年がこんなふうにいうからには、レナートはリクトが思うような人間の貴族ではなく……。

あらためてレナートを上から下まで眺めているうちに、リクトは王都に来た日に空を見上げていて、流麗な竜の尾が翻っていったさまを思い出す。

「――竜、ですか……？」

レナートが微笑みながら「いかにも」と頷くそばから、カトルが口をだす。

「『いまごろ気づいたのか、遅いわ、薄らボケが。ひとめ見ただけでわかるだろう』と本音ではいっておられる」

レナートは眉をひそめてカトルの頭をこづいた。

ウェルアーザーは古来から竜や神鳥に祝福された国――こちらの世界にひとの姿で現れる彼らは神人、または神なる種族と呼ばれている。

神人は竜や巨大な大鷲《おおわし》の姿をもっているが、それは途方もない霊的エネルギーが彼らをそういう姿に見せているそうだ。ひとが畏れ敬う、神々しい存在として目に映るように――本来は〈果ての島〉と呼ばれる場所に住んでいて、人界には滅多におりてこない。

もともと〈果ての島〉は人界より上位の世界――神の霊魂により近い世界なのだが、古代では出入り口となる〈世界の扉〉がつねに開いていたために、人界と行き来が可能だったようだ。しかし、いまでは〈世界の扉〉は閉じられていて、特別な力を持つ者にしか開くことはできない。それはこちらの世界では〈黄金の力〉をもつもの――つまりは錬金術師だけにしかできないこととなっている。

そのため現在では人界にわざわざやってくる神人もごく限られた人数になってしまっているという。

〈黄金の力〉の素養がないと、すでにこちらの世界では空を飛ぶ竜の姿を見ることさえできないという者が増えている。それは二つの世界の交流が途絶えて久しいから――やがて時が流れれば、神人たちはこの世界では認識されない存在になっていく。以前エレズから聞いたことがある。「わたしたちの住む世界はいずれ神の霊魂よりももっとべつの力や法則に支配されるようになる。人間が生みだした知恵や技術が世の中を動かす。だから、彼らはそのうちに伝説になる」と。

しかし、とりあえず現時点では神人には滅多に会えないが、一生に一度遭遇できれば幸福になれる――などと語られるくらいにはまだ身近な存在だった。とはいえ、リクトも実際に会ったのはこれが初めてだ。

「神なる種族の方がどうしてこの工房に……」

「おまえがいっただろう。『お得意様』だ」

フリッツが意味深にいっていた「特別な客」とは竜人のことかと察する。

「それは――いつもありがとうございます」

リクトが深々と頭をさげると、レナートも「うむ」と頷く。隣でカトルが「こんな愚かな人間と口をきかないでください。勿体ない」と顔をしかめる。

「愚かではない。なかなか面白い。この世界のものであって、この世界のものではない匂いがする」

「また……気まぐれを起こさないでください。こんなやつに関心をもたれては困ります」

会話を聞いていると、どうやらふたりは主従関係のようだった。

それにしても、カトルはなぜ錬成陣に引っかかったのか。リクトが館にきてからというもの、見えない誰かの気配があったのはたしかだ。あれが彼だというのなら……。

「――あの……あなたはどうしてかたちのはっきりしない霊体として、この館のなかを漂っていたのですか？　てっきり下等な霊かと……」

カトルは「ふん」とそっぽを向いた。

「漂っていたのではない。あの偏屈な錬金術師の工房に珍しく人間が居つきそうだから、どんなものかと見にきただけだ。どうも変わった気配がするから――警戒して偵察にきた」

「――嘘をつけ」

レナートから厳しい言葉が飛ぶ。

「最初は偵察のつもりでも、姿を保てなくなって、帰れなくなっていただけだろうに。その錬成陣に引っかからなければ、己の正体すらわからなくなって、浮遊したままだったろう。恥ずかしいやつめ」

「違います。このカトル、そんな未熟者ではありません。誤解です」

「ごまかすな」

叱りつけられて、カトルは「う……」と唇を嚙《か》みしめる。

どこも仕える者は大変なのだな――とリクトは同情した。まさに我が身に沁《し》みるとはこのことだ。主のいうことには逆らえない。しかも、ひとの姿だとカトルの見た目は自分よりも年下の少年に見える。

つい慰めたくなって、カトルの肩に「大丈夫ですか」とふれたところ、カトルは「なにをするっ」と怒鳴ってから苦しげにうめいた。そういえば「竜除け」とやらのペンダントのせいで、自分がさわっては駄目だったのか。あわてて「ごめんなさい」と手を離す。

「う……みんな鬼だ」

涙目になるカトルに、レナートは再び「馬鹿が」と叱責《しっせき》した。

「――帰る。アダルバートは留守だそうだから出直そう。行くぞ、カトル」

一連の出来事に半ば茫然としていて、リクトは立ち去る奇妙な竜人の二人組に声をかけることができなかった。ふと自らの描いた錬成陣を見つめる。

磁力のある石に変えたとはいえ、なぜ己の未熟な術に竜人が引っかかったのか。

「――違うぞ」

レナートが扉の手前で立ち止まって振り返った。

「おまえはいまはハリボテだが、力はある。ほんとうの自分を早く思い出すことだ」

ほんとうの自分――？

レナートはまるで心を読んだように頷く。

「いまは色々と混ざり合っていて、つぎはぎだらけのハリボテだが」

「……僕のことをなにかご存じなんですか」

「いや――知らぬ。ただおまえと同じような気配には前に会ったことがある。わたしは色々な時代にたくさんの者たちに会っているゆえ、おまえが誰かはわからぬ」

同じような気配――といわれても、なんのことだかまったくわからなかった。

「ただ……おまえは別世界の記憶があるのではないのか？」

指摘されて、ここではないどこか、遠い世界の記憶が頭をよぎる。時おり浮かんでくる――

高い建物に、走る箱やテレビと呼ばれる自動絵本。赤い服をきたサンタクロースという名前の老人。

「どうして、それを……」

「純粋にこの世界の者ではない匂いがすると先ほどもいっただろう。わたしもそうだからわかる。——おまえを呼びだした者がいるな。……ウェルアーザーの王家の、エリオット王子の名は聞いたことがないか」

「エリオット王子……？」

「かつて忌み子と呼ばれていた王子だ。おまえがアダルバートの弟子なら知っているのだろう？　彼と深いかかわりがある。……それに王子は錬金術師の世界では有名だ」

聞いたことがない。錬金術師の世界といっても、とくに暗黒時代にかかわる出来事はエレズが良い顔をしないので、リクトは無知なままだった。そして、そもそも自分はアダルバートの弟子ではなくて……。

エリオット——その名を聞いた途端、別世界のような記憶とともに、幼い頃からよく夢に見た暗く湿った地下牢のような空間が脳裏に甦ってきた。あれは……。

「おまえがアダルバートのそばにいるのは、王子が関係してるからではないのか。王子を知らないのなら、不老不死を得たという伝説の大錬金術師は？」

「それは……書物などで何度か読んだことがあります」

永遠の魂をもち、錬金術によって新たな肉体を得て、いまもどこかに生きているといわれる伝説の術師の話は有名だ。

「そうか……」

レナートはなにやら考え込んだ。

彼がリクトと会話しているのが腹立たしいのか、隣にいたカトルがむっと膨れて腕を引っ張る。

「レナート様、早くまいりましょう」

まだ質問したいことがあったのだが、カトルに強引に急かされて、レナートは部屋の外に出て階段を下りていく。リクトがあとを追いかけると、彼は工房の扉の前で再び立ち止まった。

「それを――」

レナートはまっすぐ工房の奥の書棚を指さした。「え？」と振り返ると、書棚に並んでいる本のなかから一冊の本がすっと飛びだす。

「それを読むとよい。どう関係しているのかはわからぬが、エリオット王子がふれた記憶が残っている。わたしにいまわかるのはそれだけだ」

物の記憶が読めるのか――レナートが示した本は、リクトが初めてアダルバートの工房にきたときに、なぜか目をひかれて手を伸ばした本だった。「勝手にさわるな」とアダルバートに咎《とが》められた、えんじ色の革表紙の……。

「――またくる。アダルバートに伝えてくれ。それからおまえ――もし自らのことに興味があるなら、十二番目の席を空けておいてやるから訪ねてくるがよい」

隣でカトルが血相を変える。

「レナート様、馬鹿なことを……！」

非難する声にレナートは薄く笑ってみせると、工房の扉を開けて出て行った。あとに続くカトルがこちらを振り返り、「貴様、自惚《うぬぼ》れるなよ」と舌をだしてくる。

さすがに神人の名にふさわしく、レナートには神々しい雰囲気が漂っていたが、カトルは普通の人間の少年と表情も態度もなんら変わりなかった。あれが竜人……。

ふたりが出て行ったあと、リクトはえんじ色の本を手にとりながら、夢を見たのではないかと頬をつねった。

竜人に出会えた。それだけでも一生に一度きりかもしれない大事件なのに、他にも気になることがあって気持ちが落ち着かない。

アダルバートと深いかかわりがあるというエリオット王子。先日、フリッツが口にした聞きとれなかった名前はきっと彼のものだ。あのとき彼は「きみはほんとに特別だよ。……アダルバートが他人と関わろうとするなんて。エリオット様以来だ」といっていたのだ。

たしかにリクトは幼い頃から違和感をもってきた――ここは自分のいるべき世界ではないのではないか、と。自分が別世界の人間だとしたら、呼びだしたのはエリオット王子？

「……え？　誰なんだ？」

思わずひとりごちる。

神人という珍しい存在を目にして、そして一気に自分の知らない情報が頭に流れ込んできたことで混乱していた。


アダルバートは夜遅くに工房に戻ってきた。予定通りに来客があったと告げると、彼は「そうか」と頷いただけだった。

向こうからレナートたちが竜人であることを説明してくれるのを待っていたが、なにもいってくれない。あまりにもアダルバートが普通の顔をしているので、ひょっとしたら自分が白昼夢でも見たのかと不安になった。しゃべるトカゲもどきの姿は現実的ではなかったし、だいたい未熟な術で竜を捕まえられるはずもない。

「あの――お得意様のレナート様ですが、普通の人間ではないですよね？」

夕食の席でさぐるようにたずねると、アダルバートは一瞬沈黙したあと、「なにかあったか」と問い返してきた。

「金色の……しゃべるトカゲを――いえ、小さな竜を見ました」

「カトルか。そっちがきたのか」

「いえ、レナート様もきました。ご自分を竜だと」

アダルバートは観念したようにためいきをついた。そこでやはり現実に起きた出来事だったと知った。

「どうしてお客様が神人だと教えてくれなかったのですか。高貴な方だとはわかりましたが、てっきり人間の貴族なのかと」

「必要ないからだ。それとも危険な目に遭ったか？　ペンダントを渡していっただろう」

いくら「師匠がカラスは白いといえば白い」が刷り込まれているとはいえ、さすがに「必要ない」には納得できなかった。

「いえ、そうではなく——僕にも心の準備があります。竜と交流があるなんて、すごいではないですか。神人はめったに人間にかかわらないと聞いていますが」

突然だったために、彼らについてほとんど質問できなかった。こちらが驚くような情報は一方的に与えられたが。

もっと知りたい——という好奇心が顔にでていたせいか、アダルバートはいやそうに目をそらした。

「……おまえがそういう顔をすると思ったからだ。彼らはなにも知らない人間にはまず正体を明かそうとはしない。知らなければ知らないほうがいい」

「なぜですか？」

「彼らはこの世界からはいずれ消えゆく種族だ。いや、もともとこの世界のものですらない。袂《たもと》はすでに分かたれている。神話の時代は遠くなった。それを割り切れるようならいいが――」

「エレズも同じようなことをいっていました」

「そうだ。普通の人間がかかわって、引きずり込まれることはない。竜が見えない人間も増えている。お伽噺のなかに実際に人間が入り込めないのと同じだ」

「ですが……」

実物を見てしまったら興味をもつなというほうが無理だった。

がっかりして肩を落とすリクトを見て、アダルバートは苦笑する。

「……今日は留守にするのではなかったな。おまえのその好奇心が身を滅ぼすこともある。彼らに〈果ての島〉に連れ去られたくなかったら、深入りしないことだ」

「そういう物語は読んだことがあります。でも、実例はないのでしょう？　神なる種族なのだから、悪いことはしないのではないですか」

「――――」

アダルバートは口許に手をあてて考え込んでから、困ったようにリクトを見た。

「神ではない。ただこちらが自分たちとは違う存在だからそう呼んでいるだけで、彼らにはそのような自覚はない。あれは高位なエネルギー体だから変幻自在で、こちらに都合よい存在に見えることもある。同時に、無慈悲なこともある」

「ですが……良いひとたちに見えました。カトルさんなんて、近所にいそうな普通の男の子みたいで……それに、アダルバートにとってもお得意様なのでしょう?」

「悪い存在だとはいっていない。郷に入っては郷に従えで、彼らもひとの姿になるときにはこちらの世界のやりかたを心得ているから。ただ付き合い方があるというだけだ。たとえば——彼らと決して約束事をしてはいけない」

「なぜですか? 契約できないのですか」

「精霊と呼ばれるような霊体とはまた違う。まさか竜を従わせるつもりでいたのか」

そういえばせっかくカトルを錬成陣に捕えたのに、竜人だと知ったおかげで度肝を抜かれて、契約云々は忘れていた。

「いえ、そんな話はできなくて——せめて竜の鱗の一枚でももらっておけばよかったと後悔しているところです」

アダルバートはあきれた顔をした。

「やめておけ。ある程度の精霊ならば、契約で縛ることもできる。だが、神人はだめだ。たとえば——人間同士の約束ならば、相手が亡くなってしまえば反古《ほご》にするのも可能だ。だが、死ぬ概念がない神人である彼らにはそれがない。極端な話をすれば、契約をすればこちらが永遠に縛られる。仮におまえが竜の主になるとしよう。だが、おまえのほうが早く死ぬ。すると、どうなる?」

「主がいなくなります」

「いや、彼らの理屈では、契約したのだから、そんなことはありえないんだ。彼らは死んだおまえを生かそうとする。ほんとうに生き返らせるのか、腐った死体に魂だけ入れ込むか、その方法は選べない。彼らがしたいようにするだけだ。無限の能力を使ってな。契約を守らせるために、意志もなく無理矢理生かされることになる。竜に悪気はない。人間同士だったら、なにか事情があれば『それは無理ですよね』と譲歩してくれる場合もあるが、そういう配慮もない。なにせ竜だからな。巨大すぎて、ちっぽけな人間のいうことなんて聞こえない。竜というのも、大いなるエネルギー体であるという象徴にすぎないが」

　アダルバートの話を聞いていて、リクトは思わず自分が竜の足に踏み潰されるさまを想像した。

「こ、怖いですね。だけど、さっきもいったように彼らは普通に話は通じそうでした。カトルさんなんかは、僕が抱きしめたら真っ赤になっていたし、レナート様に叱られて泣きそうになっていました。……かわいそうでした」

「抱きしめる?　おまえ、いったいヤツらとなにをしてたんだ」

「錬成陣に引っかかってくれたんです。カトルさんは竜のかたちを保てずに、浮遊する霊となっていたみたいで……僕は売り物になるような綺麗な霊体と契約できると感激のあまり抱きしめてしまって——」

アダルバートは頭痛を覚えるとばかりにこめかみを押さえた。

「そういえば、霊を捕まえるといっていたな……彼らのいる世界は遠くなっているから、力が弱いものはこちらで思うような姿をとれないことがある。おまえはトカゲというが、それはカトルの力がこちらに馴染まないだけで、本来の居場所にいれば立派な竜だぞ。まったく……竜がさわれないようにおまえにペンダントを渡したのに、自分から抱きつくことはないだろう」

だったらペンダントを渡すときに一言説明があってもいいではないか——と思ったが、「必要ない」と切り捨てられるのがわかっているので口にできない。

それでもリクトが不満をもっているのは顔つきからわかったのか、アダルバートは「なにか問題があるか」と聞いてくる。「いいえ」とリクトはかぶりをふる。いつものやりとりではあるのだが……。

アダルバートは「仕方ないな」と小さく息をついた。

「人の姿のカトルは馬鹿な子どもに見えるだろうが、彼らの本質はそれじゃない。本人たちも形にそって、人間のような振りをしてくれているだけだ。だから、なるべくひとを巻き込まないように、レナートは無闇に人間とは口をきかない。うっかり約束事をしてはまずいからな。彼の発する一言一言はとても重い。真実しかいわない」

最初口をきかなかった真の理由はそれなのか。

真実しかいわない――？　では、その神人にこの世界の者ではない匂いがするといわれてしまった自分はどうしたらいいのだろう。

「レナート様は、いったい工房になんの用があるのですか。お得意様とは――なにをお求めなのですか？」

「取引をしてるんだ。さっきも説明したように、この世界と彼らの属する世界は遠くなりつつある。だから、カトルのようにこちらでは弱い力しかもてない者も増えている。それで神人たちの一部は、こちらの世界である程度の力を保てるように〈金の結晶〉というものが必要になる。俺はそれを錬成してるんだ。向こうの世界の空気の結晶とでも表現すればいいのか。それがあれば、彼らはこちらでもある程度力を保てる。レナートたちの他にも何人かの竜人や鳥人たちが客としてきているが……。俺は代金として彼らが行き来できるさまざまな場所の珍しい材料をもらったりする。竜の鱗や、百目トカゲの干物や……金銀宝石をもってくることもある」

神人が顧客――途方もないスケールの大きな話に、リクトはぽかんとするしかなかった。

「……レナート様はその〈金の結晶〉が必要なのですか」

「あれは旧い竜だから、そんなものは必要としない。時のはじまりから終わりまでいる化け物だからな。いまでもこちらの空を巨大な竜の姿を見せて飛べるものは原始の力を保っているものだけだ。結晶はカトルのためだな」

「その結晶があれば、カトルさんも立派な竜に？」

「いや、こちらの世界ではおまえがトカゲと呼んだ姿が精一杯だな。結晶が枯渇すれば、それこそ正体をなくした霊体としてさまようことになる。まだ若い竜だし、あちらの世界との距離ができてから生まれたものだから」

まさか神人たちがお得意様だとは——以前アビーが見たという、アダルバートの工房に出入りしていた綺麗な男たちというのはきっと彼らのことなのだろう。

フリッツのいうとおり、これでは人間の客など実際は必要としていないわけだ。

「アダルバートは——ほんとにすごい錬金術師なのですね」

この一見閑古鳥が鳴いている工房と、認定証も更新しない怠惰な工房主としての姿を見ているだけでは想像もつかないが——。

目をきらきらとさせるリクトを見て、アダルバートは引き気味に口許をゆがめる。

「……なんなんだ、いきなり」

「フリッツさんがハイド地区で一番有名だというのもわかります。僕はほんとうに優秀な錬金術師のもとにお世話になっているのですね」

「あの爺、そんなことをいってるのか。それは嫌味だぞ。俺はべつに……」

「いいえ。フリッツさんがいわなくても、僕がそう思うんです。だって、レナート様たちが帰ったあと、僕はひょっとしたら夢を見たのかもしれないと思ったんです。でも、あなたは現実に彼らと交流がある」

「自慢できることじゃない。さっきもいったように、普通なら関わらないほうがいいんだ」

素直に褒められておけばいいのに――アダルバートは居心地が悪そうに目をそらした。だが、どこか照れているようでいて、決して怒っているふうではない。

ふいに、今朝のやりとりを思い出した。「おまえを気に入ってないわけじゃない」という言葉……。

師匠と弟子のように会話していると全然平気なのだが、ふと頭をなでられたときの手の感触を思い出すと、リクトは頬に妙な熱を覚える。

自分でももてあましてしまう、この反応。そういう年頃だと解釈すればいいのだろうか。

今度はリクトのほうがアダルバートをまともに見られなくなった。

「そうだ、これを――」

ふいにアダルバートが外出用の鞄《かばん》から、小さなつつみを取りだしてきた。手渡されて、リクトは小首をかしげる。

「なんですか?」

「焼き菓子だ。通りかかった店で良い匂いがしていたので……おまえが喜ぶかと思って」

いきなりの土産に、リクトはびっくりして目を瞠る。

「あ、ありがとうございます。いったいどうしたのですか。なにか特別な……この菓子に新種の香料でも使われていて、興味を引かれたとか？」

「そうではない。ただ、おまえのために買ってきただけだ」

「…………」

空から槍でも降ってくるかと思った。アダルバートは外出したからといって、リクトにいちいち土産を買ってくるようなサービス精神を持ち合わせている男ではない。

なにか仕掛けがあるのでは――リクトがつつみを透かしてみたりして、素直に悦ばないので、アダルバートは幾分機嫌を損ねたように眉根を寄せた。

まずい――とリクトはあわてて包みを開いて、焼き菓子を早速口にする。

「とても美味しいです」

「――」

アダルバートはリクトの表情をちらりと確認してから、ようやく「そうか」と口許をゆるめた。ややあってから口を開く。

「――それで……エレズのことなんだが――」

「はい……？」

いきなりあらたまってどうしたのだろうかと訝る。

「今朝の様子を見ても、おまえはだいぶエレズを心配しているようだが、彼ならきっと大丈夫だ。もしものことがあったとしても、俺が悪いようにはしない。俺が良い弟子入り先を見つけて、必ず立派に独り立ちできるようにすると約束する」

「…………」

リクトは菓子を食べる手を止めた。口のなかで溶けていく甘い味が、アダルバートの言葉とともにすっとからだに沁み込んでくる。

「俺が弟子をとらないといったのは――おまえを突き放しているわけではないのだ。むしろエレズの代わりに頼りにしてくれていい。だからそれほど不安になることはない。……俺の態度に心細さを覚えたとしたら、すまなかった。おまえもだいたいわかっているだろうが、俺はそういうところに気が利かない男だからな」

おそらく今朝のやりとりから、アダルバートはずっとリクトのことを考えていてくれたのだろう。自分が弟子にはできないといったことを気にして。慣れない菓子の土産など買ってきて……。

彼が一言一言、慎重に考え抜いた言葉をリクトに丁寧に伝えてくれていることがわかった。弟子にはなれない。そこにどんな理由があるのかはまだわからない。それでも、いまはその心遣いだけで充分だった。

「――ありがとうございます。お世話になってたいした月日も経っていないのに、そんなふうに考えてもらえて、僕は幸せ者です」

リクトがいつものように深々と頭をさげると、アダルバートは「いや」とかぶりを振った。

なにかをいいたそうにしていたが、迷ったように口をつぐむ。

「お菓子、ほんとうに美味しいです。絶妙な甘さです。クルミもきいてて、歯ごたえもよい」

「――そうか、また買ってきてやろう」

アダルバートはほっとしたように微笑んだ。リクトは「はい」と頷いて、焼き菓子を再び頬張る。

レナートのいっていた気になる言葉の数々。とくにエリオット王子のことが聞きたかった。アダルバートと深いかかわりがあるという彼――たぶんエレズたちが語らない暗黒時代に関することなのだろう。

知りたいことは山ほどあったが、いまはどうしても問い質すことができなかった。それを口にしたら、甘い味が消えてしまいそうで。

弟子ではないとしても、アダルバートが自分を思って気遣ってくれている。こうやってふたりで過ごす時間はそう長くは続かない。心の片隅でなぜかそんな予感がしたから。


その夜、リクトは夢を見た。

レナートに「おまえは別世界の記憶があるのではないのか?」と問われたせいか、遠い世界の映像が頭のなかを流れる。

高層ビル、アスファルトの道路――黒髪の小さな男の子がはしゃぎながら走り回っている。

「理玖斗《りくと》、理玖斗。駄目よ、危ないから」

母親らしき女性が笑顔で、彼のあとを追いかけている。走る箱――車がくるから走って道路に飛び出してはいけないと注意されているようだった。

男の子は「はーい」と笑顔で返事をして立ち止まる。その大きな黒い瞳が「あれ？」というように空を見上げる。

真っ青な空のなかに、なにか興味を引かれるものがあるらしかった。キラリと雲の合間を流れるように走っていくなにか――。

どういうわけか、今夜アダルバートにいわれた言葉が脳裏をよぎる。

（――竜に悪気はない）

なんの関連があるのか。そこでふっと男の子のいる映像は消えて、場面が切り替わる。今度は打って変わって、暗い場所だった。青空が見えないどころか、光すら満足に差さないような、地下牢のような空間。そこになにかがうずくまっている。悪臭のする、薄汚れたなにか。

白い石のかけらを手にして、その汚れた何者かが牢屋の床に錬成陣を描いている。ぶつぶつと呪文のようなものを呟きながら、瞳は理性をなくし、あやしく輝いていた。

「――絶望より深い底があるのか。僕にそれを見せるのか……」

彼のその言葉を聞いた途端、夢のなかだというのに、リクトは吐き気を催した。牢屋の悪臭がそのままからだをつつみこむように眩暈を覚えて、全身が痛くなる。

そして――三度、場面が切り替わる。今度は明るいテラスが見えた。テラスに置かれたテーブルの椅子にひとりの青年が腰かけて本を読んでいる。

美しい青年だった。リクトと同じようなプラチナブロンドをしていて、面差しが心なしか似ている。生まれながらの高貴さが全身から漂っていて、そこにいるだけで張りつめた空気が漂うような雰囲気があった。ふれたらとけてしまいそうな、見る者に緊張感すら強いる、白雪のような美貌。

なによりも特徴的なのは、その瞳だった。片方は薄い水色、そしてもう片方は不思議な金色をしていた。奇妙だが、麗しい――だが、同時に見る者をどこか不安にさせた。

青年がリクトの存在に気づいたようにこちらを見る。どういうわけか、リクトには彼が何者なのかがわかった。

そうだ。彼はおそらくは忌み子だといわれた、エリオット王子――。

色の違う双眸をリクトに向けながら、王子は微笑んだ。

「――すまない」

いったいなにを詫《わ》びているのか。わけがわからなくて首をかしげると、王子の瞳がかなしげに揺らいだ。

そしてさらに不可解なことをいうのだ。
「すまない、きみの命をもらってしまった」と――。

Ⅳ　主従の歪んだ愛憎関係

不老不死を得たという大錬金術師の伝説にはいくつかのパターンがある。

まず庶民的なのは、錬金術師が弟子たちの精気を吸い取って、己の生命エネルギーに変換して不死を得るという話だ。この話の場合、基本的に錬金術師はいかがわしい存在として語られる。術師が長寿であることは広く知られているが、さすがに不死ではない。不可能である不死を求めて術師が狂信的になり、非人道的な手段をとるという悲劇のパターンだ。おどろおどろしい味付けがしやすいので、子どもたちの怪談になったり、酒場での噂話として広く一般に流布されている。

そして、もうひとつは八つあるという上位の世界の〈扉〉を最後まで開けて万物のもととなる神の霊魂そのものになり、再び現世に戻ってきた術師が不死の存在になっているというパターン。これは錬金術師の神秘性に焦点をあてた話だが、一般人には〈扉〉の概念が理解しにくいため、さほど知られてはいない。

最後は錬金術として実現性が一番高いとされているもの――それは魂だけが永遠に生き続けて、錬金術で新たな肉体の器をつくり、古代からいまに至るまで生き続けている大錬金術師がいるという話だ。

巷《ちまた》では精液を利用してつくりだされる人造生命体のホムンクルスが有名だが、実際に成功した記録は少ない。

魂の器としての人体の錬成――禁忌といわれる手法だが、古い暗号文の文献にはその方法も記されているという。ただ、材料となるものが実際は調達不可能なため、現実味は薄いとされている。

肉体が朽ち果てる前に、新たに肉体をつくりだして、永遠に生きる大錬金術師の話はあくまで伝説――。

しかし、彼の伝説をもとにしてつくられた物語は多くて、錬金術師になる子どもならば幼い頃に一度は不老不死の大錬金術師に憧れるものだった。彼はいつまでも若い理想の肉体をつくりあげ、誰よりも優れた力をもっているとされた。

もしかしたら、あなたのそばにいる錬金術師が、古代より生きている彼かもしれない……。そんな記述を読んで、子どもの頃のリクトも身近にいるエレズがそうなのではないかと考えたりしたものだった。

伝説の大錬金術師はすべてにおいて完璧を目指したので、とても美しい容姿をしていたというのが物語では共通した設定だった。魂を入れる器として、肉体的にも極上の優れた作品を創りあげたのだと。

ただひとつ、大錬金術師は自らの肉体に作品の目印としての疵《きず》をつくった。それは瞳の左右の色が違う、特徴的なオッドアイをもっているということだった――。

レナートが「王子がふれた記憶がある」と教えてくれた本は、どうやら伝説の大錬金術師に関するもののようだった。

はっきりと断言できないのは、リクトの読めない暗号文で書いてあるからだ。しかし、ところどころ載っている図解や挿絵を見れば、おおよその見当はついた。

錬金術の書物は暗号文で執筆されたものが多い。もちろん秘密を守るためで、基本的に術師の修業は師匠から弟子への口伝なのだ。

いつの時代のものかはわからないが、問題の本はそれなりに古いようだった。

アダルバートが仕事で工房を留守にしているあいだ、最近のリクトはこの書物の暗号を解こうと必死になっていた。

最初に工房を訪れたときとは違い、いまでは自由に書棚の本は読んでいいとされているのでこそこそする必要はないのだが、エリオット王子に関することだと思うと、なかなかアダルバートに直接確認ができなかった。

神人であるレナートたちに出会った夜、リクトは奇妙な夢を見た。重要な内容だった気がするのだが、目覚めたときにはろくに覚えていなかった。ただはっきりと記憶に残っているのは、最後にエリオット王子らしき人物を見たことだった。

王子の瞳の色は左右違っていた。そして、レナートに指さされた本の内容は、不老不死の大錬金術師に関するもの。伝説の彼の特徴もオッドアイ。

これはいったいなにを意味しているのか……。

王子が錬金術師で、リクトを別世界からこちらの世界に連れてきたのだろうか。なぜ？　なんのために――？

リクトは本の頁《ページ》をめくりながら、ためいきをつく。いくら弟子としては劣等生とはいえ、本だけはたくさん読んできた自負があるのに、暗号が解けないのが不甲斐《ふがい》なかった。

一定の法則はあるはずなのに、それがまったく見つけられない。座学だけは優秀だとエレズに褒められたのに歯がたたないとは悔しい。

「規則性もなにもないなんて――謎すぎるでしょう……」

ぶつぶつと呟《つぶや》きながら首をかしげていると、夕方まで戻らないといっていたアダルバートが予定よりも早く帰ってきた。工房の扉が開かれた瞬間、リクトは飛び上がりそうになった。

「……お、おかえりなさい」

あわてて机のうえに広げていた本を、別の書類で隠す。

そのまま二階に上がってくれるかと思ったのに、老人姿のアダルバートはかすかに眉をひそめるとリクトのいる机のそばへとやってきた。珍しく着替える前に術をといたらしく、幻影が消えて、青年姿の彼が現れる。

「――なにを隠した？」

「いえ、なにも」

「わかる嘘をつくな。いかがわしい本か？　だったら、べつにあわてることはない。おまえもそういう年頃だろうから、好きに見ればいい。ただし自室でな」

なにやら不名誉な誤解をされている気がしたが、勘違いされたほうがこの場は逃れられそうだった。

「申し訳ありません、いかがわしい本です。我慢できずに……」

目を伏せるリクトを見て、アダルバートは「嘘だな」といいきった。

「おまえはほんとに顔にでる。――なにを隠したんだ、見せろ」

書類をめくり、暗号の本が開かれているのを見つけると、アダルバートの表情が硬くなった。

「――なぜ、こんなものを？」

「伝説の大錬金術師について書かれているようなので、興味があって暗号を解こうと思ったのです。禁忌とされる新たな肉体の錬成について書いているようなので……」

レナートから「王子がふれた記憶がある」と教えられたことはいえなかった。なぜなら、本を見つけた瞬間、あきらかにアダルバートの瞳がいつもと違う色を浮かべたからだ。遠い昔を見るような、いまだに治癒していない傷をえぐられるような苦悶《くもん》と整理しきれない感情の揺らぎ。

「………………くだらない」

ひょっとしたら取り上げられてしまうのではないかと心配したが、アダルバートはしばしの間のあと、ためいきをついた。

「その暗号は解けない。暗号に見せかけているだけで、実際は内容などないからだ。それは偽書だ」

「偽書？」

「……いかにも大錬金術師に関する秘密が書かれているような体裁だが、それらしく偽っているだけだ。貴書な古書だとすれば、高く売れるからな」

「ほんとに古い内容のようですが」

「偽書はそういうものだ。実際に古い紙を使ったり、経年しているように紙を汚したりして本をつくるからな。俺も昔、解こうとしてみたが、隅々まで検証しても法則性が見つからない。様々な暗号パターンにあてはめてみても無理だった」

すでに確認済みだったのか。リクトもここ数日、いくら本の頁をめくっても理解できなかったが、アダルバートでさえ無理だったのなら当然のことだろう。

「僕も同じ結論に至りかけていたのですが……」

「そうだろう？　図解や挿絵が細かいし、古い紙を使ってるから、偽書としては優秀なものだ。観賞用のコレクションだな」

偽書だとしたら、なぜ王子はそんなものを読んでいたのだろうか。そこが気にかかる。

エリオット王子――自分を別世界から呼びだしたのが彼だとしたら、謎を解くためにはどういう人物なのかを知る必要があった。

暗黒時代に関わることは禁忌――なにも語らぬエレズの態度からそう教えられてきたけれども……。

リクトはごくりと息を呑んで覚悟を決めた。

「あの……お聞きしたいことがあるのですが、アダルバートはウェルアーザーの王家のエリオット王子をご存じですか？　錬金術師の世界では有名だそうですが」

一瞬の間があった。アダルバートの表情は一見ほとんど変わらないように見えたが、瞳がわずかに揺らぐのをリクトは見逃さなかった。

「なぜそんなことを訊《き》く？」

「僕は人買いに捕まるまで子どもの頃の記憶がほぼないのです。それで――ずっと自分がいったい何者なのかわかりませんでした。時々、この世界ではない記憶が甦《よみがえ》ってきたりして……そうしたら先日、レナート様から、僕は王子によって余所《よそ》の世界から呼びだされたのではないかというようなことをいわれたのです」

アダルバートは考え込むように口許に手をやった。

「別世界の記憶だと？　なぜそんなに重要なことをいままでいわなかった？」

「重要なのですか？　はっきりとなにかを覚えてるわけではないし、断片的なものばかりで。僕も自分の空想の賜物ではないかと思うこともあったし、エレズに話しても『子どもにはありがちなことです。いずれ夢も見なくなる』といわれたので、正直それほど重くは捉えていなかったのです」

「エレズがそういったのか？　おまえの性格からいってありえそうではあるが……もし妙な記憶が空想ではないとしたら、別世界からきた可能性も捨てきれない」

「そうなのですか？」

別世界から呼びだされたことが現実かもしれないと知って、心がざわついた。知りたい——いや、駄目だ、この話はよしておけ——と心のどこからか声が聞こえてくるような気がした。自分のことをさぐろうとしているのに、なぜ不安になるのか。

「この世界は神の霊魂に近づく上位の世界に続く八つの〈扉〉のほかに、平行する世界が無数にあるといわれている。それぞれ自然や文化や技術の発展が異なる特徴をもった異世界だ。錬金術で開ける上位の世界の〈扉〉が上部にあるとしたら、そういった平行世界は横に扉がついていると考えるとイメージしやすいだろう。上位の扉を開けるつもりで、誤って横の扉を開いてしまったという話も聞く。おまえのように別世界の記憶をもつものはそこからきたとされている」

「僕みたいな人間が他にもいるのですか」

「たくさんとはいわないが……皆無ではない。文献にもあるし、かつて術師の仲間が実際に異世界の者を連れてきてしまって、元の世界に戻したという噂を耳にしたことがある」

元の世界に戻す――？

予想もしなかった話につながって、リクトはやや困惑する。自分を知りたいとは思うけれども、なにせ昔のことなど記憶にないから、異世界に戻りたいかといわれても微妙だった。

「しかし、なぜエレズは……」

アダルバートが理解しかねるように呟く。

リクトにはその先の言葉がわかった。たぶんアダルバートがいま話したような事柄は、エレズは当然ながら知識としてあるのだろう。どうしてリクトには教えなかったのか。

アダルバートはリクトの顔をじっと見つめてきた。そうしてしばらく考え込んだあと、ひとつの解答を得たように「そうか……手放したくなくなったのか」とかすかに笑いながら視線を落とした。

「……おまえが異世界からきた者だとしたら、元の世界に戻りたいと思うか？」

「わかりません。いま初めて知ったことなので、頭が混乱して――」

「だろうな」

アダルバートは小さく息をついて、「俺も混乱してる」と呟く。

「……おまえが異世界からきた可能性があるとはな——道理で、どこか別の星からきたような思考回路をしていると思った」

「からかわないでください」

「——からかってなどいない」

アダルバートは愉快そうに笑ったが、笑顔のなかに落胆したような翳《かげ》りがあった。

「エレズが戻らないとしたら、おまえの弟子入り先を吟味しなくてはいけないと思っていたのに、その前にやることがあるようだな。……そうだな、まず異世界の者を連れてきたことがある術師に今度話を聞きにいってやろう。調べてやるから、少し時間をくれ」

リクトがひとりで隠れてこそこそ本をめくっているあいだには解けそうもない謎だったのに、一気にことが進んでいく気がして怖くなった。

「あ、あの——アダルバート。べつに急いで調べたりしなくてもよいのです」

「なぜだ？　自分のことを知りたかったのだろう？」

「そうですが……でも、僕は余所からきたのだとしても、その世界をよく覚えていませんし、戻りたいとは……いまはまだそんなふうには——」

「なにも戻れといっているわけではない。だが、知っておいたほうがいいだろう。自分が何者なのかということは」

「ですが……」

そうだ、王都にきた当初も、エレズにいわれてしようがなくとはいうものの、自分の出自が判明するのではないかと期待していた。もしかしたら、道端でばったり親や兄弟と出会ったりするのでは――と夢想しなかったといったら嘘になる。

でも、いまは――なぜか怖い。

「――どうした？」

リクトのからだがかすかに震えているのに気づいたのか、アダルバートが顔を覗《のぞ》き込むようにしてきた。

「……考えていたのです。いまさら異世界からきたといわれても――馴染みがないですし、僕の居場所はこの世界だと思いますし」

「先走りするな。さっきからいってるだろう。なにもおまえを見知らぬ世界にいきなり飛ばそうというわけではない。期待されても、詳細も不明だし、戻りたいといわれても、戻してやる方法もわからん」

「――そ、そうですよね」

リクトはほっとして胸をなでおろした。アダルバートは「それに……」と言葉を続ける。

「そんなことは俺も望んでいない。先日もいったように、おまえは俺が信用のおける師匠のもとに弟子入りさせるつもりだ。できればこの近くで……ハイド地区のなかで――なにか問題があったら、すぐに俺を頼ってこられるように」

先日いきなり土産の焼き菓子をもらったときのように、じんわりと甘いものがリクトのなかに広がる。貴重なお菓子を少しずつ齧《かじ》るように、大切に抱きしめたいようなこの感情をどう呼ぶべきなのか。ただつい先ほどまで得体の知れない不安に襲われていたというのに、それさえも一気に吹き飛んだ。

「……アダルバート。僕は――やはりエレズが戻らなかったら、ここにいてはいけないでしょうか。あなたが弟子をとらないというのなら、その――この工房は雑然としてますし、あなたはほっといたら食事もしないし不健康だし。だからそういった身の回りの世話をしたりしながら……僕は余所に違う仕事を得て働きに出て、ここでお部屋を貸していただくというわけには――」

いったいなにをいってるんだろうと自分でもとまどう。それまで具体的に考えたこともなかったのに、心のなかでもやもやしていたものが一気に言葉となって口からでた。

「僕は――どうやらあなたのそばにいたいようなのです。なぜなのかよくわからないのですが」

「…………」

アダルバートは驚いたように目を瞠《みは》ってリクトを見つめた。

まただ——と思う。遠いなにかに想いを馳《は》せているような眼差し。何事か考え込むような沈黙のあと、彼は「ふ」と口許で笑った。

「おまえが錬金術師にならないといったら、エレズが嘆く。せっかく手元において大切に育てただろうに」

「それはそうかもしれませんが……」

やはり駄目か——と視線を落としたところ、アダルバートの手がすっと伸びてきて、リクトの頬にふれた。

先日頭をなでられたときのように、一瞬なにをされているのかわからなかった。かたちのよい長い指がゆっくりと頬をなでて、こめかみをつつき、髪をなでるようにする。澄んだ青い瞳が間近に迫ってきて、リクトは頬が燃えるように熱くなった。いまはもう遠くを見ている印象はなかった。すぐそばのリクト自身を彼の視線はまっすぐに捉えている。

「すぐ赤くなるのだな」

「それは——だって……なります。こんなに顔を近づけられたら、不可抗力です」

「困ったことだ」

アダルバートはおかしそうに微笑《ほほえ》むと、リクトの額の髪をかきあげて、そっと唇を押し当ててきた。エレズの書斎にあった物語で読んだように額にくちづけされている？　いや、なにかの間違い——そんなことを考えているうちに、からだじゅうの血液がすべて集まったようにさ

らに頬が火照った。

アダルバートは唇を離すと、リクトの髪をやさしくかきあげた。

「……い、いまのは？」

「俺もなぜだかわからないが、おまえにはそうしたくなった」

じわじわと心の底に広がっていた甘さが全身に行きわたって、弾けるような感覚があった。簡単にいうとのぼせていた。

「そ、そうなのですか。それは良いことですか？　僕のいったことを前向きに考えてくださるという――」

「いまの行為の感想がそれなのか？」

アダルバートはくっと愉快そうに肩を揺らして笑いだした。

「……だから、おまえは面白い。初めて工房にきたときからそうだったが……そうだな、前向きに考えてみよう」

いままで頑なに「弟子はとらない」「余所に弟子入りさせる」の一辺倒だったのに、初めてアダルバートの頑固な決意が動いたようだった。

「ただ、それとはべつにおまえの別世界の記憶とやらは調べてみたほうがいいだろう。どちらにしても焦ることはない。エレズが落ち着いたら、山村の工房を再開する気があるのか聞いてから……すべてはそれからだ」

もしアダルバートがリクトの居場所をつくってくれるのなら——正直、もう別世界の記憶などどうでもいいような気がした。そもそも戻りたいとも思わない。だが、リクトとしても神人であるレナートに意味深に告げられた事実が気になるのはたしかだった。

「——これを。代金をもらってきたから、箱にしまっておいてくれ」

二階に上がる前に、アダルバートは金貨のぎっしりとつまった布袋をリクトに手渡した。初めは一応自分で入れていたのだが、最近はリクトにすっかり任せきりだ。

「もう箱がいっぱいで入りませんが」

「そうか。では新しい箱を注文しておこう。それはとりあえず棚にでも置いておけばいい」

すでに一階の書庫の床倉庫に、金貨や札束の詰まった箱がずらりと収納されている。いくら長寿とはいえ、もう生活のために稼ぐ必要はないのではないかと思われるほどだった。

不思議なのは、金の使い道には頓着しないくせに、アダルバートは金銭を得ることには熱心なのだった。神人の客、人間の貴族の客、どちらかに絞ればもっとゆったりと暮らせるだろうに。

「アダルバートはもうお金のために働く必要はないのではないですか。のんびりと好きな研究でもしようと思わないのですか」

「なにをいう。金はたくさんあって困るものではない」

意外な答えに面食らう。金銭感覚そのものは浮世離れしているのに、変なところだけしっかりしている。

「たくさんあっても使わないじゃないですか。興味ないでしょう」

「興味はまったくない。だが、必要なものだ」

床の下に積み上げておくだけで、使う予定もなさそうなのに？

理解しかねたが、例によって「師匠が白いといえばカラスは白い」で反論はしなかった。

「おまえが工房に金があるのは知ってるのに客がこないと嘆いたり、まじない石を売りだそうとするのと同じだ」

そういわれてしまってはなるほどと思う。リクトの場合はエレズの工房が貧乏だったから、たぶんいまでもそれを引きずっているのだ。ではアダルバートは？

二階に行こうとするアダルバートを、リクトは「待ってください」とあわてて呼び止めた。

話がそれてしまったせいで、王子のことをまだ聞かせてもらっていない。過去をつついて煩わしい思いをさせたくなかったが、夢のなかで見た王子のオッドアイがやはり気になる。

「アダルバート。あの……先ほどもお聞きしましたが、エリオット王子とはどういう方なのですか？」

アダルバートは足を止めて、無表情に振り返った。

「――その話か。なぜ知りたい？　エリオットがどんな人間か知らないということは、エレズもおまえに過去を話していないんだろう？　俺とエレズはかつて王家に仕えていたことがある。

そのときに雇用主のひとりとして、彼を知っていた。だが、おまえにはなんの関係もない」

「でも、レナート様は王子が僕をこの世界に呼んだといっていました」

「それはありえない」

　アダルバートは即座にかぶりを振った。

「いくら子どもの頃の記憶がなくても、おまえは現在せいぜい十七歳ぐらいだろう？　記憶を失って王都をさまよっていたのは、十年前——その何十年も前に王子は亡くなっている。おまえを呼びだせるわけがない」

　たしかに王子が暗黒時代の登場人物なのだとしたら、五十年前の出来事なのだ。計算が合わない。しかし、レナートは——神人は真実しかいわないのではなかったのか。

　リクトの疑問をアダルバートは察したように頷《うなず》く。

「レナートがいったのならそうだが……よく思い出せ。ほんとうに王子が呼びだしたといったか？」

「いえ……正確にいうと、『おまえを呼びだしたものがいるな』といったあと、『エリオット王子の名は聞いたことがないか』と問われただけですが」

「では、王子が呼びだしたといったわけではないだろう」

　屁理屈のような気もするが、レナートは含みのあるいいかたをしていたから文脈から捉えただけでは確定といえないのも事実だった。

「そう……なんですかね」

納得がいかずに首をかしげるリクトに、アダルバートはさらに硬い表情を見せた。

「王子の話はおまえが知らなくてもいいことだ。あまり楽しい話ではないからな」

「どういう意味ですか?」

「彼のそばにいたことは、俺とエレズにとって汚点だ」

汚点──深いかかわりがあるといっていたから、親しいと思っていたのだが違うのだろうか。

「……王子はどういう方なのですか?」

「俺はよく覚えてない。今度エレズに聞け。彼のほうが王子には好意的だから。……おまえは知っていやな思いをするかもしれないが」

よく覚えていないとは妙だった。フリッツの話では、アダルバートは王子の遊び相手もつとめていたのではないのか。そしてなぜ王子のことを知って、リクトがいやな思いをする……?

「覚えてないとはどういうことですか」

「──色々事情があるんだ。説明すると長い。今度エレズと一緒のときに話してやろう。俺が話すとなると、王宮にいた頃のことは不完全な記憶しかないから。だが、覚えているだけでいうのなら……」

アダルバートは再び遠くに想いを馳せるような目をした。この表情は王子のことを、もしくは王家に仕えていた時代そのものを思い出すときに見せていたのかと悟る。

そういえば工房を訪ねてきた日、アダルバートはリクトのマントを見て「いやなやつの気配がする」といったことがあった。あれはもしかしたら……。

「――エリオット王子は、極悪人だ。俺たちを裏切った」

そう語るアダルバートの横顔は静かな怒りに満ちていた。


「お、リクト。遅かったじゃん」

向かいの食堂を訪ねると、アビーがいつものように笑顔で出迎えてくれた。

昼食の時間を過ぎると店内は客もまばらでゆったりした空気のはずなのだが、その日はやけに物々しかった。なぜなら兵士が複数訪れていて、店主のダレンと話をしていたからだ。兵士たちはダレンに書類を手渡して何事か説明している。

「……なんですか、あれ」

「――こっちこっち。リクト」

訝《いぶか》るリクトの手を引いて、アビーは兵士から離れた窓際の席へと連れていく。

「……今日からハイド地区は警戒態勢になるらしいぜ。錬金術師の身元調査をするって兵士の連中が息巻いてる。さっきちょっと聞こえたけど、おたずねものがいるらしくて旅の者には気をつけてくれって注意して回ってるって」

「犯罪者ですか？　物騒な話ですね」

「二、三日前から王都につながる街道の関所も検問がすごいみたいだ。なにに警戒してるのか、いまいちよくわからないんだけど。隣国のルリシアの錬金術師のギルドの連中まで応援に駆け付けたとかなんとか」

「ルリシアの錬金術師たちが？　なぜ？」

「さあ……術師の身元調査するってことだから、おたずねものが術師なのか、術師に扮してるんだろうな……対抗するために応援？」

「ハイド地区の錬金術師たちがたくさんいるのにですか？　余所の国の術師を頼るなんて問題じゃないのでしょうか」

「ハイド地区の連中は、過去の歴史の経緯から、王家とは仲良くないからなあ。無理矢理首輪をつながれてるようなもんだし」

　暗黒時代の因縁か、と思い当たる。先日エリオット王子のことをアダルバートに聞いた途端に、錬金術師がかかわる問題が起きるとは――少しばかりいやな予感がした。

「工房も身元調査のために一軒一軒訪ねて回ってるみたいだから、数日のうちにはじーさんの工房にもくるぜ。まあ形式的なものだから心配いらない。あやしい者がいないかって調べるだけで、ギルドの認定証さえ見せれば、深く追及されることもないだろうし」

「認定証」と聞いて、リクトはいやな予感はこれだったのかと青くなった。

「……すごくまずい状況です。うちは認定証がないんです」

「え？　ないのか？　なんで？」

「なんでといわれても――アダルバートが十年前から更新してないんです。運営委員の役員の順番が回ってくるのがいやだとか、会合に出たくないとかいってまして」

「なんだよ、それ。じーさん、最低だな。工房主としてどうなんだ」

「はあ……」

もっともなので、リクトはいいかえすことができずに肩を落とす。

「いまからでもギルドに事情を話したらどうだ？　ギルド長のフリッツに直接頼めば、即時発行してくれるんじゃないか」

「アダルバートは昨日から留守にしているんです。明日には戻ってくる予定なのですが……」

「駄目なじーさんだなあ」

だからさっさと認定証を更新してくれればよかったのに――とリクトも恨めしく思うが、アダルバート自体を駄目といわれるのは心外だった。

「そんなことないですよ。アダルバートは立派な方です」

「そうかぁ？　俺には偏屈で色々こじらせてるじーさんにしか見えないけど。リクトだってついこのあいだまでほっとくと食事も満足にとらないとか、人間らしい暮らしを知らないとか、頑固すぎるとかいってたじゃん」

「そ、それはたしかにいった覚えはありますが……人間としては駄目な部分があっても、錬金術師としては優れた方なんです。僕の養い親の師匠もそうなのですが、特別な能力の代わりに、人間としての一般的な生活能力が失われてしまうのは致し方ないことかと思っています」

「いや、フォローになってないから。結局人としては駄目なんだろ、それ」

リクトは「あれ？」と首をかしげてから、「とにかく」と姿勢を正す。

「僕が落ち込んでいるときにお菓子を買ってきてくれたこともありますし、意外とまめに気を遣う方なんです。だいたい僕がたまに食堂にお昼を食べにこられるのも、アダルバートが『遊びにいくだけじゃなくて、食べにいってやれ。客商売なんだから』といってくれるおかげなので」

「へえ……そりゃ初めて聞いた。じーさん、いいとこあるじゃん」

「そうなんですよ」

同意を得られて力強く頷くリクトを見て、今度はアビーのほうが「あれ？」と首をかしげた。

「――で、なんでリクト、顔真っ赤にしてるんだ？」

「え――」とリクトは深刻に眉根を寄せた。

「真っ赤になってますか？」

「かなり。なんでいまの話で顔を赤くするのか、意味不明なんだけど」

「それは――」

　アダルバートの良い点を挙げようとしているうちに、先日額にくちづけされた場面を思い出してしまったからだ。あのときの彼の唇やら指先の感触やら、間近で見つめてきた青い瞳を脳裏に甦らせると、自然と頬が火照ってしまうのだ。

「最近困っている症状なのです。アダルバートのことを考えると、時々こうなってしまって……気分が高揚して、からだが熱くなるというか」

「え？　なに、それ？　俺、いま、ちょっと重大な告白聞かされてる？」

「重大なのですか？」

「いや、だって――いいのか？　相手はじーさんだぞ。それでいいのか？」

「……良くないことでしょうか、やはり。雇用を希望している工房主相手にからだを熱くしてしまうなんて」

「いやいや、待って。あんた、ほんとに意味わかって口にしてる？」

「はい」ときっぱりと頷くリクトを見て、アビーは脱力したように「や、なんか通じてない気するから、もういいや……」と呟いた。

　店主のダレンが「こんにちは、リクト」とテーブルにやってきて、お茶とおやつの皿を差しだしてくれる。

「今日のおやつはスフレケーキだよ」

「ありがとうございます。いつもごちそうさまです」

「いえいえ」

ダレンはかぶりを振ってから「ふーっ」とためいきをついた。

「……やれやれ、まいっちゃったよ。兵士さんたちも大変だけど、ハイド地区が物騒な雰囲気になるのは困るねえ。観光にも差し支えあるし」

兵士たちは説明を終えてすでに食堂を出て行っていた。窓を覗くと、チームに分かれて各商店を回っている彼らの姿が見える。

「――兄貴、結局なに？　おたずねものって錬金術師なの？　なんでこんなに大騒動みたいになってるんだ」

「説明してくれたけど、兵士たちもよくわかってないみたい。上からのお達しみたいだけど……危険人物の術師が国内に紛れ込んでいるとかで調査してるらしい。容姿の特徴を書いたビラをくれたけど、術師なら外見を変えられるから、手がかりにもならないと思うんだけどねえ」

「見せて、そのビラ」

ダレンはカウンターの奥から兵士たちから配られたビラをもってきて、アビーに手渡した。

「なになに……？　錬金術師で眉目秀麗な、育ちのよさそうな若者。髪はプラチナブロンド……？」

アビーがわざとらしく「似たようなのいるけど」とリクトの顔に警戒したような視線をくれる。リクトはあわてて「いえいえ、僕は危険人物ではないです。育ちもよくないですし」とかぶりを振った。

「……うーん、ほんとか？　あんた浮世離れしてるからなぁ。……あ、でもよかった。瞳の色が左右違うオッドアイだってよ。髪の色だけで勘違いされてしょっぴかれることなさそうだ。でもこんな目立つ特徴、兄貴のいうとおり術師なら絶対に隠すに決まってるじゃん」

アビーとダレンは「なあ」と頷きあう。

プラチナブロンドにオッドアイ――それはまさにエリオット王子の特徴ではないか。こんな偶然――。

「……僕にも見せてください、そのビラ」

受け取って確認すると、たしかに「オッドアイ」と特徴が記されている。水色と金色の不思議な印象の目――と。

「おたずねものはもうひとりいるみたいだぜ。そのプラチナブロンドのやつの下に、ふたりめの特徴も載ってる。ふたりで行動しているか、もしくはひとりだって漠然とした書き方だな」

残るもうひとりは、ウェーブのかかった長い金髪にスミレ色の瞳をしていると記されていた。

プラチナブロンドの若者よりは年長者だという。

スミレ色の瞳なんて珍しい。まるでエレズみたいだな――とリクトは思った。もしもエレズが王都にいたら人違いされて大変だったかもしれない、と。

「――ところで、あの子はリクトのお友達？　さっきからずっと窓に貼りついてるんだけど。中に呼んであげたらどうかな？」

ダレンが指さすので振り返ると、入口近くの窓から金髪緑目の美少年――カトルがこちらを覗き込んでいた。麗しい顔がガラスに潰されても彼はまったく気にしてない様子で、顔と手を窓にぴったりと付けて、ぎろりと大きな目を見開いてリクトたちを凝視している。

「カトルさん……」

「あ、やっぱり知り合い？　中に呼んであげてもいい？　その――あんな場所に貼りつかれてると、怖がる……いや、驚く人もいるだろうし」

「はい。すいません。僕が呼んできます」

ダレンは言葉を濁してくれたが、営業妨害も甚だしかった。

リクトはあわてて立ち上がって食堂の扉を開けて、外にいるカトルに「こんにちは」と声をかける。

「今日はどうしたのですか？　アダルバートは残念ながらまた留守なのですが」

「アダルバートに用なのではない。いつもの取引なら、先日アダルバートが出向いてきてくれたので、〈金の結晶〉は手に入った」

「そうなのですか……」

アダルバートはレナートと会ったことなど一言もいっていなかった。リクトはレナートに色々聞きたいこともあったのだが……。

「とにかく中に入りませんか？　そこに突っ立っていたらお店の迷惑になるので」

「迷惑？　立っていただけだぞ」

「カトルさんは目立つので」

あんなふうに顔をべったりとつけて店内を覗き込んでいたら、不審者そのものだった。

カトルは「目立つ」を良い方向に解釈したのか、「そうか、仕方ないな、カトルは立派だからな」と頷いてリクトのあとについて食堂の店内に入ってきた。

アビーとダレンのいるテーブルに連れていったものの、どう紹介していいのか迷った。神人は人間に滅多に正体を明かさないとアダルバートがいっていたのを思い出したからだ。

「――あの、カトルさんです。大きな声ではいえないのですが、尊い立場の御方で……」

カトルはリクトを驚いたように見てから、こほんと咳払いをしてやや得意そうに胸を張った。

「あ、おしのびの貴族のひと？　リクトがいってた、じーさんのとこの貴族の客かぁ」

「そうです。カトルさん、こちらは店主のダレンさんと弟のアビーです。僕の友達です」

アビーには謎の収入源のひとつが貴族の客だと話してあるので、都合よく解釈してくれたらしかった。

「座れば？　きみにもケーキをもってきてあげようね」

ダレンがにっこりと笑って、カトルをリクトの隣に座るように促す。

「あ、いや。カトルは……」

「どうぞ」とリクトが席を示すと、カトルは「す、少しだけな」と腰をおろした。

「今日はレナート様もご一緒なのですか？　ケーキ食べてたら、また叱られます？」

「いや、一緒ではない。それに……なんだ？　カトルはべつに叱られてなどいないぞ。あれはレナート様の愛情表現だ」

カトルは不愉快そうに眉をひそめたが、涙目になっていた彼を思い出すと、「愛情表現」という言葉には首をかしげてしまう。それは強がっているのではないかと。

「……レナート様って、誰？」

事情を知らないアビーがきょとんとしてるので、リクトは「カトルさんが仕えている方です」と説明する。

「貴族が貴族に仕えてるのか？」

「貴族のなかでも、色々あるみたいです。たとえば……そうですね、大きくて立派な姿をもっている竜がいる一方、トカゲみたいに小さくてかわいい竜もいるように」

カトルが「おい」とリクトを睨《にら》む。実際のレナートとカトルの姿を思い出して並べたら、ごまかすどころかつい直接的な表現になってしまった。リクトは「すいません」とあわてて謝る。

アビーは「トカゲ？」とますますわけがわからなそうな顔をした。

「おまえ、レナート様にちょっと話しかけられたからって図にのるなよ。レナート様が一番親身に思ってくださっているのは、このカトルなんだからな」

カトルは腹立たしげにリクトを睨む。

「カトルさんはレナート様に『馬鹿が』と何度もいわれてましたが、平気なのですか？　僕がたとえばアダルバートにあんなふうに暴言を吐かれたらつらいと思いますが」

「あれは俺が……カトルが未熟だからいけないのだ。『馬鹿が』と口にするとき、レナート様はもっと心を痛めているのだ。好きであんなことをいっているわけではないからな。それに、カトルはレナート様のあの美しい冷たい瞳で蔑むように見られると、ぞくぞくとするのだ。このうえもない悦びに身が震える。あんな態度をとってくださるのは、俺に対してだけだからな」

カトルが恍惚《こうこつ》とした表情で語るのに、リクトは「はあ」と頷いた。

「でも、泣きそうになっていたではないですか」

「あれは悦びの涙だ。おまえはあの偏屈な錬金術師に甘やかされているから、本物の主従の愛を知らないのだ。つらいことも喜びに変わる。愛とは試練だ」

黙って聞いていたアビーが、「ちょっとちょっと」とリクトのテーブルの上の手をつつく。

「……あまり突っ込んで人様の事情を聞くな。そういう趣味のひともいるんだから」

「趣味ですか」

「よく知らないけど、ご主人様ごっこみたいなやつじゃないのか。調教とかだな……合意の上ならいいんじゃないか。未知の世界だけど」

「性愛の一種ですか」

リクトが「なるほど」と頷くと、カトルが「いちいち穢《けが》れたいいかたをするなっ」と憤って叫ぶ。

そこへダレンがやってきて、「はい、ケーキおまたせ」とカトルの前にお茶とスフレケーキの皿を置いた。笑顔だったが、こめかみにわずかに筋がたっている。

「――少年たちよ、楽しそうに話しているとこ悪いけど、いかがわしい話はもっと声を小さくしてくれるかな?」

「すいません」

リクトがあわてて謝る横で、カトルは「レナート様とカトルはべつにいかがわしくなど……」と悔しそうに呟く。

「カトルさん。ダレンさんの作るデザートはすごく美味しいんですよ。食べてください」

リクトにすすめられて、カトルは目の前のケーキの皿にじっと目を凝らした。

「食べられませんか?」

「いや――食べる」

カトルは普通にフォークを握って、スフレケーキを口にした。ひとくち食べて気にいったらしく、「なんだこれ」という顔つきになってぱくぱくと頬張りはじめた。

神人もケーキを食す——これは貴重な発見だった。早速部屋に帰ったら帳面に記録しなくてはならないと、リクトはカトルの一挙手一投足を見守った。

「な、なんだ？　なぜそんなにカトルを見る？」

「あ……失礼しました。食べにくいですよね。ところで、今日はカトルさんはなにをしにここへ？　アダルバートとの取引が終わっているというのなら」

「——」

カトルはケーキを食べる手を止めてリクトを見つめた。

「おまえが……おまえの気配がどうも気になるからだ。レナート様も同じようなことをいっていたが……気になってもう一度きてみたら、このハイド地区はなにやらいやな匂いにつつまれているし」

「いやな匂いですか？」

「——旧い竜の匂いがする。カトルはそれがとても不快だ」

意味深な発言を聞いた瞬間に、リクトの頭のなかにある映像が甦った。

旧い竜——そう、子どもの頃からいつもあれが見えていた。あいつはまるで自分を監視するように上空に現れた。誰もが心酔する大空を舞い飛ぶ流麗な姿——だが無慈悲に大地を焼き、ためらいもなくひとの魂を切り裂く。

「おまえは我の主だ」――そう伝えられたときの絶望。

「……おい、リクト？　どうしたんだよ、顔真っ青だぞ」

「――え」

アビーに声をかけられて、リクトははっと我に返る。アビーとカトルの顔を見た途端に、先ほどまで頭に浮かんでいたものが砂の城が崩れるようにして消えていく。あとから思い出そうとしても見えるのは砂つぶばかり――。

「……おやおや、これはこれは。今日は可愛いお客さんたちがたくさんいるんだね。わたしはついている」

食堂の扉が開いて、リクトたちの座っているテーブルに近づいてきたのは、ハイド地区の錬金術師ギルドの長であるフリッツだった。にこやかな笑顔でリクトたちの顔を見つめる。

「――麗しい美少年が三人も勢揃いしてるとはね。いや、眼福……おや」

フリッツはカトルに視線を止めて、なにやら意味深に「珍しいお人もいるものだ」と唇の端をあげた。どうやら彼にはカトルが竜人であることがわかるようだった。

「――少しお邪魔させてもらってもいいかな。アダルバートの工房へいったら留守だったから」

フリッツはアビーの隣の椅子を引いて座る。アビーは「げ」といやそうな顔をしたものの、「そうだ」と閃《ひらめ》いた表情をする。

「リクト、ちょうどいいじゃん。認定証のこと頼めよ」

　リクトが「実は……」と切りだそうとすると、フリッツは「ああ、わかってる」と押しとどめた。

「なにやら騒がしいことになってるからね。アダルバートの工房を訪ねてきた理由のひとつは、その件なんだ。先日、外で会ったときに彼が近いうちに認定証の更新の手続きにくるといっていたから、特別措置で発行してもってきたよ。これを――調査がきたら見せなさい」

　認定証の入った封筒を差しだされて、リクトは「ありがとうございます」と受け取る。まさかアダルバートがすでにフリッツに手続きする意思を伝えていたとは驚きだった。十年も更新を怠っていたのに――工房主としてあるまじき姿だと評していたことを反省する。

「まったく余所の国の錬金術師たちまで狩りだして、ご苦労なことだ。この大陸にハイド地区の錬金術師より優秀な術師などいないというのに。首輪をつけてもまだ信用できないのか。……愚かな」

　窓の外を行き来している兵士たちの姿を見て、フリッツが嘆く。いつもにこやかなフリッツだが、さすがにギルド長としての厳しい表情が窺《うかが》える。いまは通常時とは違う状況なのだと悟って、リクトはにわかに緊張した。

「フリッツさん――いったいなにが起こってるのですか？　危険人物の錬金術師が国内に入ってきたからといって、なぜそんなに警戒する必要があるのです？」

フリッツはちらりとカトルの顔を見てから、含みがあるような笑いを見せた。

「この国の王家は、かつて一匹の竜を怒らせた。……いまも亡霊に怯《おび》えているのだよ」

「亡霊？」

「いまの王になるまでに血腥《ちなまぐさ》い御家騒動が絡んでいるからね。王はもう高齢で病にかかっているそうだが……敵対した者について考えると、いまでも不安で仕方がないのだろう」

「御家騒動……？」

「五十年前に王都で錬金術師が反乱を起こしたとされているが、あれは実のところ王位継承権を巡った争いなのだよ。表向きには術師の反乱だけが取り沙汰されることが多いが、真の意味での戦いは王宮のなかにあった」

リクトはテーブルの上に置いてある手配書のビラをフリッツに示した。

「あの……この危険人物とされる者の特徴――まるでエリオット王子と同じなのですが。その御家騒動とやらには王子が絡んでいるのですか」

「きみはエリオット王子の話を聞いたの？　プラチナブロンドとオッドアイの持ち主だと」

「いえ……アダルバートに王子のことを聞きましたが、あまり良い話ではないからと詳しくは……」

外見の特徴については、まさか夢のなかで本人を見たとはいえずに口ごもる。

「そうか。……アダルバートはそういったか。わたしも王子の顔は直接は知らない。わたしはエレズたちのように王家に仕えていたわけではないから、王子はまさに雲の上のお人だったからね。ただプラチナブロンドとオッドアイ——そして非常に美しい若者だということは噂でも伝わってきた。優れた〈黄金の力〉をもっていて、家庭教師のエレズが可愛がってるという話もよく聞いた。人づきあいの苦手なアダルバートが彼だけとは深い親交があったともね。すべては伝聞だ。王子は宮殿の一番奥の部屋で半ば隔離されて暮らしていたから」

隔離——一国の王子がなぜという疑問がわく。

「ウェルアーザーの王家で生まれたオッドアイの子どもは、良くないことの象徴とされるんだ。古代からのいいつたえがあってね。だから彼は忌み子とずっといわれていた」

忌み子と呼ばれていたのは珍しいオッドアイのせいだったのか。生まれつきの容姿でそんな立場に追いやられるなど——リクトは王子に同情せずにはいられなかった。

「王子は亡くなったと聞きました。どうしてですか……？　その御家騒動がらみですか」

フリッツは迷うように顎をなでた。

「わたしが話してもいいのかなあ……？　まあ、でももう手配書が回る騒ぎになっているのだから仕方ない。アダルバートたちが話さないとしても、いずれ誰かの口から耳に入ってしまうだろうしね。……つまりね、彼は首謀者なんだ」

「——首謀者？」

「エリオット王子は先王に寵愛《ちょうあい》されていた義弟を暗殺して、体制に不満のある錬金術師たちを煽動して反乱を起こし、反逆罪で捕えられた。その後地下牢に幽閉されて——処刑されたよ」

幼い頃からよく頭のなかに甦ってきた地下牢のような映像の断片を思い出して、リクトはぞくりとした。あれはエリオット王子が閉じ込められていた場所だろうか？　なぜそんなものを自分が記憶しているのだろう。

ふと横を見ると、リクトよりもカトルがもっと青い顔をして震えていた。

「気持ちの悪い話だ……カトルは気分が悪くなる」

「なあ？　こええよなあ。ぞっとするよ、俺も怖い話苦手」

アビーもいやそうに顔をゆがめてフリッツを睨む。

「――で、なんなんだよ。その処刑された王子の亡霊に、王様は怯えてるってことかよ。なんで五十年も経ったいまになって、いきなり兵隊どもまで使って大騒ぎしてるんだよ。幽霊相手に兵隊配置したってしようもねえじゃん」

「アビーは話の呑み込みが早くていいねえ。わたしもまったく同感だよ。幽霊相手に剣が役に立たなかった場合に備えて、一応他国の錬金術師たちをお呼びしてるというわけさ。なぜいまになって――その理由はわからないが、占い師にでも予言されたか、病で気弱になった王が王子の亡霊が夢枕に立つのを見たか、そんなとこだろうね」

リクトはあらためてビラをフリッツに示す。

「これは……どういうことなのですか？　幽霊に怯えているだけなら、こんな手配書は無意味だと思うのですが」

「……あきらかにエリオット王子を意識して作成されているね。幻影で見た目など変えられるのだから、誰でも王子の亡霊を騙ろうと思えばできるし……便乗する者がなにかやってるのかもしれないね。厄介なことだよ」

フリッツはやれやれと肩をすくめてから、リクトに微笑みかけた。

「……まあ王子の亡霊に支配されているのは王だけではないけどね。きみを最初に見たとき――珍しい天然のプラチナブロンドだったから……エレズは亡き王子をしのんで、きみのような子を弟子にしたのだと思ったよ。いくら大罪を犯したとはいえ、彼は王子をほんとうに可愛がっていたんだろうとね」

以前、フリッツがエレズについて「彼にも感傷というものがあるのだと感心した」といったのはその件か。なぜエレズが奴隷商人のもとで多くの子どもたちのなかからリクトを迷いもせずに指名したのか……。もしかしたら〈黄金の力〉の有無ではなくて、王子に容姿の特徴が似ていたから？

そしてアダルバートが「おまえは知っていやな思いをするかもしれないが」といったのも、たぶんこれが理由か。

リクトが育てられたわけ――ずっと心にひっかかっていた疑問が解けたおかげか、決して不愉快ではなかった。王子の身代わりとして、エレズの感傷で引きとられたのだとしてもかまわない。きっかけはなんであれ、リクトはエレズのもとで幸せだったたし、そのおかげでアダルバートにも出会えたのだから。

「――当時のことはよくわかりませんが、きっとエレズも辛い思いをしたのですね。アダルバートも……王子を極悪人だとはいっていましたが……」

「そう。反乱に加わった者も、踏み止まった者にとっても過酷な出来事だった。王子の近くにいた者ほど、当時の記憶は痛いものだろう。我々はようやくあの出来事に折り合いをつけたところなのだけれどね。だから亡霊は困る」

フリッツは嘆息してから、再度リクトをまじまじと見つめた。

「――きみはずいぶん冷静だね。もっと動揺しているかと思って……認定書の件もあるが、手配書のことできみがびっくりしてないかと思って心配してきたんだが」

「僕がびっくり……？　いや、それは亡くなったはずの王子に似たひとが危険人物とされているから驚きはしましたが……」

「いやいや、わたしが気にしてたのは、王子のそっくりさんではなくて、その下――」

フリッツは苦笑しながら、手配書のビラを指さした。王子と思わしき若者の下に書かれている、もうひとりの人物の特徴だ。長いウェーブのかかった金髪に、スミレ色の瞳……。

「それはエレズじゃないかな？　彼が危険人物かはともかく、ビラを作成した者は間違いなく元王宮錬金術師のエレズを意識してそこに特徴を並べている。だから、もし王都にエレズがなにも知らずにふらふらくるようなことがあったら危ないと思ってね」

「え……」

リクトは息を呑んで再びビラをじっくりと読んだ。たしかに最初に「エレズみたいだな」と思った。そしてお家騒動の話を聞いたあとでは、この特徴を持つ人物はエレズ以外にいないように思える……。

「ね？」とフリッツに同意を求められて、リクトは冷や汗をかきながら「は、はい」と頷くしかなかった。

旧い竜の匂いがする――。

カトルのいった言葉がやけに耳に残っていて、リクトは再び例の暗号の本を手にとった。偽書とはいわれたものの、気になって仕方ないのだ。

偽書の挿絵には竜も出てくる。文字はまったく読めないが、人物が竜の頭に手を乗せている挿絵の構図を見るに、契約でもしているように見えた。

でもアダルバートは竜の主にはなれないといった。いや、もしも主になったら大変なことになるといったのか……。

他の頁では、火と錬金術の神アジェスの姿も描かれている。〈一は全なり〉の考えから、アジェスはいくつもの姿をもっていて、この本では赤い巻毛をもつ少年神として描かれていた。ときには青年や老人の姿で表現されるし、時代によって偶像化の流行り廃《すた》りがあるのだ。少年神として描写されることが多かったのはかなり昔だから、偽書としては時代考証もしっかりしているといえる。

そして錬金術師ギルドの意匠ともなっているウロボロスも、図解の頁に幾度となく登場している。

フリッツが発行してくれた認定証にも記されている、尾を飲み込む蛇——。

だが、偽書に記載されているウロボロスは、蛇ではなく竜だった。一匹の蛇が己の尾を呑み込んでいる構図ではなく、二匹の竜が互いの尾を呑み込んで繋《つな》がっている図柄だ。

古書には一般的に竜の図柄のほうが多く、これも神の偶像化と同じで時代によって変遷があるのかもしれない。

エレズもアダルバートも竜人はいずれ消えゆく種族だといっていた。いままで深く考察したことはなかったが、錬金術師ギルドの意匠でさえ竜から蛇になっているのは、時代を反映しているのか。それにしても……。

「……やっぱりこの文字の羅列に法則性はないのかな……」

いくら暗号をとこうとしても皆目見当がつかなくて、リクトはあきらめて本を閉じた。外に買い物に出ると、街中には兵士の姿が相変わらず目立つ。ダレンのいうとおり、これでは客商売にさしさわりがあるだろう。

一昨日から外出しているアダルバートが工房に戻ってきたのは、陽も落ちてからだった。老人姿のときは顔半分が髭《ひげ》に覆われているので、なかなか表情が読みにくいのだが、その日の彼はいつもと様子が明らかに違っていた。澄んだ青い目がどことなく意気消沈しているように見えた。

「おかえりなさい」

リクトが声をかけても、「ああ」と小さく頷いただけで、すぐに二階にあがろうとする。

「アダルバート。ハイド地区が大変なことになっているのですが」

「——兵がうろついてるな。……着替えてくる」

声のトーンも沈んでいるように聞こえて、仕事先でなにかあったのだろうかと心配になった。

夕食の席で、リクトはハイド地区が警戒態勢になっていること、フリッツから認定証を受け取ったことなどを報告した。

「机の上に置いてありますから、あとで確認してください。更新の手続きをするつもりだとフリッツさんに伝えてたこと、知らなかったのでびっくりしました」

アダルバートは「ああ」と頷いたあと、リクトの顔を凝視してきた。なにかを思案するように、もしくは眩《まぶ》しいものを見るように目を細めて――ふいに口許の端をあげて微笑む。

「――このあいだ前向きに考えるといったからな。もしおまえを弟子にするとしたら……おまえも、認定証のない工房に雇われるなんていやだろう」

十年もほったらかしだったのに、更新しようと思った理由がそれだと知って、リクトの胸は自然と高鳴った。ふわふわと気分が舞い上がって、周囲の不穏な動きなどどうでもよくなった。

「そ、それは職の安定としては、認定証があったほうがいいです」

「そうだろう？」

アダルバートは愉快そうに声をたてて笑った。いつもの表情に戻った気がして、リクトはほっと胸をなでおろす。よかった、少し疲れていただけなのだ、と。

笑い終えると、アダルバートは再びリクトを見つめてきた。目許に笑みをにじませた、やさしくつつみこむような眼差し。

そんなふうに見つめられるのは慣れなくて、リクトはまともに目を合わせられなくなった。

「あの、それで警戒態勢になっている理由が……」

「帰ってくる途中で、兵に質問されたから、おおよその事情は知っている。危険な錬金術師が国内に紛れ込んでいるかもしれないから、と」

「その危険人物というのが……エリオット王子とエレズにそっくりだといわれているのですが」

リクトはアビーの食堂からもらってきたビラをテーブルの上に差しだした。

「王子の容姿を誰かに聞いたのか？　プラチナブロンドにオッドアイの持ち主だと」

「アビーの店でおやつをいただいていたら、フリッツさんがきて——事情を少し聞きました」

アダルバートは「なるほど」と頷いた。

「これは王の妄想だろう。仮に危険な人物がいるのなら、誰かが化けているかだろうな。心配することはない」

危険人物の特徴を知ったらもっと動揺するかと思ったのに、アダルバートは平然としたままだった。反応が薄いことに、リクトのほうが拍子抜けしてしまう。

「エレズは大丈夫でしょうか」

「彼は療養地にいるのだろう？　ハイド地区に入らなければ問題ない。だいたい外を出歩いているときは、爺の格好になっているのだろうし」

「そうですよね……爺姿もこういうときには役立ちますね」

アダルバートは再びおかしそうに笑った。釣られてリクトが笑みをこぼすと、彼はふいに腕を伸ばしてきて、頬にふれてきた。指先で軽くなでたあと、すっと首すじまで手を伸ばす。

いとしそうにふれてくる指がくすぐったくて、リクトは頬を熱くした。

「ど、どうしたのですか？　今日のアダルバートは少し変です」

「おまえにふれたら変なのか」

「そうではないですが……」

「──おまえがいつ消えてしまうのではないかと思ってな……それで、ついつきたくなった」

思わぬことをいわれて、一瞬息を呑む。

──消える？

「実は一昨日から外出していたのは、仕事ではない。前にいったが……異世界の人間を連れてきたことのある錬金術師に会って、話を聞いてきたんだ」

「それで……？」

いったいなにを聞いたというのか。工房に戻ってきたときにアダルバートがどこか沈んでいた様子を思い出して、いやでも緊張が走る。

「彼は異世界からきた人間をもう一度元の世界に戻してやったそうだが……確実に元に帰れたかどうかは確認できないといっていた。本人が切望していたからそうしたが、無数にある平行世界だから難しいと」

たとえ元の世界がわかったとしても帰るのは困難なのか。だが、いまのリクトにとってはさほどショックでもなかった。なにしろ元々戻る気などないのだから。

「……そうですか。わざわざ調べていただいて、ありがとうございます。それなら、べつにいいのです。僕はこの世界が自分の居場所だと思ってますから」

「おまえが気にしないのなら、よいのだが――それと……」

アダルバートはまだなにかいいたいことがあるのか、迷うように口許に手をやった。そしてふと目線をあげて、扉の方を見やる。

「――誰かくる」

気配が読みとれるのか、アダルバートがそういった十秒ほどあとに呼び鈴が鳴った。

いつも訪問客などこないが、夜になってから呼び鈴が鳴るのはさらに珍しい。リクトが扉を開けると、フードを深くかぶったひとりの人物が立っていた。皺《しわ》深い口許と、マントから覗く手は枯れ木のようにしおれた印象だった。これは見間違えるはずもなく――。

「……エレズ！」

リクトが叫ぶなり、老人姿のエレズはその口をふさぎ、工房のなかに入ってきて扉をしめた。

「どうしてわたしの名を大声で口にするのです？　まさか手配書が誰を指し示しているのか、事態が緊迫していることが推測できないほど、あなたの脳みそが小さいとはわたしは考えたくないのですが？」

たとえほかの人物に姿を変えていたとしても、このものいいはエレズ以外にはありえなかった。リクトはあわてて頭をさげる。

「申し訳ありません。驚いてしまったので――落ち着きが足りませんでした」

「よろしい。素直なところは変わってませんね」

フードつきのマントを脱いだエレズの肩に美しい金髪がこぼれおちる。術をといて、本来の姿に戻った彼は、相変わらず女性かと見紛う美貌を保っていた。

アダルバートが椅子から立ち上がった。

「おひさしぶりです、エレズ。病身と聞いていたけれど、あなたはとてもお元気そうだ」

エレズはちらりとアダルバートを見て、「あなたも息災でなにより」と悩ましげな顔をした。

「残念ながらおちおち病気にもなっていられない状況になりました。手配書を見ましたか」

「あなたが危険人物のひとりとされているようだが、王家への復讐《ふくしゅう》でも考えておられるのか」

「するわけないでしょう。すでに棺桶《かんおけ》に片足を突っ込んでいる身で……そのような気力はもうわたしにはありません」

「よかった。もしかしたら、あなたがなにか企んでいる可能性もないとは言い切れなかったので」

「かいかぶりすぎです。もうとっくに隠居の身なのですから」

旧い師弟のどこか緊張感を孕《はら》んだやりとりを、リクトははらはらしながら見守った。

テーブルの上を片付けて、自分の座っていた椅子をエレズに「どうぞ」とすすめる。

エレズは腰をかけてから、あらためてリクトに目を細めた。

「元気ですか？　充実した日々を過ごしていますか」

「はい。エレズも思ったよりもお元気そうで安心しました。療養地の空気や水が効いたのですね」

アダルバートが苦虫を嚙み潰したような顔で「気遣う必要などない、その御仁は当分くたばりそうもないのだから」と遮る。「え」ときょとんとするリクトの横で、エレズはやれやれという顔をした。

「エレズ。あなたがなぜ病気だと偽ったのか――その理由を聞いても？」

アダルバートは椅子に座り直し、厳しい表情で問い詰めた。

偽り？　ではエレズはどこも悪くないのだろうか。

「その話はまた後日にしましょう。例の手配書の件が先決です。リクト、あなたも座りなさい」

リクトは机のところから椅子を移動させてきて腰かけた。エレズはテーブルの上に残されていたビラを指で示す。

「今回の騒動の原因ですが――どうやら病で気弱になった王が怯えているのは事実ですが、幽霊を見たわけではなさそうです。現時点では極秘にされていますが、エリオット王子とわたしに成りすました者がいて、国境近くの村で竜を呼びだして住民たちに危害を加える事件を起こしたらしい。いまの王家は竜の祝福を受けていない――と近隣の住民たちが噂しているようです。その騒ぎが王都に飛び火するのを王家は警戒している」

「竜を呼びだした？　本物の？」

「いいえ。出来の悪いまがいものを術で錬成しているだけです。だが、旧い竜の骨を使っているらしく、気配だけは禍々《まがまが》しい。あんな奇妙なものを生みだして使役していては、他の竜の怒りを買います。おそらく事件の演出をしているのは、隣国のルリシアあたりでしょう。ウェルアーザーの王家と錬金術師たちの関係の溝をうまくついてきましたね」

「ルリシアは自国の錬金術師たちを救援と称して送り込んできているようだが……一団が王都に入ってくるのをちょうど見た」

「それも仕組まれたことでしょう。王家はハイド地区の錬金術師を信用していませんからね。このまま静観していては、わたしもどんな冤罪《えんざい》をなすりつけられるのかわからないので、仕方なく王都にきたのです」

要するに、今回の騒ぎは王子の亡霊などではなく、他国の謀略らしかった。エレズは王都に旅してくる道中、昔の知り合いの伝手《つて》などを使って独自に調査をしたようだ。

「では……エリオット王子は関係ないのですか？　亡霊などでは……」

「関係ありません。亡霊などいないと——錬金術師ならば知っているでしょう」

「そうですよね」

自分でもアビーに死者の霊魂などいないといいきったのに、もしかしたら王子の亡霊が現れたと考えるなんて愚かなことだった。だが——。

「……ほんとうか？」

一番死者の魂など信じていなさそうなアダルバートがエレズに詰め寄った。

「今回の件ではなく――エリオットの亡霊がほんとうにいないと、あなたはいいきれるのか」

「あなたはいてほしいのですか？　王子の亡霊に？　――アダルバート」

「………」

アダルバートは眉根をよせてエレズを睨むと、ふっと息をついて立ち上がった。

「俺からは王家に直接ルリシアの悪巧みじゃないかと伝える手段がない。あなたと同じくらいに信用されてないだろうからな。だが、つきあいのある貴族がいる。そこから謀略の可能性があるかもしれないと進言してもらおう。あとはギルドを通じて申し立てるしかない。――明日の朝でいいか。ギルド長はフリッツだ」

「わかりました。まだフリッツが現役なのですね。わたしも明日、ギルドの本部を訪ねましょう」

それで話は終わりだとばかりに、アダルバートは席を立って二階に行ってしまった。

久々に偏屈で頑固な彼を見た気がして、リクトはあっけにとられる。

「あの……アダルバートは先ほど出先から帰ってきたばかりで、疲れているんだと思います」

「いいのですよ。わたしが怒らせるようなことをいったのです。あなたが気にすることではない」

怒らせるようなこと――エリオット王子の件だろうか。

エリオット王子の話題をだすと、いままでアダルバートは硬い表情を見せはするものの、つねに冷静に「極悪人」「汚点だ」といいきっていた。

でももし王子がそのとおりの人間ならば、エレズの問いかけになぜ否と答えなかったのか。

(あなたはいてほしいのですか)

本音では、いてほしいと思ったから……?

「――それではわたしは宿屋に戻ります。明日の朝、直接ギルドの本部に行きますので、アダルバートに伝えておいてください」

エレズが立ち上がって帰り支度をはじめたのでリクトは驚く。

「ここに泊まらないのですか?」

「宿をとってあるし、わたしはいま危険人物なので、長居しないほうがいいでしょう。もしも踏み込まれたりした場合、かわいい弟子たちに迷惑をかけたくありません」

微笑んで踵を返すエレズを、リクトはあわてて立ち上がって呼び止めた。

「――待ってください、エレズ。聞きたいことがあるのです。少々話をさせてください」

「なんの話ですか?」

いままでアダルバートに聞いても、フリッツに聞いても、納得できるような答えは返ってこなかった。エレズに聞いたらすべてが明らかになる。それがわかっていたからこそ、リクトは躊躇《ちゅうちょ》した。

——聞きたい、聞きたくない。矛盾する心の内の声。

「エリオット王子のことです。アダルバートにとって、彼はどういう存在なのですか」

「…………」

エレズは戻ってきて再びテーブルの椅子に腰かけると、リクトにも座るように促した。

「——リクト、あなたは最近、意識を失ったことがありますか？　子どもの頃、よく記憶がなくなっていたでしょう」

どうしていまその話をされるのか。疑問に思いながらも、リクトは「いいえ」とかぶりを振る。

「もうほとんど症状はでません。王都にきてからは一度も……だから帳面に記録をつけるのも控えるようになりました。エレズが成長したらなくなるといってたとおりです」

「そうですか」

エレズは安堵したようにも——同時にどこか淋しそうにも見えた。エリオット王子のことをたずねて、なぜリクトの持病の話になるのか。

「——最初から話しましょう。わたしはかつて王家に仕えていて、王宮錬金術師と呼ばれていました。たくさんの弟子がいて……アダルバートもそのひとりです。王宮で暮らしはじめた頃、彼はまだ少年でした。当時、王家には三人の王子がいた。長男のバリー、次男のエリオット、そして母親の違う三男のベンジャミン……。バリー王子はすでに成人していましたから、わたしたちにはあまり関係なかった。わたしはエリオット王子とベンジャミン王子の家庭教師をしていました。エリオット王子と同い年だったアダルバートは、幼いベンジャミン王子の遊び相手だった」

「御家騒動で暗殺された王子とは、ベンジャミン王子ですか？」

「そうです。アダルバートは愛想があるとはいえないから、遊び相手には不向きなのですが……ベンジャミン王子は可愛らしい方だったので無邪気になついてくれた。そして同い年ということもあって、エリオット王子とも親交を深めました。身分は違いましたが、ふたりは親しい友人関係になった。……アダルバートにとっては貴重なことだったと思います。エリオット王子とベンジャミン王子は母親の違う兄弟なので、王宮の勢力図のなかでは本来微妙な関係でしたが、アダルバートを通じて仲がよかった。それが……」

のちにエリオット王子がベンジャミン王子を暗殺したのだ——その事件だけでも当時の王宮内がいかに殺伐としていたか想像がつく。

「エレズ……。アダルバートはエリオット王子を極悪人だといいましたが、王子のことをよく覚えてないともいうのです。……どういう意味なのですか」

「言葉通りの意味です。彼は錬金術師の反乱の際に、怪我をして瀕死の重体になりました。普通なら助からなかったのですが……竜に連れ去られた」

「竜に？」

また竜が登場するのか――とリクトは目を瞠る。

「アダルバートには神人の客がいるはずですが、あれはその縁で知り合った者たちです。アダルバートはずっと長いこと竜に連れ去られて死んだのだと思われていた。ひょっこりと帰ってきたのは二十年ほど前のことです。竜に連れ去られたときは十九歳でしたが、当時のままの姿で現れたので〈果ての島〉で生まれ変わったのだといわれていた。アダルバートは竜に連れ去られたあとのことはよく覚えていないそうですが、戻ってきたときには〈金の結晶〉を錬成できるようになっていた。どうして竜が彼を助けたのかはわかりません。だから彼はいまも一部では〈神人の落とし子〉だと噂されている」

アダルバートが〈果ての島〉に行って戻ってきた……？

「初めて聞きました……神人のレナート様たちとの関係を説明されたときも、そんなことは一言も」

「本人は覚えてないから、語りたがらないのですよ。だいたい竜に連れ去られて、三十年後に戻ってきた話など、自らでも理解しかねる実体験ですからね。王子の記憶も怪我をしたときの衝撃で失われたのか、竜の世界にいるあいだになくなったのかは不明です。断片的な記憶はあるそうですが、実際アダルバートはエリオット王子の顔もはっきりと覚えていない。ただ話に聞くように、プラチナブロンドでオッドアイ、大罪を犯した反逆の王子だと思っている。記録を読んで、そう思うしかないのです。王子は忌み子と呼ばれていて、その容姿を賞賛されたわりには不吉だということで肖像画の一枚も残っていないから」

リクトが夢で見た——あの不思議な双眸をもつ美しい王子の姿を、アダルバートは知らないのか。

時々、アダルバートは遠くに想いを馳せるような目をすることがあった。あれはてっきり昔の風景を——エリオット王子や王家に仕えていた時代をなつかしんでいるのかと思っていた。しかし実は必死に見えないものに目を凝らすようにして、失われた記憶を取り戻そうとしていたのか……。

「ただ憎んでいる相手ならばよかったのです。記録に残るとおりの、義弟殺しの反逆者だと切り捨ててしまってかまわなかった。ただ、わたしの知っている限り、アダルバートにとってエリオット王子は特別な存在だったので……」

「特別な存在……？」

エレズはためいきをついて頷いた。

「わたしたちは王家に仕えていた。王子はアダルバートの主でありましたが……同時に、アダルバートの初めての弟子でもあったのです」

エレズが宿屋に泊まるといって工房を出ていったあと、リクトは二階に上がってアダルバートの部屋の扉をノックした。

「……アダルバート」

わずかな間のあと「なんだ」という応えがあったので、リクトはそっと扉を開けて中に入る。

リクトがくるまで横になっていたのか、アダルバートは物憂げな顔つきで寝台の上に起き上がった。

「エレズが帰られました。迷惑がかかるといけないので、宿をとったと――」

「いまさらなにをいう。迷惑なら、とっくにかけられている」

声にピリピリしたものが含まれていて、下手に話しかけては気分を害するだけだと思われた。

リクトは「ギルドの本部に直接行くから伝えてくれと」とエレズからの伝言を告げて早々に立ち去ろうとした。

「――待て」

アダルバートは額を押さえながら大きく息をついた。

「話がある。ここにきてくれるか」

寝台のそばまで近づくと、隣を示されたのでリクトは腰をおろす。

部屋の灯りは寝台の脇のテーブルに置かれた小さなランプのみだった。ほのかなオレンジ色の光が周囲に広がっていて、アダルバートの横顔を照らす。

周りが薄暗い静寂につつまれていると、いつになくふたりの距離が近いようで、リクトは落ち着かなくなった。ほのかな闇と光が混ざりあう空間は、普段は見えないものを影絵のように浮かび上がらせる。

「――なにを怯えている？」

「怯えてはいないのですが、今日はアダルバートが少し怖いので」

アダルバートの口許がゆるむのが見えた。

「……苛《いら》ついてるのが伝わったか。すまないな」

「いいえ。……無理もありません」

過去の経緯を知ったら、そういわざるをえなかった。

アダルバートがわずかに驚いた顔を見せたので、リクトは出すぎた口をきいたかと唇を引き結ぶ。だが、彼は決して気を悪くした様子はなかった。

ふいに髪にやさしくふれられて、リクトは身をこわばらせた。

「……初めはなにも感じるつもりはなかったのだ」

アダルバートはリクトの髪を梳《す》くようになでながら、低く囁《ささや》く。

「エレズが子どもを引きとったと聞いたときも――それが王子と同じプラチナブロンドの子どもだと術師の仲間のあいだで噂になっていても……趣味が悪いとしか思わなかった。俺はエリオットの顔を覚えていない。だから、実際に山村の工房にいって幼いおまえに会ったときも……もしかしたら自分が怒りかなんらかの感情にかられるのではないかと思ったが、そんなこともなかった。おまえはただの無邪気な子どもで、エレズはおまえを育てることで癒されているのだから……俺も同時に解放されたような、穏やかな気持ちにすらなった。エレズはほんとうに年をとったのだと——俺も過去には区切りをつけなければならない、と思った。それからはエレズとおまえを思いだすこともなかった。おまえが工房に訪ねてくるまでずっと——。おまえが王子と同じプラチナブランドだといわれて、どんな気持ちになるのか想像はつかんが」

「僕は……べつになんとも思いません。エレズが僕を引きとってくれたのは幸運だと思っていますし、なによりも——」

アダルバートに会えました——と本人を前にしてはいいにくかったので、リクトは言葉を濁した。

だが、その眼差しから伝えたいことを感じとったのか、アダルバートはリクトの髪から手を離してなぜかせつなそうに目をそらした。どうしてそんな顔をするのだろう。

「……エレズに聞きました。エリオット王子があなたの弟子だったと——あなたが弟子をとらないといっていたのは、彼が原因なのですか」

アダルバートは黙り込んだままだった。大きな感情の動きは見えないのに、ただ疼《うず》くような痛みを堪えていることが伝わってくる。静かに魂が引き裂かれているような音が聞こえる気がしたのはなぜなのか。

エレズが王子似の子どもを育てていても、アダルバートは気にしないといった。

それなのに、なぜいま彼がそれほど苦しんでいるのかがわからなかった。

「王子の亡霊に――会いたいのですか?」

「――――」

アダルバートは虚ろな目を見せたかと思うと、ふいにリクトを抱き寄せた。やさしく髪からうなじをなでたあと、顎をとらえて唇を合わせてくる。

「え……」

唇のあいだから舌がすべりこんできて、リクトの口腔《こうこう》を淫らに侵した。粘膜を刺激されて、からだの力がすっと抜けていく。

まるで口ごと食べられてしまうような激しい接吻に、呼吸するタイミングすらわからずに、リクトは息を切らす。

「は……」

アダルバートはあやすようにリクトの唇をついばむと、そのまま体重をかけて寝台に押し倒してきた。

「アダルバート? ……ん……」

問いかけようとすると再びキスで唇をふさがれて、なにもいえない。アダルバートはリクトのシャツの裾から手を入れてきて布地を押しあげ、素肌にふれた。

唇を食《は》まれながら、なめらかな肌のつんと尖った部分に指が這《は》わされる。

「あ……や……いやです」

「——可愛い声をだすな。こっちは煽《あお》られるだけだ」

アダルバートはリクトの首すじに吸いつき、さらに胸の突起を指の腹で刺激する。じわじわとした甘さが下腹へと伝わっていって、身悶えずにはいられなかった。

リクトの胸をあらわにすると、アダルバートは刺激されて硬くなった小さな乳首に舌を這わせてきた。いつも冷静な彼がかすかに興奮した息を漏らしているのを感じとった途端、リクトはこのまま淫らな熱に身を任せてしまいたいとすら思った。アダルバートとからだをつなげることで、いままでとは違った絆《きずな》ができる。けれど……。

「……こんなかたちでは——いやです。アダルバート。あなたがなにを考えているのかわからない……」

甘い熱に溺れそうになると同時に、胸がしめつけられる苦しさがあって、それが涙となってこぼれおちた。

アダルバートはリクトの頬に涙がつたうのを見ると、はっと我に返ったように動きを止めた。しばらくリクトを凝視していたかと思うと、怖いような表情をゆるめて、涙のにじんだ目許にそっとくちづける。

「——すまなかった」

アダルバートの青い瞳はまだ興奮の熱に潤んでいて、その魅力的な眼差しに射られると再びなにをされてもかまわないような気持ちになった。

次に押さえつけられて熱い肌のぬくもりを感じたら、リクトにはもう抵抗できなかった。

だが、アダルバートはリクトの額に貼りついた髪をやさしくかきあげただけだった。

「……どうかしていた。許してほしい。おまえを怯えさせるつもりはなかったのだ。ただあまりにも——」

アダルバートはリクトのシャツを元に戻すと、自らの乱れた髪をかきあげて整えた。

なぜ今夜に限って、アダルバートはいきなりこんなことをしてきたのか……。悩ましいような熱情を真にぶつけたい相手は自分ではないような気がした。では、誰——？

彼が怒るのも、普段は見せない激情をあらわにするのも、すべては王子に関わることだけ——。

「……アダルバートは、王子を憎んでいたのですか」

リクトは堪えきれずにその問いかけを口にした。

「……愛していたのですか」

いまだ恋がどんなものかもろくに知らないのに、大切なひとの心がほかの人間に向いていると考えるのは胸が引き絞られるように痛かった。

アダルバートはなにも答えずに黙ってリクトの顔を見つめていた。迷うように口を開きかけたものの、でてくる言葉はなく——彼は再びリクトにくちづけてきた。そして耳もとに顔をうずめて唸るように声を絞りだす。

「……おまえがいとしい。だが、俺はどちらに――」

どちらに――？

その言葉を聞いた瞬間、ふっと意識が遠のくのを感じた。これは記憶がなくなるときの症状だった。世界がどんどん遠くなっていくような……。

なぜレナートがリクトに王子を知っているかと聞いたのか。どうして自分に地下牢の記憶があるのか。今日に限ってアダルバートがリクトにふれてきた理由……。

(今日のアダルバートは少し変です)

(――おまえがいつ消えてしまうのではないかと思ってな……それで、ついつつきたくなった)

――消える？　なぜ？

パズルの欠片《かけら》を組み合わせれば、見えてくるひとつの絵がある。鍵のかかった箱が開くようにして、過去の記憶が飛びだして頭のなかの空白を埋めていく。それはプラチナブロンドにオッドアイの人物が生きた証。

自分が何者なのか――その刹那、リクトはすべてを悟った気がした。……ああ――王子、僕はあなた自身だったのか、と。

見たくはなかった。過去の自分が希望を押しつぶし、現在の自分を殺していく瞬間など。

V　忌み王子の悲劇と旧い竜

ウェルアーザーの王家に生まれる双眸の色が違う子どもは国を破滅させる――。

それは昔からのいいつたえだった。古代王国の頃から王家の血筋には、オッドアイで美しい容姿をもつ〈黄金の力〉が強い者が現れる。それがことごとく凶運の持ち主なのだと。

かつて強大な錬金術師たちが黄金をつくり支配していた時代、王家にも錬金術師の才能があるオッドアイの子どもが生まれた。それは伝説に語られる大錬金術師となり、己の力を欲望のままに振るい、王国を滅ぼしてしまったという。

オッドアイの子どもはその大錬金術師の生まれ変わりとされるため、忌み嫌われるのだった。だが、何代目の誰々という記録はどこにもなく迷信にすぎないともいわれていた。

エリオットは生まれたときには瞳の色に異常はなかった。しかし、生後数ヶ月のうちに変化が現れ、周囲の人間は「忌み子が生まれたのか」と嘆くことになった。

とくに王妃は迷信深い王から疎まれ、追いつめられて精神を病んだ。王宮の勢力図の争いは陰惨を極め、新しい王妃を娶《めと》らそうとする者たちの嫌がらせは執拗《しつよう》だった。母が耐えきれずに自ら命を絶つと、「やっぱり忌み子だ」とエリオットの立場はますます悪いものになった。

新しい王妃が輿《こし》入れしたのち、エリオットは父である王に目通りすらめったに叶わず、王宮の奥まった部屋に隔離されて暮らすようになった。ただひとり、母を同じくする兄のバリーだけは、エリオットの様子をたびたび気にかけてくれた。

「おまえはなにも悪くないのだ。これほど美しい王子は近隣諸国をさがしてもどこにもいないというのに気味悪がるなんてどうかしてる。……大きな声ではいえないが、俺が即位したら旧い因習などぶち壊して、おまえがのびのびと暮らせるようにしてやる」

「……はい、兄上。ありがとうございます」

兄の言葉は素直にうれしかったが、期待はしていなかった。幼い頃から、エリオットにはなにも望まぬ癖がついていた。

そう——なにも感じない。感じてしまったら、王宮では生きてはいけない。

それは忌み子と呼ばれ続けたエリオットが防衛本能から身につけた処世術だった。とはいえ、なにぶん幼かったので、すべてを悟りきるには至らなかった。

新しい王妃が産んだ義弟を王が目に入れても痛くないほど寵愛《ちょうあい》していると聞けば、父に会ってもらえない寂しさに涙をこぼすこともあった。また、夜中に鏡を見ると、色の違う目を自らくりぬいてやりたいような衝動にかられて、「わああああああ」と叫ぶこともあった。

だが、なにをしても現実は変わらない。諦観《ていかん》を覚えるのにそうたいして時間はかからなかった。

狭い箱庭のなかに閉じ込められていたが、子どもの頃からよく空に竜が飛んでいるのを見た。まるで目をつけているみたいに、エリオットが中庭に出た途端に竜は上空を舞う。

あいつは僕を見張っているみたいだ――最初は自分が忌み子であると証明するようでいやだったが、竜とのあいだに不思議な縁を感じた。〈果ての島〉につれていかれるのではないかと夢想することもあった。

やはり自分は不死だといわれた大錬金術師の生まれ変わりなのだろうか。古代の錬金術師たちは、竜さえも従えて使役していたというから。

いっそのこと竜にこの狭い世界から連れだしていってほしい――そう願うほどには孤独な幼少時代だった。

やがて少年期になると、エリオットはせめて身近にいる人々には愛されようと努力した。臣下には仕えてくれるだけでありがたいと感謝の気持ちをもって接したので、世間ではどれほど「忌み子」といわれても、身近に仕える者はみな彼に好意をもつようになった。

最初、忌み王子のもとに配属されて「出世から外れた」と嘆いていた臣下たちも、ひと月もたたないうちに自らの主が呪われた子どもなどではなく、賢くて優秀な王子だと気づくのだ。

なによりも白雪のようだと称されるエリオットの美貌は際立っていて、不吉だとされる色の違う瞳さえも神秘的に映った。

宮殿の奥まった小さな箱庭で幸せだと感じる瞬間もあったが、頼りにしていた臣下が王妃の手によって失脚させられたりしたので、つねに油断はできなかった。

あまり目立たないように――自分が目をかけすぎると、王妃たちの一派に排除されてしまう。王妃とその取り巻きたちは長男のバリーを廃嫡して三男のベンジャミンを王位継承者にしようと画策していて、バリーの実弟であるエリオットにもなにかと攻撃の手が及んできた。

「まったく……あいつらは国を滅ぼす愚か者たちだ。醜い野心の塊め」

兄のバリーはよくエリオットに愚痴をこぼした。兄が王に即位するのが正統だし、またなってほしいと願っていたが、正直宮中の争いにはかかわりたくなかった。

もはや王子という立場すらエリオットには重荷だった。権力には興味がなかったし、王族の矜持《きょうじ》をもって生きるつもりもない。ただ日々穏やかに暮らしていきたいと――それればかりを願っていた。

王宮錬金術師のエレズに出会ったのは十四歳のときだった。彼は八歳の弟のベンジャミンの家庭教師も兼ねていた。図書室で偶然対面したとき、エリオットをひとめみて「素晴らしい〈黄金の力〉の素質をもっている」といってくれた。「あなたが王子なのはもったいない。わたしのところのアダルバートと同じくらい生来の素質がある」と。

アダルバート――その名前はエレズが口にする前から知っていた。エリオットと同い年の十四歳。

彼はエレズの弟子のなかでも飛びぬけた才能の持ち主で、十二歳のときに第一の〈扉〉を開けていて、神の霊魂のエネルギーを利用する錬成ができると有名だった。すでに第二、第三の〈扉〉を開くことも可能だが、その段階までいくと長寿を得て成長がゆるやかに止まるため、本人が成人するまで仕方なく待っている状態だといわれていた。

エレズの跡を継ぐといわれている、天才少年錬金術師――それがアダルバートの一般的な評価だった。

だが、エリオットが実際に知っている彼は、中庭でベンジャミンの遊び相手をしている――美しい顔なのに無表情で愛想のない少年だった。たまに長い黒髪を幼いベンジャミンに引っ張られて、「やめてください」とこめかみに筋をたてているのは見たことがあったが……。

遊び相手として優秀とはいえないのだが、ベンジャミンは彼になついていた。なぜなのか――たまに観察していたので、その理由は知っていた。普段はむっつりとすましている彼が、時おりベンジャミンの悪戯《いたずら》がすぎると激昂《げっこう》しかけて、王子相手に振り下ろしかけた拳がなかなかおさめられずに「……しようがない方だ」と屈託のない笑顔を見せるときがある。「ほんとうに悪戯っ子ですね」といいながら初めて声をたてて笑っている姿を見たときにはひどく驚いた。彼の反応は人間として正直で、ベンジャミンもそれを知っているから甘えているのだろうと思った。

エリオットはもうお守《も》りが必要な年ではなかったが、友人は欲しかったのでアダルバートには興味をひかれた。隔離されて暮らしていたので、王宮で見かける同年代の少年は召使いか、アダルバートぐらいしかいなかったのだ。

なによりもアダルバートの美しい瞳がエリオットは羨《うらや》ましかった。彼は一目見ただけで吸い込まれてしまいそうな澄んだ青い目をしていた。もしも自分があんな綺麗《きれい》な目をしていたら、これほど疎まれることもなかったのだろう、と。

「エレズ……僕はアダルバートに友人になってほしいのだが……錬金術にも興味があるし——そういった話を同年代の子としてみたい」

エリオットの才能をかって自ら家庭教師をしたいと申し出てくれたエレズにそう打ち明けると、彼は「あんな者でよかったら、どうぞ煮るなり焼くなりお好きなように」とアダルバートを側においてくれるようになった。

だが、アダルバート自身は最初エリオットと目も合わせなかった。ほかの弟子たちはみな彼よりも年長だったから、エレズの話では彼にも同年代の友人はいないと聞いていたのに、こちらがいくら遊びに誘ってもつれない返事だった。

その頃には世間や王や王妃たちから忌み子と蔑まれても、身近に接して誠意を尽くせば相手は好意をもってくれると学んでいたつもりだっただけに、アダルバートの冷たい対応は心に応えた。

「アダルバート。珍しい古書を手に入れたんだ。どうやら大錬金術師に関わることのようで——暗号なのだが、僕と一緒に解いてくれないか」

ある日、図書室でひとりで勉強をしているアダルバートに声をかけてみると、彼は無表情にエリオットをちらりと見たあとすぐに顔をそむけた。

「畏れ多いので」

「きみと友人になりたいとエレズに伝えてあるんだが……」

「――聞きました。でも、友人なんて人に頼んでなるものではないでしょう」

「僕は友人がいないので――友人のなりかたがわからないんだ」

「俺もいないので、わからない」

不遜《ふそん》なほど堂々と返されて絶句するエリオットを見て、アダルバートは初めて口許をゆるめた。

「……あなたは変な王子様だな。こんな身分の者に、へりくだって友人になってくれと頼むことはないのに。――暗号の本は？」

それが最初のきっかけだった。アダルバートは「あなたが大錬金術師に興味があるなんて自虐ですか」と遠慮のない口をきいたが、エリオットには却って心地よかった。

「だって呪われた生まれ変わりかもしれないのだから、よく調べておかないと」

「なるほど。落ち込んでも知らないですよ」

一冊の本を通じて、アダルバートとエリオットの距離は急速に縮まっていった。ふたりで古書の頁《ページ》をめくりながら暗号に頭を悩ませて、学問や他愛もない話をするのに明け暮れた。

ふたりきりのときはあくまで友達として接してほしいと頼むと、アダルバートはすぐに「エリオット」と呼んでくれるようになった。孤独なエリオットの境遇を知っているせいか、彼は時間があれば部屋を訪ねてきて話をしてくれたし、ベンジャミンに向けたような笑顔も見せてくれた。

いったん気を許しあうと、互いに親友だと認め合うのにそう時間はかからなかった。

「……ずっとベンジャミンを羨ましく思っていたんだ。きみと仲良くしてるから」

中庭が見えるテラスのテーブルの席でお茶を飲みながら親しい友人と語り合う——それはエリオットにとってなによりも貴重で大切な時間だった。

「俺なんかが遊び相手で、ベンジャミン様は不幸だというのに?」

「でも——きみの髪にさわったりして楽しそうだった」

「楽しいのか?　あれは?」

理解に苦しむといった顔を見せるアダルバートに、エリオットは「綺麗な黒髪だもの」と告げた。

「……綺麗といったら……」

アダルバートは眉をひそめながらエリオットをじっと見つめたあと「なんでもない」と言葉を濁した。そしてふいに自らの髪を示した。

「さわりたいなら、好きなだけさわればいい。エレズにいわれたし、無精だからちょうどよくて伸ばしているだけの髪だ」

「エレズに？」

「……錬金術師らしいハクがつくからと。おまえは愛想がないのだから工房を開くときには威厳で勝負しなくてはならないというから」

「そんなことまで指示されるのか」

エリオットは噴きだしながらアダルバートの背後に回ってつややかな髪にふれてみた。手でやさしく梳《す》いて三つ編みにすると、「おい」と文句をいわれたが、彼も楽しそうにしていた。

これほど親しくしてくれるのなら、どうして最初あんなにつれなくしたのか——いくら訊《き》いてもアダルバートは答えてくれなかったが、エレズにたずねてみたら「ただ照れてただけですよ。そういう年頃なので」といわれた。

アダルバートと一緒にいると、ベンジャミンも「遊んで」と寄ってくるので、思いがけず幼い義弟との仲も深まる結果となった。これまでは王妃たちの目を気にして交流もなかったが、まだ子どものベンジャミンには複雑な勢力図など理解できないから無邪気になついてくるのだ。

もちろん王妃の側近たちから「ベンジャミン様が穢《けが》れる」と陰口を囁《ささや》かれることもあった。だが、「みな悪口をいうけど、ベンジャミンはお義兄様《にいさま》が好きです」と無垢《むく》な瞳で訴えられると、己の保身のために幼い義弟を突き放す気には到底なれなかった。そして昔、なにも知らない義弟をあれこれ羨んだ自分を恥じた。あらためて権力争いなど馬鹿馬鹿しいとエリオットは思った。

　憂鬱な事柄は多々あったが、エレズやアダルバートの存在がエリオットを支えていた。いっそ錬金術師の弟子にしてもらえないだろうかと夢のようなことを考えた。

「弟子入りですか？　さすがにわたしも王子を弟子にはできません」

　エレズに笑ってことわられたと告げると、アダルバートは渋い顔を見せた。

「エレズに弟子入りなんてやめたほうがいい」

「なぜ？　当代一の錬金術師と評されているのに。きみはエレズの跡を継ぐんだろう？」

「エレズは跡取りはいらないといっているし、俺もごめんだ。あれは人間じゃない。錬金術のことしか考えてない」

「きみだって似たようなものじゃないか」

「俺は——少しはほかのことも考えている」

　アダルバートが珍しく怒ったような表情を見せるので、「なに？」と追及したが「知らなくていい」といわれるだけだった。

「親友なのに、隠しごとするのか」

「親友だからこそだ」

　最初は意味がわからなかったが、やがて徐々に言外の意味を察するようになった。なぜならふたりで過ごすとき、アダルバートはひどく物憂げにエリオットを見つめてくるようになったからだ。瞳の奥にははっきりと焦がれるような想いが滲《にじ》んでいて、若い欲情の熱にじりじりと焼かれる気すらした。

たしかに友人関係を壊しかねなかったが、普段は曇りなく澄んでいるアダルバートの青い瞳が自分のために惑って揺らぐのを見るのは——まるで彼を独占できているようでうれしかった。

だが、仮にも一国の王子であるという立場ゆえに、その想いを受け入れることは叶わなかった。もしも周囲に勘づかれたら大問題になるし、自分はともかくアダルバートは間違いなく破滅する。そんな危険は冒せなかった。

ただ一度だけ——くちづけは交わしたことがある。十八歳のときだ。己の運命がつきる一年前、ふたりきりで約束をした。

その日、アダルバートは宴の席で酒を飲まされて少し酔ったまま、エリオットの部屋に頼まれていた古書が手に入ったと届けにきてくれた。

もう十八歳になって成人とみなされる年齢に達していたし、アダルバートは呑気《のんき》に王子の遊び相手をしていられる身分ではなく、すでにエレズに責任のある仕事を任されていた。だから当時はふたりのあいだに距離ができていて、他人行儀になりつつあった。

しかし、酔いが残っていたせいか、その夜のアダルバートは少年の頃のように親しげにエリオットに話しかけてくれた。

「アダルバートはいつも酔っていればいいのに。そしたら、僕も淋しくなくなる」

「――」

アダルバートはふいに黙り込んで目を伏せた。

「淋しい思いをさせていたのか。すまない」

「いや――」

何気なくこぼした愚痴だったのに、アダルバートに謝らせてしまったとエリオットはあわてた。

「こっちこそ子どものようなことをいって……」

だが、正直なところ淋しいのは事実だった。アダルバートはもう小さな箱庭の住人ではない。また自分だけが取り残されて……。

気丈にかぶりを振ったが、やるせない思いに表情がゆがんだ。エリオットの目が潤んでいるのに気づいたのか、アダルバートは困ったような顔をしてから、ふいにエリオットを抱きしめてきた。

荒々しく唇を奪われて、一瞬のうちにからだに火がついた。

だが、アダルバートはほどなく我に返ったようにエリオットを放した。そしていきなり床に膝をついて頭をたれた。

「……酔っていたので――お許しください」

そうしなければいけないのはわかっていた。だからこそエリオットも長らく焦がれるような

きた。
生まれてこの方、なにも望んだことはない。忌み子と蔑まれても、自分なりに精一杯生きて
だが、これが一生続くのかと思うと、生きていても価値はないように思えた。
視線を見て見ぬふりをしてきたのだ。

たったひとつだけ欲しいと思ってはいけないのだろうか。

「アダルバート。……きみと僕の距離はもうこれ以上縮まらないのか」

無言のまま、アダルバートは跪《ひざまず》いていた。彼がもし顔をあげなかったら、いままでどおりなにも望まぬ人生を生きようと思った。だが、彼は顔をあげて立ち上がり、まっすぐにエリオットを見つめた。

「——覚悟がいる。なにもかも捨てて、王宮を離れる気がもしあるのなら……でも、あなたのほうがきっと辛い。あなたがいままで苦労してきたのは知っているが……それでも王子としてそれなりの待遇を受けて安全な宮殿で暮らしてきた。その立場がもしも……」

その言葉で、アダルバートがいっときの熱に浮かされた快楽だけを求めているのではなく、真剣にエリオットとの人生を考えてくれているのだと知った。

「かまわない。僕はどうせここで生きていても、死んでいるのと同じだ」

「エリオット……」

アダルバートは周囲を見回してから声をひそめてエリオットの手を握ってきた。エリオット

は嬉《うれ》しさのあまりからだが震えるのを堪えきれなかった。

「覚悟があるのなら、時間をくれ。色々と準備がいる。もちろん国外に出なければいけないし、その後の生活もある」

「忌み子の王子が消えたからって、誰もなにも気にしない」

「そんなことはない。大騒ぎになる。……俺も工房と王宮の暮らししか知らないが……あなたを連れていく以上、行き当たりばったりというわけにはいかない。それなりのものを用意しないと。ここから遠い国に行かなくてはいけないし、もしかしたら一生逃げ続けなければならないのだから」

「大丈夫だ。僕も働く。働いたことはないが……そうだ、きみの弟子にしてくれればいい。エレズも褒めてくれたとおり、僕には〈黄金の力〉があるのだから……ふたりで繁盛するような工房を経営すればいい」

生き生きと語るエリオットを見て、アダルバートはおかしそうに微笑《ほほえ》んだ。

「――エリオット。大丈夫だ。苦労はさせない。金は俺が稼ぐから」

十八歳になっていたとはいえ、ひどく狭い世界で生きていたので、ふたりとも幼い考えをしていたのかもしれない。あとになって振り返るとそう思う。ただ情熱だけはあった。

子どもの頃、竜にこの場所から連れだしてほしいと願った。あれは夢想にすぎなかったが、アダルバートが現実にしてくれる……。

ふたりで約束を交わしたのち、エリオットはアダルバートから錬金術を学んだ。優れた〈黄金の力〉があるといわれたとおり、エリオットの術は見る見るうちに上達し、半年もしないうちに最初の〈扉〉も開けられるようになった。

竜は相変わらずエリオットが外に出ると、その上空に現れたが、その姿さえ幸運をもたらしてくれる象徴のように見えた。そう――すべては希望につながるはずだった。


目覚めたとき、リクトはすぐにはうまくからだを動かせなかった。いったんバラバラになっていた自分がゆっくりと再構築されていくような感覚があった。

もう二度と目覚めないような気がしていたのに、上体を起こしてアダルバートの寝室にいると知って不思議な気分になる。

窓からは清らかな朝陽が差している。室内にアダルバートの姿はなかった。

いまは昨日の続きだろうか？　意識を失うとき、例の記憶がなくなる症状が再発したようだった。

いつもと違うのは、大量にエリオット王子のものと思われる記憶が流れ込んできたことだ。それらに上書きされるようにして、いまの自分は消えてしまうのではないかと思ったが、こうやって普通に目覚めた。

（おまえがいとしい。だが、俺はどちらに――）

耳もとで囁かれたアダルバートの声は覚えている。昨夜はあのあとどうなったのだろうか。

衣服に乱れはなかったが、リクトはシャツをめくりあげてみた。もしもなにかあったなら、さすがにからだに違和感が残っているはずだが、下半身もどこにも痛みはない。

「――安心しろ。なにもしてはいない」

ふいに扉が開いて、アダルバートが入ってきた。リクトはあわててシャツをおろし、飛びあがらんばかりになった。

「お、おはようございます」

部屋に入ってきたアダルバートの表情からは昨夜の切迫したものが消えて、すっかり平常運転に戻っていた。

「今日はギルドの本部に行く。おまえもついてきたいなら、好きにするといい。留守番でもかまわないが」

「……いえ。おともさせていただきます。エレズも行くといっていましたし」

外出に同行を許されるのは初めてだったので、留守番するという選択肢はありえなかった。

普段と変わらない日常が流れていることに安堵《あんど》すると同時に、昨夜の出来事は夢だったのかと首をかしげる。抱きしめられて、キスをされて……。

「いま、すぐ朝食の支度をしますので……」

「あわてなくてもいい」

アダルバートは寝台のそばに近づいてきて跪くと、いきなりリクトの手を握りしめてきた。そのまま口許にもっていって手の甲にくちづけ、かすかに揶揄《やゆ》するように見上げてくる。

「——なにもしなかったというのは嘘だな。かわいい胸にくちづけはした」

そのときの感触を思い出して、リクトは真っ赤になった。

夢ではありえなかった。昨日、ほんの少しではあるが互いのからだの熱を感じたのは事実で……。

「なんの意地悪なのですか、これは」

「意地悪をしているつもりはない。俺にさわられるのはいやか」

「いやではありませんが……」

いままで弟子にするのすら躊躇《ためら》っていたくせに、どうしていきなりこんなふうに接近してくるのかがリクトには謎なのだった。

アダルバートは少し迷うように目を伏せてから呟《つぶや》くようにいう。

「昨夜は怖がらせてしまったかもしれないが……おまえがいとしい。それは忘れないでくれ」

決してからかうことが目的ではなく、アダルバートが伝えたいのはその事実らしかった。昨夜、「どちらに……」と苦しげに絞りだしていた声が頭のなかで響く。

「――はい」

リクトが返事をすると、アダルバートは安堵したように微笑んで立ち上がると部屋を出て行った。

いまの状況をどう理解したらいいのだろうか。

昨夜、リクトが意識がなくなる前に得たひとつの結論――。

このからだは、エリオット王子のものだ。五十年前に亡くなったはずの彼がどうやったのかカラクリはわからないが、その可能性が極めて高い。

以前、エリオット王子がでてきた夢を見たときには大半の内容を忘れていたが、今回はそれも含めてしっかりと覚えていた。

王子が生まれてからどういう人生を歩んできたのか。アダルバートやエレズとの出会いも見えた。

そして前回は忘れてしまった断片的な異世界の記憶――母親らしき人物に、「理玖斗《りくと》」と小さな男の子が呼びかけられていた。それから地下牢《ちかろう》で王子らしき人物が錬成陣を描いている場面も見た。

「理玖斗」と呼ばれていた異世界の男の子……。あれが自分なのだろうか。

王子は「すまない」と謝っていた。「きみの命をもらってしまった」と――。

いったいなにがどうなっているのか。頭が混乱するばかりで、まったく整理がつかなかった。

ギルドの本部である会館はメイン通りの中心にあった。ハイド地区を訪れる観光客の窓口ともなる場所だ。

アダルバートは外に出るのに珍しく老人にはならずに本来の青年姿のままだった。出かける前に、リクトとこんなやりとりがあったせいだ。

「僕も外出のために幻影で爺に姿を変える術を覚えたほうが良いのでしょうか」

「爺に姿を変えるのか……？」

「エレズもアダルバートも爺姿ですし。ぼくもできるなら、師匠から弟子に受け継がれる伝統を守りたいです。エレズには以前から姿を変えられるようになれといわれていましたし」

「――――」

アダルバートは複雑そうな顔を見せたあと、ギルドの本部へはこのままの姿で外出すると宣言したのだった。そしてリクトにも「外出時は必ず爺の決まりがあるわけではない」と諭すようにいった。どうやら自分が爺になるのはいいが、リクトがなるのは抵抗があるらしい。

「でも、商売としては威厳が必要なのでしょう？」

「俺の場合はそうだが……おまえはまだ弟子なのだから、俺より威厳のある爺になられても困る。バランスが悪い」

「一理ありますね」

　こうして他愛もないことを話していると、いまが緊迫した状況にあることを忘れてしまいそうだった。自分のなかに王子の記憶がある件も――。

　できることなら、リクトはこんなふうにアダルバートのそばで平和に毎日を過ごしていきたい。それ以上は望まないのだが、ささやかな願いすら叶わないのだろうか。

　ギルドの会館はメイン通りでも目立つ瀟洒《しょうしゃ》な造りの建物だった。一般向けのホールを抜けると、奥に階段があって、二階にはギルドの運営のための部屋が並んでいる。エレズもちょうどきたところらしく、階段のそばで待っていた。

　受付にギルド長に面会したいと告げると、係の者が「どうぞ」と二階の奥まった部屋に案内してくれる。

「おや……これは珍しいお客人がきたものだ。認定証のお礼の件かな？」

　フリッツは窓際の机から立ち上がると、リクトたちのほうに歩み寄ってきた。「それは感謝している」とぼそりと答えるアダルバートをちらりと見て笑う。

「老人ではないきみを見るのは何年ぶりだろうね。素顔のほうがいいのに。きっと一般の客の食いつきがよくなるよ」

　隣にいたリクトは内心「そうでしょう、もっといってやってください」と同意する。

「はて。そこのご老人は――お初にお目にかかる方かな？」

老人姿のエレズを見て、フリッツは首をかしげる。エレズは一歩前に出ると、術を解いて本来の姿を晒《さら》した。

「わかっているくせにとぼけないでください。面倒くさいとこは変わってませんね。フリッツ」

「ああ、これは失礼、噂の危険人物の方でしたか。ここ十年ばかり消息が知れなかったから、てっきりどこかで野たれ死んでいるかと思ったけれど、お元気そうでなにより。ほんとに無駄に綺麗ですね、エレズ」

「あなたも相変わらず若作りで……。まだ美少年がお好きなのですか。困ったことです」

互いにこれ以上ないくらいにこやかに微笑んでいるのに、なぜか激しい火花が散っているように錯覚した。

毒気のあるやりとりにあてられて、リクトが顔をこわばらせていると、アダルバートが小声で囁く。

「――ほうっておけ。あれで昔、当代一の錬金術師の座を巡って争うライバル同士だったらしいからな、爺世代の」

聞こえたのか、エレズとフリッツが笑顔のまま「なに？」とこちらを振り返る。アダルバートは素知らぬふりだったが、リクトは冷や汗をかいた。

「あの……その危険人物の件できたのですよね？」

　軌道修正するべく勇気を振り絞って発言すると、エレズが「そうでした」と表情を引き締めた。

「今回の件、ハイド地区への道中で情報を集めたところ、ルリシアあたりが裏で糸をひいていそうなのですが。……あなたは最近の王家の動向について、なにか情報を知っていますか」

　エレズは昨日リクトたちに話したことをフリッツにも伝えた。途中で「旧い竜の骨」という言葉がでてきた途端、フリッツは渋い表情になった。

「王宮内にいる間者《かんじゃ》にさぐらせてはいるけれど……とくに動きはないねえ。ただ王はだいぶ体調が悪いらしい。だから、他国が謀略を仕掛けるタイミングとしては合っている。次の王位継承者の王子は父王との仲がよくないといわれているし……。しかし、まがい物の竜を錬成して暴れさせている者がいるとは厄介だね。わたしも今日あらためて王宮の間者と連絡をとって様子を見よう。そして信用のある筋から謀略の件を伝えてみるよ。できれば、ほかからも進言があったほうがいいから、アダルバート――きみの顧客に貴族がたくさんいるだろう。頼めるかな？　できれば、旧い名家がいい」

「それはもう今日ここにくる前に使いを頼んである。もし、打ち合わせが必要なら、ギルド長がじきじきに説明にいくと伝えるが」

「いや、別方向から同意見がでたほうが好ましいから、擦り合わせはしないほうがいいだろう。

「……エレズ、あなたはしばらくギルドの本部にいてください。ここが一番安全だ」

「宿をとってあるから、その必要はありません」

「いざというときにはあなたにも力を貸してもらいたいので、連絡をとりやすい場所にいたほうが助かるのだが。なにせルリシアの錬金術師たちが昨日入国してきてるからね。もしもの場合、対抗するにはひとりでも多く戦力が欲しいのですよ」

「そういうことなら、いうとおりにしましょう」

　エレズが残ることになったので、アダルバートとリクトはギルドの本部をあとにした。エレズに質問が山ほどあったが、どうやら今回の騒ぎが落ち着くまではお預けになりそうだった。

　あらためてなぜ自分を育てたのかをたずねたかったのだ。王子に似ているプラチナブロンドの子どもだったから？　ほんとうにそれが動機？　いや、ほかにも理由があったのではないか。

　王子の記憶の情報から察するに、彼は禁忌といわれる手法を使って、魂を入れる器としての肉体を錬成したのではないかとリクトは疑っている。たぶん異世界の「理玖斗」と呼ばれる、自分らしき男の子がそこに関係してくるのだ。だとすると……。

「——どうした？　黙ってるのは珍しいな」

　ギルドの本部からの帰り道、アダルバートに指摘されて、リクトはあわてて背すじを伸ばした。

「そうですか？　いえ……こうやってアダルバートと外出するのは初めてなので、緊張しているだけです。それに、エレズがいきなり王都に現れたりして妙な事件も起こってますし、考えることがたくさんあって」

「手配書の件なら、おまえは心配しなくてもいい。フリッツがうまく王に進言するだろう」

「それはわかっているのですが……」

リクトがなによりも頭を振り絞って考えているのは、自分の正体についてだった。

そして、実はアダルバートに関しても解せないことがある。

昨夜はエレズに王子のことを少しいわれただけで苛《いら》ついていたし、リクトに対する態度も変だった。それなのに、一夜明けたら不自然なほど何事もなかった顔をしているのはなぜなのか。

「俺はどちらに——」と苦しそうに呟いたのは、リクトが「愛してるのですか」などと詰め寄るように聞いてしまったから……?

(おまえが消えてしまうのではないかと思ってな——)

そもそもあの台詞《せりふ》はどこからでてきたのだろう。

メイン通りを歩いていると、カロンの工房に人だかりがしているのが見えた。いつも観察していた癖で、リクトはつい気になって様子を窺《うかが》いにいく。

「相変わらず混んでますね。また美少年の弟子が増えたんでしょうか」

「おまえ……いいかげん顔を覚えられているのではないか？　なぜわざわざ覗《のぞ》きにいくんだ」

「見るくらいタダだからいいではないですか。アダルバートはお店に認知されたら恥ずかしくて行けなくなるタイプですか？　カロンさんの工房は色々参考になりますよ」

アダルバートは「そういう問題じゃない」と不貞腐れたような顔をした。

「そんなに繁盛している工房がいいのか。いまからカロンのところに鞍替《くらが》えしてもいいんだぞ」

ふと過去の記憶のなかで、エリオットがアダルバートに「ふたりで繁盛するような工房を経営すればいい」と目を輝かせて語っている様子が思い起こされた。

そうだ、アダルバートがさほど興味のない金を熱心に箱に詰め込んでいる理由もやっとわかった。本人は覚えてないのかもしれないが、王子を連れて逃げるつもりだったからだ。見知らぬ土地にいっても彼を苦労させないために、「金は必要だ」という意識が刷り込まれている……。

普通ならばいくら王宮で不幸だとしても、一国の王子を連れだそうなんて大胆なことは考えない。だけど、アダルバートは実行しようとした。王子を愛していたから。

アダルバートにそれだけ真摯に想われていた王子が羨ましかった。同時に、アダルバートの誠実さが誇らしくもあった。胸がかすかにチクチクと痛むけれども。

「――カロンさんの工房に行きたいなんて思っていません。僕がなりたいのはあくまでアダルバートの弟子ですから」

「おだてても遅い。――行くぞ」

アダルバートは足早に工房の前を立ち去った。リクトはあわててそれを追いかける。並んで見えたときの彼の横顔は唇が固く引き結ばれていたが、決して怒ってはいないようだった。

もしほんとうにリクトが王子の魂の容れ物なのだとしたら……。

アダルバートのもとにきてからカロンの工房を観察したり、未熟ながらも工房が繁盛するにはどうしたらいいのかと滑稽なほどあれこれ考えたのは——自らの意思だと思っていたが、王子の思考が基本として底にあるからなのか。

だとすると、いまこうしてリクトがアダルバートの工房にいることは、エリオットがかつて夢見ていた暮らしそのものなのだ。

ようやく願いが叶って……。

「リクト?」

ふいに立ち止まったリクトを、アダルバートが不思議そうに振り返る。

王子の記憶と現在の状況を照らし合わせると、さまざまな感情の波が押し寄せてくる。表情がゆがみそうになるのをこらえて、リクトは「なんでもありません」と笑顔をつくってかぶりを振った。

知らなければいけない。五十年前になにがあったのか。自分は何者なのか。

そして——エリオットがほんとうはどういう人間だったのか。アダルバートは「極悪人」だといったが、いまのところリクトにはそう思えなかった。

義弟を暗殺したそうだが、知られていない事情があるのではないか。もしそれがわかるならば、アダルバートに教えてあげたかった。王子に裏切られたと複雑な感情を抱いている彼に。

「……もしカロンの工房みたいにしたいのなら、好きにまじない石でもなんでも売りだせばいいではないか。おまえが一人前になるまでは、仕方ないから俺が注文通り石を錬成してやってもかまわない」

リクトがカロンの工房との客入りの違いに落ち込んでいるとでも思ったのか、アダルバートが妙な提案をしてきた。

「本気ですか？　言質《げんち》をとってもいいのでしょうか」

リクトが食いつくと、アダルバートはいやそうに顔をゆがめたものの、嘆息してから微笑む。

「いいさ。――弟子にするんだから、おまえの好きにしてみればいい」

「…………」

約束ですよ――といおうとして、リクトは声がでなかった。

はたして約束して、実現するまでにアダルバートのそばにいられるのだろうか。

このからだが推測どおり王子のものだとしたら、昨夜のように記憶が甦《よみがえ》るたびに、おそらく上書きされるようにしてリクトとしての意識は消えていく可能性がある。

怖くないといったら嘘になるけれども、真実は摑《つか》まなければならなかった。ほんとうに魂の容れ物としての肉体を錬成することが可能なのか。そして王子の真の姿を伝えなければ――一緒に王宮を抜けだそうとするほど彼のことを想っていたアダルバートのために。

いまのリクトは錬金術師のエレズに育てられて、新たにアダルバートを師匠にしようとしている錬金術師の弟子なのだから。謎の真相は究明しなければならない。

ひそかに決意して、ふと上空を見上げると、竜が飛んでいるのが見えた。大きな翼をはためかせ、尾をくねらせて、旋回しているようだった。

そういえば、リクトが王都にやってきた最初の日にも竜が見えたことを思い出す。

距離としては離れているようなのに、なぜか竜と目が合ったような気がした。

あの目には見覚えがある——そう感じるのは、リクトなのか、エリオットの記憶なのか。


竜をよく見ることについては、幼い頃は呪われている子の証かと考えたものだが、エリオットは年を経るにつれて次第に気にしなくなっていた。

再び意識するようになったのは、アダルバートに錬金術を習うようになってからだ。それまで以上に竜が頭上に現れるようになったことに加えて、最近目にするのはいつも同じ竜だと気づいた。

遠く離れているにもかかわらず、頭上を旋回しながら、竜がこちらを観察しているのがわかる。いきなり遠目がきくようになったように視線が合うのだ。そして向こうがキエエと鳴き声をあげて喜んでいることまで伝わってくるように錯覚した。

会えてうれしいうれしい――という竜の意思表示。

不気味ではあったが、アダルバートと王宮を抜けだす約束をしてからはさほど重くは捉えていなかった。なによりもエリオットはいつかふたりで遠い国で工房を開くことを夢見て、錬金術の修業で忙しかった。

アダルバートは錬金術のことになると鬼のように厳しく、エリオットが理解できないとあきれたように睨《にら》んだ。

「――どうしてわからないのだ。姿を変えても、実際の肉体を変えてるわけじゃない」

白髪の老人姿のアダルバートは、姿を変える術を教えてくれながら「きちんと本質を見極めろ」と叱りつけてくる。

姿を変える術は真っ先にマスターしたいものだったが、これは高度な術だった。幻影をつくりだして、自分の実際のからだの動きどおりに見せつつ、なおかつそれを持続することは、膨大なエネルギーがいるのだ。

エリオットは手を伸ばしてアダルバートにふれてみたが、目に見えるとおりの老人に肉体が変化しているとしか思えなかった。肌はかさついて皺《しわ》があるし、髭《ひげ》もしっかりとした感触があった。

「幻覚だ。あなたには俺の真実の姿が見えてないのか。脳が勘違いして認識しているだけなのだから、騙《だま》されないでくれ」

真の姿が見えないのなら愛まで疑うような勢いでいわれてショックだったが、それでもいずれ王宮を出たあとに役立つのだと考えれば落ち込んでもいられなかった。

それに、錬金術の修業がからまないところでは、アダルバートはエリオットにやさしく誠実だった。「あなたが王宮を出て王子ではなくなるまでは」と肌にふれてくることもなかったが、互いに熱い視線を交わすだけで充分満足できた。

やがて最初の〈扉〉を開けて、神の霊魂を引きだす錬成もできるようになったが、錬金術の修業をしていることは周囲には知られないようにしていた。しかし、エリットが夜中に王宮内の工房に出入りしているのが目撃されたらしく、やがてエレズから問い質《ただ》された。

「アダルバートに弟子入りして錬金術の修業をしていると聞きました。たしかに勿体《もったい》ないほどの〈黄金の力〉があるから、わたしもあなたがどこまで行くのか見てみたい。でも、少々危険ですので、のめりこみすぎないように」

「危険?」

「あなたが錬金術に関して知識を深めるだけなら大賛成なのですが、実践するのならまた話はべつです。以前、わたしが弟子入りはおことわりしたのに……。真意が伝わらなかったのですね」

「どういう意味だ？」

「あなたが忌み子とされているのは、オッドアイの子どもが古代王国を滅ぼしたとされる大錬金術師の生まれ変わりだといういいつたえがあるからです。その王子が、錬金術師に弟子入りしたら……？　うるさくいうものが必ずいるはずです」

アダルバートに王宮を出る話をされたときから、なぜかすでに自由になったような気がしていて、エリオットは己の窮屈な立場を忘れかけていた。だが、自分は依然として小さな箱庭のなかに捕らわれた身……。

「気を付けるよ、ありがとう。エレズ」

「いいえ。――あなたはわたしが『わが主』と呼ぶのにふさわしい方ですから」

妙な含みがあるように聞こえて引っかかった。いくら〈黄金の力〉の素質があるとはいえ、エレズほどの者がどうして忌み子の自分をそこまで買ってくれているのかはわからなかった。

エレズのいうとおり、ほどなくして妙な噂がたちはじめた。「あの忌み子はやはり呪われているのではないか、錬金術で古代王国のように国を滅ぼそうと企んでいるのではないか」と――。

噂は徐々に良くない方向に広がっていき、やがて王の御前で審問されることになった。久しぶりに父である王と顔を合わせたエリオットは、彼が重い病にかかっていることを知った。顔色はどす黒く、すでに死相がでていた。忌み子には父が病気であることすら知らされないのだと愕然《がくぜん》とした。

審問自体はエレズが証言に立ってくれて、「王子はただ勉学に熱心な方なのです。錬金術もその一環で学ばれているにすぎません」と庇《かば》ってくれた。そして実兄であるバリーも「エリオットが勉学に打ち込みすぎるのも無理はない。なにせろくに外へも出られないのだから」と同情する立場で発言してくれた。

ふたりのおかげでエリオット自身にはお咎《とが》めはなかったが、周囲に不安感を与えた責任をとってエレズとアダルバートは王宮を離れ、しばらく国境近くの出城に赴くことになった。ふたりとも「気にしなくてもいい」といったが、エリオットは己のせいだと悔やんだ。

アダルバートとはふたりきりで会話をする機会もなかったが、目線だけで「大丈夫だから信じていてくれ」といってるのがわかった。痛いほどに気持ちが伝わってきたが、エリオットの胸には不安が広がった。

今回はこの程度の処分ですんだが、もしまた周囲に迷惑をかけることがあったら――。

それからほどなくして病身の王が亡くなり、王宮内に衝撃が走った。遺言で長男のバリーではなく、ベンジャミンが次の王として指名されたからだ。

崩御ののち遺言が明かされた夜明け前、兄のバリーがエリオットの部屋を訪れて、いきなり崩れ落ちた。つねに嫡男らしく堂々としていて、忌み子であるエリオットを気遣ってくれた兄が打ちのめされていた。

「……こんな馬鹿なことがあるか……。王妃たちの策略だ」

「兄上、しっかりしてください。あのような遺言が通るはずはありません。ベンジャミンだって、王位につくことなど望んでいない。まだ十三歳です。なにができるというのです」

「……わかっている。すべては王妃とその取り巻きたちのせいだ」

　エリオットは王宮の争いにはかかわりたくないと思っていたが、遺言の一件を見ても王妃の一派を増長させたら大変なことになるという危機感はあった。

「兄上がしっかりしてくださらないと、この国は滅びます。大陸で古代から続く伝統あるウェルアーザーの地を王妃たちの私欲で好きにさせてはいけません」

「だが、正式な遺言が用意されている。どうにもならん」

「どうにかするのです。兄上ならできます」

　幼い頃から孤独だった自分に声をかけてくれた兄を力づけたくて、エリオットは必死にいいつのった。

「どうにか、か。……そうだな。もはやそうするしかない」

　振り返ってみれば、兄はこのときなんらかの覚悟を決めたのだろう。その表情が一瞬奇妙にゆがんだように見えた。

　王の喪が明けたら即位式の予定だったが、王宮はバリー派とベンジャミン派に分かれ、遺言を巡って対立していた。正当な遺言があるベンジャミン派は勢いを増していて、バリー派は押され気味だった。

争いは王宮だけにとどまらず、軍隊にも派閥ができていた。王妃の取り巻きたちはいまこそウェルアーザーには革新が必要だと唱え、ベンジャミンが王位についたら古代王国から引き継がれている因習は廃止し、その代表格とされる錬金術師たちの重用を規制すると発表した。

これは「得体の知れない大いなる力をもっている」とされている錬金術師たちを疎ましく感じていた兵士たちを大いに喜ばせ、軍部でも一気にベンジャミン派が隆盛となった。

一触即発の空気が漂うなか、やがて王宮に見慣れぬ男が出入りするようになった。ハイド地区で評判の錬金術師のチャスという男だ。

王位を継げといわれたベンジャミンは、王の葬儀から精神的重圧もあってかずっと体調を崩していた。そのため、国境近くに赴任しているエレズの代わりに腕がいいとされる彼が呼ばれたらしかった。

王妃たちは錬金術師たちは重用しないと外部に宣言しているのに、いざというときには頼りにするのかと、さすがにエリオットも皮肉に感じた。

「――エリオット様」

チャスはベンジャミンの診断を終えたあと、なぜか毎回エリオットに声をかけてきた。

「エリオット様は錬金術に造詣が深いと有名ですのでお話をしたくて」

そう告げられればとくに不自然にも感じず、義弟が世話になっているお礼もかねて丁重に自室でもてなした。

チャスを帰らせたあと、中庭にでると、竜が飛んでいるのが見えた。いつもエリオットを見ると喜んでいるような竜が、そのときはなぜか「気をつけろ」といってるように感じた。

そしてその夜、奇妙な出来事が起こった。エリオットがなにかの気配に気づいて寝台で目を覚ますと、窓際にひとりの少年が佇《たたず》んでいた。金髪で緑の目をした美しい少年だった。

刺客《しかく》――とっさにエリオットは起き上がって、枕元にしのばせてある短剣を手にする。

少年はにっこりと微笑んで『無駄だ』と顔に似合わぬ低く野太い声でいった。

『我には通じぬ。我は旧い竜。ずっと見張っていたが、やっとおまえの気配を見つけた』

最初は夢を見ているのだと思った。頭のなかに直接響いてくる声は、ひとを夢幻に誘い込むように感じられた。

『夢ではない。我はいちいち人間の顔など覚えておらぬし、おまえはまだ力も未熟なので人違いかと思ったが、わかりやすいように目印がちゃんとつけられているからな。おまえは我の主だ』

竜というからにはこの少年は神人なのか。竜の主になどなった覚えはない。エリオットは茫《ぼう》然《ぜん》としたが、なぜか背すじがぞくりとした。身に覚えがないのに、また見つけられた――と絶望している自分がいるのだ。

『――忘れてるのか。仕方ない。おまえでもう何代目の器かな。だんだん精度が悪くなるのも無理ないか。過去も忘れているのだな。しかし、そのうちに邪悪は目覚めよう。我が主よ……あの薬屋に気をつけろ、おまえに災厄を運んでくる』

神人の少年は楽しそうに告げると、ふっと姿を消した。

彼がそばにいる間中、エリオットは短剣を握りしめたまま、動くことも声をあげることもできなかった。まるで金縛りにあったようだった。その日は夜が明けるまで一睡もできずに恐怖に震えていた。

神人の少年との出会いが夢ではなかったこと――そして「薬屋」がなにを意味していたのか思い知らされたのは、その二日後のことだった。義弟のベンジャミンがわずか十三歳の若さで亡くなったのだ。

原因は毒を盛られたらしく、すぐにベンジャミンを診ていた錬金術師のチャスが疑われた。そして暗殺を企てた主犯として、エリオットにも義弟殺しの容疑がかけられたのだった。

「アダルバート、今日は外出してきてもいいでしょうか」

朝、身支度をして一階に下りるなり、リクトはアダルバートに申し出た。

「かまわないが……どこに行くのだ?」

「ギルドの本部へ。エレズにお聞きしたいことがあるので」

明らかにげっそりとやつれたリクトの顔を見て、アダルバートは瞬きをくりかえす。

「エレズならフリッツと一緒に竜の紛い物が出没した村を視察にいってるから、今日は会館にはいないぞ。……どうした？　寝不足ではないのか。すごい顔だが」

「夢見が悪くて——よく眠れなかったのです」

毎夜、頭のなかに流れ込んでくる王子の記憶のせいで、ろくに眠った気がしないのだった。

昨夜は竜人の少年が登場して、とうとうエリオット王子にベンジャミン王子の暗殺疑惑がかけられた。なにより驚いたのは、金髪緑目の竜人の少年がカトルにそっくりだったことだ。ただし別人のようなラスボス感漂う暗黒なオーラをまとって登場していたが。

カトルと同一人物ではない。なぜなら、リクトはカトルの竜の姿を知っている。王子がいつも目にしていたのは、こちらの空でも羽ばたける立派な竜で、しゃべる小さなトカゲもどきではない。

いったいなにがどうなっているのか。

さすがに手配書の騒動が終わるまで待っていられなくなって、エレズを問い詰めたかったのだが、国境近くの村に行っているとなると数日は帰ってこない。

ハイド地区はいまだに警戒態勢が続いているが、ギルドや有力貴族たちからの「隣国の策略の可能性がある」との進言が効いたのか、王家はルリシアからの援助である錬金術師の一団にいったん帰国するようにと願いでた。

すでに一団は王都から出発していて、今日にも国境線を越える予定のはずだ。

「からだがつらいのなら、食事の支度などしなくてもいい」

「いえ……僕がお腹がすいているので」

リクトの返答に、アダルバートはおかしそうに噴きだした。

「そうか。なら、好きにしろ。食べて眠くなったら、今日は無理しなくていい。部屋に戻って寝ろ」

やさしい言葉をかけられると、アダルバートの顔を見るのがつらかった。

王子の記憶は夜ごとに増えてきて、だんだん五十年前の出来事が明らかになってきている。

いまはベンジャミンが亡くなったあと、その側近たちによって、エリオット王子があやしい錬金術師チャスを自室に招いて親しく話していたと証言されて絶体絶命の状況だった。チャス自身はどこかに消えてしまい、影もかたちもなかった。素性を調べてみると、ハイド地区の錬金術師のギルドにチャスは属していなかったらしい。

謀られた——王子はそう思っていた。やはり義弟を殺したのは彼ではなかったのだ。

でも、このあと王子は疑いを晴らすことができずに亡くなるのだ。その場面を見るのもいやだったし、断片的に知っている地下牢の記憶が怖い。

地下牢の床に描いていた錬成陣——いったい王子はなにをしたのか。

そして王子の記憶が全部脳内に入ってきたとき、リクトとしての自分はどうなってしまうのだろう。いまのところ、とくに変わったことはないけれども……。

「アダルバート、少しお話があるのですが。怒らずに聞いてもらえますか」

朝食のあと、リクトがおそるおそるたずねると、アダルバートは机に向かって作業していた手を止めた。

「なんだ？　あらたまって」

「――エリオット王子についてなのですが……エレズやフリッツさんから話を聞いて、五十年前に彼が犯した罪を知っています。でも、それが間違っている可能性はないのでしょうか。王子が義弟のベンジャミン様を殺したなんて信じられないのですが」

アダルバートは無表情にリクトを見つめてから目を伏せた。

「――いや、間違いではない。本人が殺したと認めたのだ」

「誰かに強要されて口にしてしまったとか。嵌《は》められたとか」

「それもない。俺が直接問い質した。靄《もや》がかったような不鮮明な映像しか頭のなかに残ってないが、やりとりは覚えている」

本人が認めた――？

王子は何者かに謀られたと考えていたはずだ。冤罪《えんざい》を認めるなんて、なぜそんなことをしたのか。

「エリオットがベンジャミン様を殺す理由などない——。正直、彼は王宮内の政治にはまったくかかわっていなかったから、おまえのように考える者も多かったのだ。明らかに嵌められたのだろう、と。だから最初は牢に入れられることもなく、宮殿の一室に軟禁されていた。俺はそのときに彼に会いにいったが、自らの罪を認めてもう会いたくないといわれた」

アダルバートの言葉に促されるようにして、リクトのなかにもその場面が甦ってくる。暗殺事件後、王子とアダルバートが王宮の部屋で向き合っている姿が徐々に脳内に浮かび上がってきた。

王子は一方的にアダルバートを怒鳴りつけていた。「きみに偉そうな口をきかれる覚えはない」「もう二度とくるな」と——。なぜそんな暴言を吐くに至ったのか、経緯が理解できなかった。

アダルバートもさすがに怒りに満ちた表情で王子を睨みつけていた。遊び相手をつとめたベンジャミン王子が亡くなっただけでもショックなのに、それがいとしいエリオット王子の仕業だと本人に認められたら、当然の反応だった。

以前、憎む相手を見るような若いときのアダルバートの表情を夢で見たのは、このときの場面なのだと思い当たる。

一方で、こうして王子の記憶が次々と簡単に引きだされる状態にリクトはとまどいを覚えずにはいられなかった。自分が消えてしまう兆候なのではないかと思ってしまって……。

「アダルバートは、王子にいわれことをしっかりと覚えてるのですか?」

「どういうわけか、突き放される場面だけは鮮明にな。少年の頃に仲がよかったのも細切れ状態だが一応覚えている。だが、呪われたようにエリオットの顔だけは見えない。まるでわざとそこだけペンで塗りつぶしたみたいに」

　普通に怪我が原因で記憶がなくなったのではなく、なにか意図的なものを感じずにはいられなかった。

「俺も彼を信じたかった。だが、彼はその後、軟禁されていた部屋から逃げだしたんだ。そして体制に不満をもっていた錬金術師たちと反乱を起こした。凶暴な竜を呼びだして、王宮の一部を焼いた。俺はその火に焼かれて――そのあとは覚えていない。もう助からない状態だったらしいが、竜が俺を攫《さら》っていった。その話もエレズたちに聞いたのだろう?」

　竜――また竜が登場する。リクトは背中にぞわぞわするものを覚えた。

「竜が……王子のいうことを聞いて、王宮を焼いたということですか?」

「そう証言する者もいたが……真相はわからん。そもそも実際に竜だったのか、今回みたいに竜もどきを錬成して操っていたのか……。なにしろ一瞬のことだったからな」

「じゃあ今回、エレズたちが見に行った国境の村で王子に似た者が竜を呼びだした事件は、まさに五十年前の事件を模倣しているのですか」

「そう――だから王家は神経質になって、あんな手配書をだしてるんだろう。一応、ウェルアーザーは竜と神鳥に祝福された国といわれてるから、竜に王宮を焼かれた事件はなかったことにされているんだ。その代わりに錬金術師たちの反乱がクローズアップされて——俺はその場にいなかったが、軍の兵士たちがハイド地区に流れ込んできて、大規模な反乱に見せるために無関係の術師たちも殺したといわれている。反乱に加わったものはごく一部だったのに——実際はその何倍もの人間が殺された」

「ひどい……ですね」

五十年前の錬金術師たちの反乱の真相を知って、リクトは陰惨な気持ちになった。

「だが、俺たちは〈扉〉を開いて得た力を迂闊《うかつ》に争いごとには使えない。そんなことをしたら、ますます『わけのわからないもの』として迫害されてしまう。もうそんな時代は終わったし、新たに迎えたくない。錬金術を駆使すれば、兵士たちに対抗することも可能だが、そうしない道を選んだのだ。エレズやフリッツをはじめとするギルドの上位の面々も怒りを堪えて報復はしなかった。血で血を洗う、終わらない争いになるからな。だからいまのハイド地区がある。すっかり観光地だし、街の便利屋さんだがな」

いま帳面が手元にあったら、すべてメモしたいくらいだった。あとできちんと清書しようと思いながら、リクトは机のうえにあった書類の裏にペンを走らせる。

「——こんな話を聞いて、面白いのか？」

「面白いですよ。エレズも五十年前の話は語ってくれなかったので」

「そうだな、俺も少し前までなら話す気にならなかった」

ひょっとしたら神経にさわる話かと思ったから、リクトも最初に「怒らずに聞いてもらえますか」と前置きしたのだが、アダルバートは終始落ち着いていた。

「――ところでおまえは、どうしていきなりエリオットがベンジャミン様を殺したのは違うのではないかといいだしたのだ?」

それは王子の記憶があるから――とはいえなかった。

今日までに何度も告げようと思った。でも結局は五十年前になにがあったのか、すべてわかるまでは黙っていようと決めたのだ。

「王子がそんなことをするような人物には思えなかったからです。だって……アダルバートの弟子だったのでしょう?」

「俺が裏切られて、王子をいまでも恨んでいるから可哀想だとでも思ったのか」

「そ、そうではないですが」

よけいなことをいったかと縮こまるリクトを見て、アダルバートは静かに視線を落とした。

「――恨んではいない。たしかにひとからエリオットのことをいわれるのは好きではなかったが……俺やエレズを裏切ったから極悪人だと思い込みたかったのかもしれない。記憶もだいぶ欠けてるし、顔も思い出せない。公式な記録だけ見れば大罪人だ。そんな相手を大切に想うのがつらかったんだろう。おまえを育てたエレズのほうが正直だった。いまはそう思う」

では、もう王子の亡霊には会いたくない――？

エレズに「亡霊にいてほしいですか」とたずねられたとき、アダルバートは間違いなく「いてほしい」と思っていたはずだった。だからあんなふうにピリピリした態度になったのだ。それがどうしていきなり変化したのか。

「なぜ……いまはそう思うようになったのですか？」

「おまえのおかげかもしれないな」

アダルバートがふと腕を伸ばしてきて、リクトの頬をからかうように軽くつついてなでた。くすぐったさを感じつつ、以前から引っかかっていた台詞が再び頭に浮かぶ。

(――おまえがいつ消えてしまうかと思ってな)

いくら考えてもわからない。なぜ、あのときアダルバートはあんなことをいったのだろう。まさか……。

「アダルバート……知っているのですか？」

僕が何者なのかを――。

アダルバートが「なにをだ？」と聞き返したとき、工房の呼び鈴が鳴らされた。

「はい」とリクトが扉を開けると、カトルが立っていた。ハアハアと荒い息をしていて、ひどく苦しそうだった。

昨夜、ちょうど王子の記憶にカトル似の竜人の少年が出てきたところだったので、登場のタイミングの良さに面食らう。

「カトルさん？　どうしたのですか」

「――へぼな錬金術師はどうした。カトルは気分が悪い……。おまえの〈金の結晶〉が不良品だったのではないのか……へ、返品交換しろっ……」

カトルは工房内にふらふら歩いてくると、いきなり床に倒れた。「うー」とその場で苦しそうに呻《うめ》く。

「だ、大丈夫ですか？」

「大丈夫ではないから、こんなしょぼい工房にきてやってるんだろう。おまえ、また竜除けのペンダントもってないだろうな？　さわるなよっ」

「もってないですよ」

リクトはカトルの背中を「よしよし」とさすった。すると、カトルは「あれ？」と起き上がり、きょとんとした顔つきを見せる。

「少しマシになった。なぜだ……？」

工房の奥の机に座っていたアダルバートが立ちあがってきて、カトルの前に仁王立ちした。

「うちは返品交換するような粗悪品は納品してないはずだが」

「け、今朝飲んだばかりだったのに、ハイド地区にきて、いきなり気分が悪くなったのだぞ。あと少しでまた人のかたちを保てなくなるところだったっ。下手くそっ」

アダルバートはあきらかに不機嫌な様子を隠さなかった。

「俺の錬成した〈金の結晶〉にはなんの欠陥もないはずだ。おまえの問題ではないのか?」

「自分の不手際をひとに押し付けるのか? へぼい錬金術師風情が、神人になんて口をきくのだ。カトルに問題などない」

「俺の錬成するものにも、問題があろうはずがない。――帰れ」

仕事に文句をつけられるのはもっとも気にさわるところらしく、アダルバートはカトルを冷たく見据えた。妙に凄味《すごみ》をきかせて、大人気ない威圧感が半端ない。

「な……」

カトルは唇をわななわなと震わせた。また涙目になっているので、リクトは気の毒になってその背中をさすった。

「アダルバート。カトルさんは具合が悪いのですから、そんなに怖い顔をしなくても……カトルさん、大丈夫ですか?」

「――怖い顔などしていないぞ。そいつが悪いのだ。いきなり〈金の結晶〉にケチをつけるから」

「だって怖いですよ。レナート様にもいつも怒鳴られてるのに、アダルバートまで怒ったら可哀想です。苦しいから、誰かに当たりたくなるのですよ。……ねえ?」

庇《かば》ってもらえるとは思ってなかったのか、カトルは驚いたようにリクトを見たあと、こくんこくんと頷《うなず》いて、ぎゅっと腕にしがみついてきた。小動物のようにプルプル震えているところを見ると、いくら口が悪くても憎めない。

アダルバートは「好きにしろ」といいすてて机に戻りかけたが、カトルが「ううう」と再び唸《うな》りだしたので足を止めた。

リクトもあわててカトルの顔を覗き込む。

「カトルさん？　また気分が悪いのですか？」

「う……いやな匂いがする。近くに旧い竜が……」

旧い竜？

王子の記憶にあったカトル似の竜人の少年を思い出して、リクトは物騒な予感に顔をゆがませる。

「〈金の結晶〉が枯渇しているわけでもないな。だが、存在が脆《もろ》くなっている。こいつの気配が少し変わっている。なぜだ？」

アダルバートがカトルの顔を見ながら首をひねったとき、工房の呼び鈴が再び鳴らされた。

「――うちの馬鹿がお邪魔してないか」

現れたのはレナートだった。工房内でリクトにしがみついているカトルを見ると、「やはり」と嘆息した。

「最近わたしの目を盗んで、ふらふらとこのハイド地区に出入りしているかと思えば……災厄を起こしおって」

「災厄？」

レナートは無言のまま窓の外を指さした。外を見ろ、ということらしい。

いったいなにが起こっているのか、リクトはあわてて駆け寄って窓の外を覗いた。人々が道に出てきて、なにやら騒いでいるのが見えた。「？」とレナートを振り返ると、「空だ」といわれる。

工房の扉を開けて外に出てみると、通りの人々が一斉に「竜が」と空を見上げていた。上空に黒い影のような竜が飛んでいるのだ。

十四ほどが徒党を組み、大きな翼をはためかせ、尾を翻して旋回している。近頃ではたくさんの竜を見ないから、きわめて珍しい光景だった。

「――紛い物だな。あれが騒ぎの元になった竜か」

アダルバートも外に出てきてリクトの隣に並んで空を見上げた。

「『旧い竜の骨』とやらを使って錬成したというものですか？」

「たぶんな。あれは出来が悪い。ところどころ透けていて、実体があるようにも見えないじゃないか。影みたいだ。仕事が雑すぎる。俺だったらもっとうまくやる」

この非常時に注目するところが違うだろう――と思ったが、リクトは突っ込むのを堪えた。

「では、手配書に書かれた王子やエレズの偽物たちが仕組んで錬成したものだと……？　すでに王都にやつらが入り込んでいるのでしょうか」

レナートとカトルも外に出てきた。カトルは黒い影のような竜たちを見て、さらに気分が悪くなったように顔面蒼白《そうはく》となっている。

その表情をちらりと横目に見て、レナートが「違うな」とかぶりを振る。

「あれはもう暴走している。最近国境の村で起こった件なら、隣国のルリシアが王の病気を知って揺さぶりをかけるために起こしたことだが……あの竜たちはもう制御がきかなくなっている」

「やっぱりルリシアの策略なのですか。レナート様はその件をご存じだったのですか？」

「この世で起こっていることは大抵知っている」

こともなげに答えられて、すごい——と賞賛の目を向けるリクトに、アダルバートがしらけた視線を送った。

「そいつになにか教えてもらおうと期待しても無駄だぞ。知っていても、滅多に知りたいことは教えない。人間には基本的に干渉しないのがルールだからな」

なるほどそんな制約が——。ほんとうなのかと確認するように見ると、レナートは曖昧に首をかしげて微笑んだ。基本的にカトル以外には紳士的な対応だ。

「暴走……というと、あの竜たちを操っている者たちはいないのですか？　ルリシアの錬金術師はすでに帰国の途についていて、国境線を越える頃だと聞いていましたが」

アダルバートが「操るのは無理だ」と首を振る。

「ルリシアの一団を監視するために、フリッツたちがその近辺である村を視察にいっているのだから。奴らにはなにもできない」

事件の起こった村を視察するといいつつ、ルリシアの錬金術師たちを見張る意味合いもあったのか。だとすると、竜もどきはなぜ現れたのだろう。

レナートは上空の竜たちを再度見上げたあと、「ふむ」と考え込んだ。

「ルリシアの術師たちがすごすご帰って行ったのは、自分たちでも手に負えなくなったからだな。あの竜たちを錬成した者たちは、すでにこの世にいない」

彼がそういうのなら、間違いなく事実なのだろう。自らが錬成して生みだしたものに殺されたということか。

アダルバートはレナートのそばで震えているカトルを興味深そうに見た。

「レナート。あの竜はなんなのだ？　こいつと関係あるのか」

「関係あるというか、あれはカトルの骨の一部だ。それから作りだされている」

衝撃の発言に、リクトは「え」と目を瞠《みは》った。アダルバートは予想がついていたのか「やはりな」と頷いた。

一方、カトルは真っ青になってかぶりを振った。

「違う。関係ない。カトルはあれとは別物だ。気持ち悪い。カトルは良い竜に生まれ変わったのだ」

「そう――別物だ。気にすることはない。わたしはかつてあれを骨へと帰して、その一部からおまえを組み立てたのだからな。もうべつの生き物だ。だが、あっちはおまえに反応する。おまえも影響を受ける」

骨？　組み立てる？

いまいちよく理解できなかったが、カトルが気分が悪くなっているのも、どうやらあの黒い竜たちが原因らしかった。

「――まずいな。やつら、王宮に行く」

いままで上空を旋回していた竜たちが、いっせいに一定方向に身を翻す。ハイド地区から東方に位置する、王都の中心を目指しているようだった。すなわち宮殿のある場所だ。

アダルバートは舌打ちをして、リクトを振り返った。

「俺は王宮に向かう。おまえはギルドの本部に行け。この騒ぎはすでにギルドの連中も気づいてるだろうが、いまはフリッツをはじめとして上位の連中がみな国境付近にいる。残っている一番上のやつを捕まえて伝えろ。『〈扉〉を三つ以上開いたことのある者だけ王宮にこい』と。それ以下の階級は駄目だ。竜もどきとはいえ、役に立たない」

「は、はい」

リクトは緊張しながら頷く。アダルバートが竜と対峙《たいじ》する――そう考えると、いきなり心臓の鼓動が激しくなって、不安に胸が押しつぶされそうになった。

「ひとりで先に行かれて、大丈夫なのですか？」

「俺で無理なのだったら、たぶん他の誰がきても役に立たない」

アダルバートはいったん工房に戻ると、術に必要なものを準備してから再び外に出てきた。

「勇ましいな、アダルバート。王家に復讐《ふくしゅう》する良い機会なのに」

レナートが声をかけると、アダルバートは厳しい眼差しを向けた。

「どうせ協力する気はないのだろう。――失せろ」

「協力したいが、傍観者でいなければならぬ立場だからな。だが、この件には竜がかかわっているから責任がある。いまはまだ状況がよくわからぬが、確認がとれたら応援にいこう」

アダルバートは返事もせずに、リクトに「ギルドの件は頼む」と伝えてから去って行った。

リクトはその背中が見えなくなってから、工房の戸締りをして外に出た。

「僕もこれからギルドに行きますので、留守にします」

それではごきげんよう――と神人のふたりに頭をさげて歩きだそうとすると、「待て」と呼び止められた。

「少し話をしないか。おまえが何者なのかを知らなければならなくなった」

「いえ……あの、急ぎますので。伝言が」

リクトが門の外に出ようとすると、その前にすっとレナートは立ちはだかった。

「おまえが何者であろうと、人間にはあまりかかわる気がないから探らないでいたが、やはり特別な気配がする。……最初は王子の器かと思ったのだが――それにしては目印がない」

　リクトの動揺した表情を見て、レナートは微笑んだ。

「心当たりがあるのだな。そうか――異世界の匂いがすると思ったら、『理玖斗』か。その世界の響きの名前なのだな……だが、それが本質でもない。王子がまったく新しい器をつくりあげたのか……」

　どうやらレナートはリクトのなかの王子の記憶を読んでいるようだった。そしてリクトが推測していたとおり、やはりこのからだは錬成によってつくられた器としての肉体なのか？

　しかし、いくら興味深い話であっても、いまは悠長に意見を交わしている場合ではなかった。アダルバートがひとりで王宮に向かっているのだから、応援を呼ぶためにギルドの本部に急がなければならない。

「その話はまたあとで……」

　リクトが前に進もうとすると、レナートは腕をつかんで引き止めた。

「焦らなくてもよい。もしおまえがわたしの考えているとおりの存在なら、すぐに竜は消える」

　どうしてリクトが何者かという話と今回の竜の騒ぎが結びつくのか。リクトはとまどいながらレナートを見た。

「どういう意味ですか？　僕が王子の魂をいれる器だといいたいのですか。このあいだから、王子の記憶が頭のなかに流れ込んできているのは事実です。あなたにもきっとそれが見えていますよね？　では――肝心の王子の魂はどこに？」

ずっと深く考えないようにしていた。不安だったが、五十年前の謎をさぐるまでは取り乱すまいと感情を抑えつけてきたのだ。なるべく目先のことに夢中になって――いつだってそうしてきたように。

この肉体が用意された器なら、王子の魂が入れられた瞬間に、リクトの意識は消える。それはいったいいつなのか。予想通り、記憶がすべて流れ込んできたときなのか。

レナートはしばらく考え込むように――目の前のリクトを透視するように見つめたあと、ふっと微笑んだ。すぐそばではカトルが先ほどよりも青い顔をしてガタガタ震えている。

「……どこにだと？　なにをいっているのだ。やはりそうだったのだな。すでに魂は入っているではないか。おまえ――おまえ自身がエリオットだ」

「なにを……いってるのですか？」

　レナートの言葉がすぐには理解できずに、リクトは瞬きをくりかえした。

「わたしは真実しか口にはせぬ。おまえはエリオットだ。間違いない。わたしの言葉を疑うな」

　違う。強く訴えたい気持ちと、以前感じた相反する奇妙な感覚が甦《よみがえ》ってくる。そう──つい先日、久しぶりに意識をなくす瞬間に得た確信。

　あのとき、「王子、僕はあなた自身だったのか」とはっきりと感じた。だが、あれはてっきり肉体のみを指すのだとばかり……。

「いいえ。僕は……まだ経緯はよく理解していませんが、異世界からきた人間に関係しているのではないですか。おそらく器をつくるときに、王子に呼びだされて──」

「違う。だいたいその異世界の『理玖斗《りくと》』という男の子は、外見からしておまえとまったく似ていないではないか。わたしは色々な時間や世界に同時に存在していて、ひとの顔などいちいち覚えてはいられないが、おまえは王子に気配が似ている。人間の目から見れば、きっとそっくりな容姿なのだろう。王子の器といえば、いつもはオッドアイの目印がつけられているのだ。だが、おまえは普通の目をしている。だからよく見分けがつかず、混乱の元となった」

「…………」

自分がエリオットだといわれても、リクトには納得がいかなかった。

「でも、記憶はあっても、王子と僕はべつの人間です。魂が同じだなんて信じられません。ただ別人の記憶が頭のなかにあるみたいで……」

「生まれ直したのだから、そう感じるのも無理はない。そこに同じような見本がいる」

レナートは、隣に立っているカトルを指さす。

「その者は——おまえも知っているとおり、王子の記憶に出てきた竜と同一の骨をもつものだ。あれと姿かたちはそっくりだが、雰囲気も性格も異なるだろう？　旧い竜はわたしが骨にしてしまったからな。竜は神の霊魂と同じ循環する生命エネルギー、おまえたち錬金術師が唱えるように〈一は全なり〉、ひとつあればすべてになる。この世から消すことは叶わぬゆえ、骨の一部を組み立てなおして、生まれ変わらせたのだ」

「……じゃあ、いま王宮に向かっている、あの黒い影みたいな竜は——」

「さっきいったように、カトルの残りの骨を使って錬成されたものだ。カトルには少ししか骨を使っていない。残りはたくさんあちこちに散らばってしまったから」

無責任ないいぐさにも聞こえて、リクトはさすがにあきれた。

「なんでそんな大切なものを散らばらせるのですか」

「大切か……ただの骨だ。組み立てて形を与えるまで意味がない。大地に動物の骨が朽ちて養分として循環していくのと同じこと。錬金術師たちが霊力があるともてはやして薬に調合するから、取引をするときに代金として渡したこともある」

いくらなんでもそれはひどいのではないか。リクトはちらりとカトルを見たが、彼は自分の骨を代金にされても気を悪くはしていないようだった。それどころか「レナート様に反発するな」といいたげにリクトを睨《にら》んでくる。

「まだ僕がエリオット王子だという事実を受け入れ難いのですが……さっき、あなたの考えているとおりの存在ならば、竜を消せるといいましたよね？　どうすればいいのですか」

「そうしたいのか」

「アダルバートがひとりで王宮に行ってるんです。早く助けないと」

「あれは〈果ての島〉に行ったことのある男だから、普通の人間ではない。心配しなくても大丈夫だとは思うが。竜もどきの一匹や二匹、術で分解して骨に戻してしまう」

「そんな……ギルドの本部に伝言しにいくつもりが、レナート様に止められて時間を食ってるんです。僕はあとで伝言が遅かったと叱られるかもしれません。責任をとってください」

「……わたしが責められるのか……？」

レナートは納得しかねるように眉をひそめた。

「おまえは自分の正体よりも、あの男のほうが大切か」

「当然です。早く……！」

脇からカトルが「レナート様になんて口を」と怒っていたが、リクトは負けずにレナートを見据えた。レナートはわずかに口許をほころばせる。

「良いだろう。──飛ぶから落ちないようにしがみつけ」

そういうなり、レナートはすっと空中に円を描く。透明な膜の球体ができあがり、リクトとカトルとレナートの三人をつつみこんで浮き上がった。

「うわっ」

そのまま上空にあがっていく。遠ざかる工房の煉瓦《れんが》造りの屋根に目を丸くしていると、「つかまれ」とレナートがいきなりリクトの手をつかんだ。

次の瞬間、眩《まばゆ》い金色の光が弾けたと思ったら、全身に風を感じた。なにが起こったのかわからないまま目を開けると、黄金に輝く竜の背に乗って空を飛んでいた。

レナートはひときわ大きく美しい竜だった。鱗《うろこ》のひとつひとつがまるで宝石のように輝いている。翼は優雅に開き、心地よい風を切る。リクトの隣にはカトルが同じように背にしがみついていた。高いところが怖いのか、目をぎゅっとつむって震えている。

最初はリクトも落ちるのではないかと心配だったが、全身に風があたるわりにはバランスが崩れることがない。どうやら見えない力で竜の胴体から離れないようにくくられているようだ。

「……カトルさん、怖がらなくても大丈夫ですよ。落ちないみたいです」

「いやだ、カトルは怖い」

カトルは目を開けずにかぶりを振った。ほんとうにこの子は竜なのだろうか、実はやっぱりトカゲなのでは――とリクトはひそかに疑いの目を向けずにはいられなかった。

黒い影のような竜たちは、王宮の上空を旋回していた。門の手前に兵士たちが隊列を組んでいるが、未知なる敵に対してどう攻撃したらいいのかわからないようで動きがなかった。

「レナート様、どうやったら竜は消えるのです？」

竜の姿のレナートは『下りるぞ』とだけ答えた。そして再び金色の光が瞬く。竜は消え、三人は透明な球体につつまれたまま地上へと下りる。

不思議なのは、兵士たちがたくさん集まった場所に下りたのに、誰も騒がないどころかリクトたちに視線すら向けない。人間が球体に入って空から落ちてくればいやでも注目されるかと思うのに――。

「わたしたちの姿は見えないようにしている」

レナートはリクトの疑問を読んだように告げると、兵下たちのあいだをすりぬけて歩いていく。リクトとカトルもそれに続いた。

宮殿の前の噴水のある広場には、リクトが伝言をしなくても錬金術師ギルドの者たちがすでに集まっていた。その中心にアダルバートの姿も見える。

影のような竜たちは王宮の上をぐるぐると回っているが、それ以上は近づけないようだった。

レナートは「結界を張ったのか」と竜たちを見上げる。

リクトたちが現れたのに気づくと、アダルバートは仰天したように目を見開いた。

「おまえはなぜここにきたのだ……！」

「レナート様が、僕ならば簡単に竜を消せるというので」

「――」

てっきり「なんだ？　それは」という反応を示されるかと思ったのに、アダルバートはすぐに意図が理解できたのか、一瞬固まった。そして表情をこわばらせて、レナートを睨みつける。

「――駄目だ。こいつを連れて、早く王宮から離れろ」

「わたしもおまえが張り切ってるから任せろといったのだが、どうにかしろと責められて辛くてな」

「早く……！」

リクト自身にもなにをさせられるのか謎なのに、アダルバートが切迫した表情を浮かべる意味がわからなかった。

先ほどカトルたちが訪ねてくる前に、頭にあった疑問が再び浮上する。やはりアダルバートはリクトが何者なのかを知っている……？

だが、それを問いかける暇はなかった。

突如、頭上の竜たちがおぞましい鳴き声をあげながら火を噴きはじめたからだ。影のように透けて見える存在だというのに、炎は本物だった。結界で宮殿の敷地は全体が保護されているものの、炎にいぶされて次第に熱がこもってくる。

「竜の噴く炎は原始の火だから、付け焼刃の結界ではもたないぞ」

レナートが淡々と忠告する。

「いいから早くリクトを連れて離れろ」

再度そういうと、アダルバートは噴水の近くにギルドの錬金術師たちを呼びあつめた。彼の指示を受けて、術師たちは噴水を軸にして円状に広がる。

錬金術師たちの立つ位置で錬成陣を描いているとわかったので、リクトたちはその輪から外れた。

アダルバートは中央の噴水に土のようなものをパラパラと投げ込むと、呪文を唱えはじめる。

「――ウェルアーザーの古き大地よ、我はその血を受け継ぐ者。大いなる力を我の手に顕現させよ。アジェスよ……ここに水、加えるのは土、この場にある火、空気――神の霊魂によって四元素のうちひとつを増幅させる。――水！」

刹那、アダルバートの背後に別世界に続く入口のような――四角く大きな眩い空間が現れ、そこからあふれる光が彼の全身を照らす。まるで後光が差しているかのようだった。

ウェルアーザーの錬金術でいわれる〈扉〉だ。

同時に、円を描くように立っているギルドの錬金術師たちの背後にもまったく同じ現象が起きていた。ひとりひとりの光の点が円状に結ばれていき、それぞれの〈扉〉から差す光が中央に集結する。

その瞬間、噴水の水が勢いよく噴きだし、巨大な水柱となって天へとのぼる。結界を突き抜けて、竜たちの炎をあっというまに掻《か》き消した。

影のような竜たちはそれだけで形を保てなくなったのか、ゆらゆらと不安定になった。

「次は火——錬金術と火の神アジェスよ、その聖なる炎にて全を一に——いびつな竜を骨に……！」

今度は噴水の水面からゆらゆらと炎がたちのぼる。水から炎が生まれるという、世にも奇妙な光景をリクトは目にすることになった。

炎は先ほどと同じように火柱となってのぼっていき、まるで火そのものが意思をもっているかのように、上空の竜たちに襲いかかる。

竜たちの不気味な鳴き声があたりに響きわたった。断末魔の叫びをあげながら、炎にくるまれて影のような竜たちは散って行った。上空からその残骸《ざんがい》——灰のようなものがぽろぽろと落ちてくる。なかには骨らしき白い欠片《かけら》も。

「す……すごい」

息を呑んで見守っていたリクトは、上空を舞っていた竜たちが一匹残らず消えるさまを目の当たりにして興奮した。

「——だからやつに任せれば大丈夫だといったのだ。わたしのいうことに間違いはない。先ほどわたしを責めたことを取り消してくれるか」

「ほんとにすごいですね！　アダルバートは。こんなに優秀な錬金術師は大陸に何人もいないのではないでしょうか……！」

感激したリクトは、レナートの言葉など聞いてはいなかった。だが、噴水のそばのアダルバートはさすがに力を消耗したのか、息を切らしてうつむいている。同時にレナートの隣にいたカトルが再び苦しそうな声をあげた。

「——また新たなのがくるな」

レナートの言葉通り、再び遠くの空に影のような竜が出現して王宮を目指して飛んでくるのが見えた。

「ルリシアの錬金術師の一団が術をかけたままの骨をどこかに放置してるんだろう。普通ならなにも起こらないが、カトルが共鳴してしまっているからな。あとどれくらい竜もどきが湧いてでてくるのかわからぬが……さすがにアダルバートがもつかな。あれは普通ではないとはいえ、一応人間だからな。術そのものよりも体力が続かぬ」

「カトルさんが共鳴……？」

「いっただろう？　元はひとつだと」

「どうすればいいのですか。アダルバートが倒れてしまいます」

中央の噴水を振り返ると、アダルバートも新たな竜に気づいて、険しい表情で空を見ていた。

「僕が竜を消せるって……方法を教えてください。なにをすればいいんですか」

「簡単だ。——だが、さっきの様子ではアダルバートが怒るな」

たしかにアダルバートの止め方は尋常ではなかった。でも……。

これは王子の記憶なのだろうか、リクトの脳裏に、火を噴く竜と対峙《たいじ》するアダルバートの姿がふっと浮かび上がるのだ。まだ若く、いまほど力もなかった彼は竜の炎に焼かれて死にかけた。絶望の底に叩《たた》きつけられたあの瞬間——同じ光景を見たくはない。

「教えてください。僕にできることなら……アダルバートを傷つけたくないのです」

レナートはためいきをついて、カトルの腕を引き、リクトの前に立たせた。

「これはわたしが制御してるから、いまはたいした力のない小さな竜だ。怖がることはない。おまえを二度と呪われた運命にはしないと約束しよう。わたしの口にしたことは真実になる。だから、この竜の主になれ」

リクトが反応するより早く、カトルが「な……」と不服そうにレナートを振り返った。

「なにを仰《おっしゃ》るのです。レナート様、カトルのご主人様はあなたです。なんでこんな人間に……」

「残念ながら、この者のほうがおまえの旧い主なのだ。わたしは二番目だ。おまえのためでもあるのだ。自分の骨が好き勝手に動かされる苦痛から解放されるぞ」

「そんな……カトルの一番はレナート様です」

カトルがわめく合間を縫って、リクトはおずおずと疑問を口にする。

「どういう意味なのですか。僕がカトルさんの主とは？」

「正確にいうと、カトルの元の——王子の記憶にも登場する旧い竜だな。伝説となっている不老不死の大錬金術師と契約した竜だ。かつての古代王国を滅ぼしたウェルアーザーの王子。大錬金術師となった王子は肉体の器を変えて、生まれ変わるたびに竜の主になった。旧い竜は主となった彼の欲望を吸い上げたせいで、邪悪なものに変化した。かつての古《いにしえ》の時代ならともかく、すでに人間と竜の世界は袂《たもと》を分かった……。竜はこちらの世界には極力関わってはいけないのだ。だから大錬金術師と契約していた竜は、十年前にわたしが同じ旧い竜として骨に戻した。だが、先ほどもいったように竜は死なぬ。存在自体は消せぬからカトルをつくったのだ。カトルが不安定なのは、大錬金術師との契約を守れていないせいだ」

「なぜその大錬金術師が契約していた竜の主が僕になるのか、いまいち……」

「それはエリオット王子が、大錬金術師の魂を引き継いだ者だからだ」

オッドアイのせいで忌み子といわれたエリオット王子。いいつたえどおり、ほんとうに伝説の大錬金術師の生まれ変わりだった……？

「そうだ。あれは迷信ではないのだ。しかし、おまえも自分がエリオット王子とは違うといいはるように——魂は同じでも、人間は生まれた環境やその後の経験によって変化する。だから、古代王国を滅ぼした王子と、エリオット王子は魂こそ同じだが、人間としての存在はまったく別物だ。竜は主が死ぬことを許さぬから、生まれ変わりの者はその都度、次の魂の器を作らされたが……おまえが体験しているように決して同じ人間にはならない。いくら記憶を引き継ぎ、似たような思考をしようとも、同一にはならない。だから魂を受け継いでしまって、器をつくる苦痛は計り知れない。あれは人間には残酷な術なのでな」

地下牢《ちかろう》で半ば正気を失ったような目をしながら、錬成陣を描いていた王子。あれは竜の契約から逃れられなくて魂の器を錬成していたのか。

宮殿の上空には再び影のような竜たちが迫っていた。リクトは決断を迫られる羽目になった。

「主になるにはどうすれば?」

「簡単だ。カトルの頭に手を乗せて、『従え』といえばいい。『古き契約を思い出せ。新たなかたちを得た竜に、新たなる契約を結ぶ。我の命が尽きるとき、この契約も尽きる』——最後の一文を忘れるな。カトルの竜としての形が変わったから、今回だけは新たに変更が可能なのだ」

リクトは大きく深呼吸してから、不服げな顔をしているカトルの頭に手を乗せる。

「——従え」

その一言を発した途端、背すじがぞわぞわとした。まるで幾人もの声が重なって、しゃべっているような――これはいままで魂の器として生きてきた者たちの声だろうか。

カトルの顔からすっと生気が抜けて、がくんと崩れ落ちるように膝をつく。

「古き契約を思い出せ。新たなかたちを得た竜に、新たなる契約を結ぶ。我の命が尽きるとき、この契約も尽きる」

レナートが教えてくれた通りに、リクトは一字一句間違えないように口にした。

すると、カトルのからだから金色の光があふれ、ひとの姿から見覚えのある小さな竜になった。カトルは意図せぬ変化に『わっ』と驚いたように己のトカゲもどきのからだを眺める。

「――成功だ。あとは上空を飛んでいる竜に『消えろ』と命じればいい。あれはカトルと同じものだから、おまえが主だ。命令には従う」

リクトは半信半疑で近づいてくる竜たちを見上げて「消えろ」と命じた。

すると、竜たちはリクトを目指してまっすぐに飛んできて、結界の手前で影が薄れるようにして消滅していく。

異様な光景を見て、アダルバートがリクトたちを振り返る。

「なにをしたのだ……！」

レナートが眉をひそめる。

「問題ない。今度の契約は期限付きだ。おまえが疲れてるみたいだから手伝ったのではないか」

リクトもすぐに「大丈夫です」といおうとしたが、どういうわけか声がでなかった。先ほど幾人もの声が重なったときのような、奇妙な浮遊感にとらわれる。自分が自分でなくなるような――。

ふっと意識が遠くなって、リクトは足をふらつかせてその場に倒れ込んだ。小竜姿のカトルが『ど、どうしたのだ?』と寄ってくる。

アダルバートが駆け寄ってきて、リクトのからだを抱き起こして揺さぶった。

「リクト?　どうした、目を覚ませ。リクト……」

アダルバートの呼び声を聞きながら、リクトは深い意識の底へと落ちていく。幾重にもなった記憶の層を突き抜けるようにして。

「リクト」と呼ばれる前――「エリオット」と呼ばれていた時代へと。

すえた臭いのする薄暗い地下牢のなかに、神人の少年はこともなげに現れた。

いまや語り合う相手は彼だけだった。旧い竜である彼はジュリアスと名乗り、エリオットが主だといった。おまえは伝説の大錬金術師と同じ魂をもつものだと。

『――ひどい格好だな。だが、おまえは我の主だ。死なすわけにはいかぬ』

奥の石壁のそばでうずくまっていたエリオットはぼんやりと顔をあげた。ここに入れられてから、もう何日経っているのかわからなかった。

エリオットは義弟の暗殺を指示し、なおかつ錬金術師たちの反乱を煽動《せんどう》した大罪人として、地下牢に幽閉されていた。

地上の世界では、ベンジャミン暗殺からはじまる一連の騒動を治めたバリーが皆に祝福されながら戴冠式を迎えていた。だが、その歓声は地下までは届かない。

おそろしいほどの静寂のなかで、エリオットは自らの竜——ジュリアスと向き合った。

「……彼は？　いうとおりにしてくれたのか」

『心配ない。主との約束は違《たが》えぬ。あのアダルバートとかいう錬金術師なら、〈果ての島〉へと連れていった。もうほとんど死にかけていたから、修復には時間がかかる。人間と竜の時間は違うから承知しろ。おまえに関する記憶はほとんど消した。だが、あまりやりすぎると、やつ自身が空白になってしまう。おまえの記憶はやつの意識の隅々まで食い込んでいるから難しくてな』

「——かまわない。ただ彼が僕を救えなかったと悔やむのを防ぎたいだけだ。彼が責任を感じなくてもすむように。大罪人だと憎まれるだけなら、そのほうがいい」

「二度とくるな」——エリオットがきつい言葉をぶつけてアダルバートを突き放したのは、彼を守るためだった。ベンジャミン暗殺容疑で拘束されていた自分に、彼がかねてからの計画

――「王宮からふたりで逃げよう」といいだしたからだ。

暗殺容疑がかけられたとき、初めはエリオット自身も否認していた。「なにかの間違いです。僕はベンジャミンを殺していない」と。

疑いはすぐに晴れる。やってもいない行為で裁かれるなんて馬鹿なことがあるはずはない。だが、己の無実を訴えているときに気づいてしまった。

誰がベンジャミンを殺したのか。エリオットではない。もちろん王妃の一派でもない。だとしたら、もう王宮で残る人物はひとりしかいなかった。

兄のバリーだ。兄の一派が工作をしたのだと悟った瞬間、エリオットは抗弁するのをやめた。

バリーは、幼い頃から忌み子と呼ばれてきたエリオットを思いやってくれた兄だった。その彼が――王妃たちの策略によって即位の機会を奪われた失意から、「なんとかしなければ」と動いた結果がこれなのだ。

エリオットの人生において、一番最初に情けをかけてくれた兄に裏切られた。その事実は、静かな絶望となって彼をつつみこんだ。

いくら真実を叫んでも、エリオットの声は封殺されるだろう。もし自分を擁護する動きを見せる者がいたら、バリーの攻撃対象になってしまうに違いなかった。

なにしろ敵は容赦ない。暗殺容疑をかけられたあと、エリオットはバリーが直々に話したいといっていると聞かされて部屋を抜けだした。その後、案内役に連れて行かれたのが反体制派の錬金術師たちの集会場所だった。そこへちょうど軍の兵士たちが到着して、エリオットはその場にいただけで彼らを煽動したとされてしまったのだ。

ベンジャミンの件だけでは、エリオットは嵌《は》められたと見る向きが多かったから徹底的に罪をきせたかったらしかった。

兄上、あなたはそこまでするのか……。

押し寄せる兵士たちを見て茫然《ぼうぜん》としているエリオットの前に、ジュリアスが現れた。『我の力が必要だろう――おまえは古代王国を滅ぼした王子の魂をもっているのだから』と。

いままでジュリアスにいわれても「自分はそんな者ではない」と否定していたが、エリオットのなかで初めて破壊的な衝動が込み上げてきた。濡《ぬ》れ衣を着せられるくらいなら、本気で体制をひっくりかえしてやろうか。いままで自分を蔑んできた者たちへの怒り――だが、それらは爆発することなく、むなしさとなって消えていった。

バリーはそれほど王になりたかったのか。当然だろう。ひとはほんとうに欲しいもののためには鬼にもなるのだ。

そして皮肉なことに、現時点ではバリーが王にならなければ、国は混乱する。

ベンジャミンはすでにいない。バリーが義弟殺しの真犯人だと知られたらどうなるのだろう？　忌み子の自分は論外だし、残された王妃とその取り巻きが力を増大させるだけだった。

そうなれば、父王の時代に遡《さかのぼ》って王位継承権のある者たちが次々に「我こそ王に」と名乗りをあげて、ウェルアーザーが内乱状態になるのは目に見えていた。

だったら、もういっそのこと——。

エリオットは王宮を出てアダルバートとふたりで生きたかった。だが、一国の王子である自分には所詮叶わぬ夢だった。

ならば、国を混乱させないのが己の役目の気もした。バリーのためではない。どんなに忌み子といわれても王子としての誇りはあって、この国が無益な戦いによって血に染まるのを見たくなかったのだ。

エリオットは、反逆者の罪をかぶることに決めて、巨大な黒い竜となったジュリアスとともに王宮に向かった。竜から噴きだされる炎によって、自らが閉じ込められていた忌まわしい箱庭を焼く。これでもういいのがれできない。最初から自分が暮らしていた奥の離宮だけを焼くつもりだった。

だが、そんな意図は向こうに伝わるわけもなく、竜に対抗するために錬金術師たちが現れ、そのなかにアダルバートの姿もあった。エリオットが止めるのもきかず、ジュリアスは彼をも焼いてしまった。

竜と対峙するアダルバートが原始の炎に吹き飛ばされた瞬間、エリオットは「やめてくれ」と叫んだ。一瞬にして火が彼の全身を覆って生きているみたいに絡みつき、内臓までをも焼いた。

一刻を争ったので、ジュリアスにアダルバートを助けるように命じてから、エリオットは兵士たちの前に投降した。

地下牢へと幽閉され、自分がいずれ処刑されるのもわかっていたが、アダルバートさえ無事ならあとはもうどうでよかった。

『――王子よ、我は約束を守ったのだから、おまえにも守ってもらわねばならぬ。次の器をつくるのだ。おまえはもうすぐ死んでしまうからな』

地下牢にまで自由に出入りする能力があるくせに、ジュリアスはエリオットを外に逃がそうとは考えないらしかった。そこまで干渉しないのか、それともわざと人間が苦しむさまを見て楽しんでいるのか。

地下牢の暗闇のなかで徐々に時間の観念も曖昧になり、エリオットは感情の動きも鈍くなった。

時おり訪れるジュリアスと話す以外は口をきく機会もなかった。彼は気まぐれに自らの竜の能力を使って、別世界の映像を頭のなかに送り込んでくれた。無数にある平行世界――なかでもすでに竜が見えない人間たちばかりがいるという世界の映像は興味深かった。

高層ビルと呼ばれる建物が立ち並び、街はクリスマスの季節ということで独特の飾り付けがなされていた。店の前に立っているサンタクロースという白い髭《ひげ》の老人に、エリオットは興味を引かれた。サンタクロースのほうが顔も愛嬌《あいきょう》があるし、恰幅もいいのだが、真っ白い髭の雰囲気がアダルバートが老人に姿を変えたときにそっくりだったからだ。エリオットは地下牢にきて初めて笑いを漏らした。

「理玖斗、サンタさんはなにをくれるかしらね」

小さな男の子がクリスマスの街を歩いていて、その隣に母親らしき女性が笑顔を見せていた。ジュリアスは、「この子は向こうの世界では珍しく竜が見える。だから面白くて時々観察してる」と教えてくれた。

母親とじゃれあいながら歩いている男の子の姿はとても幸せそうだった。自分もこんなふうに生まれていたら――とエリオットは羨《うらや》ましく思った。

ジュリアスが現れないときは、エリオットは石壁の細かい穴や亀裂を数えることぐらいしかやることがなかった。やがて誰もいないはずなのに笑い声が聞こえたり、異世界の男の子がすぐ近くにいるみたいに見えたりするようになった。刺激のない地下牢の狭い空間で、静かにゆっくりとエリオットの精神は壊れていった。

一年近くが過ぎた頃、初めて面会人が訪れた。どうして今頃になってひとに会うのが許されたのか。それはおそらくエリオットの死期が近いことを意味していた。

「――なんてお姿に」

地下牢の鉄格子の向こうに現れたエレズは、痛ましいものを見るような目をした。

この頃になるともうエリオットは自分の姿がどのようになっていようとも興味はなかった。

いまさらエレズになにを話していいのかもわからず、言葉を忘れたように黙り込んでいた。

エリオットが無言のままでも、エレズはかなり長い時間牢屋の外に佇《たたず》んでいた。そして一冊の本を鉄格子の隙間から差しだしてきた。

「これを――」

それは大錬金術師に関する内容が書かれていると思われる暗号の本だった。少年の頃にアダルバートとふたりで解こうとしたが無理で、結局は偽書だと結論づけたものだ。

いまさらなんでこんなものを――？　鈍くなっていた感情がやや動いた。

「なぜ、よりにもよってこれを？」

「必要かと思いましたので」

エレズと一言一言交わすたびに、自分の思考がはっきりしてくるのを感じた。地下牢にいる限り、まだ正気だと再確認できることは苦痛でもあった。

「……エレズ。僕はもうすぐ死ぬ。だから温情でおまえの面会が許されたのだろう？　最後だからいっておこう。僕はどうやらほんとうに忌み子だったらしいのだ。ジュリアスという竜人の少年が現れて『おまえは大錬金術師の魂をもっている』というんだ」

エレズは黙っていた。もしかしたらエリオットがもうすでにおかしくなっていると思っているのかもしれなかった。

「僕は新たな肉体を得て生まれ変わるかもしれないんだ。それがいつなのかはわからない。最短でも三十年かかるそうだ——竜の世界で育てられるから、時間の流れの関係でそうなるという。だから……三十年経ったら、毎年王都で僕に似た子どもがいないかどうか探してくれ」

　本気にしているのかどうか、エレズは「途方もない数を調べることになりますね」と眉をひそめた。彼が動じないことで、いままで複雑に絡まっていて見えなかったものがふいに浮かび上がるような感覚があった。

「エレズ……。おまえは前から知っていたんだな。僕がほんとうに忌み子であると。大錬金術師の魂を受け継ぐ者だから、僕をかっていたのか。いつか『わが主』といったのは、僕に対してではなく、伝説の大錬金術師に対してなのだな」

「あまりにも見事な〈黄金の力〉でしたから、もしかしたらと思ったことはあります。後者の質問については……その答えはいずれわかります」

　エレズが立ち去ったあと、エリオットは暗号の本をめくった。以前は無理だったのに、いま目にすると印刷されている文字のほかにべつの文字が浮き上がって見えた。そこには禁忌の錬成の手法が書かれていた。材料は調達困難だといわれるのも納得で、新たな肉体を錬成するには、素材としておぞましいものが必要だった。

　エレズに「自分をさがしてくれ」といってしまったが、どうやら新たな肉体を得ての生まれ変わりの実現は不可能のようだった。こんな牢屋のなかでは——いや、外の世界にいたとしても人間としてそれを錬金術の素材になどできるわけがない。道理で外道な術だといわれるのも納得だった。こんなことを最初にやってのけた人間はたしかに忌み子と呼ばれるにふさわしい。地下牢にいることで却って救われたような気分になった。

　竜は必ず契約を守らせようとするとは聞いていたが、まさか神人と呼ばれる存在が人道に反したおぞましいものを用意できるわけがないとたかをくっていた。

　しかし――。

『ほら、器をつくれ。素材をもってきたぞ』

　ある日、ジュリアスが得意気な顔をして牢屋に現れた。

　もう感情など鈍化してしまったと思っていたのに、床の上に置かれたものを見た途端、エリオットは硬直した。それは小さななにかをつつんだ布だった。ところどころ血が沁《し》みだして布地を染めている。

　光も満足に差さない地下牢――自分もその悪臭の充満する汚わいの空間の一部に溶け込んでしまったと思っていたのに、その小さなつつみからは臭いに慣れきった鼻をも刺激する異臭がした。

　説明されなくても、それが入手困難な素材であるとわかった。

　こらえきれずにその場で吐くエリオットを見て、ジュリアスは首をかしげた。

『繊細な王子よ。心配しなくても大丈夫だ。それはべつに我が野蛮なことをして得たものではない。ちょっとした事故があったのだ。それに遭遇してな。少しだけもらってきたのだ』

エリオットはジュリアスを睨んだ。ジュリアスは困ったような顔を見せてから「では嘘ではない証拠を見せよう」といつものように異世界の映像を頭のなかに送り込んできた。

竜が見えない人間ばかりがいるという世界の見慣れた風景――ジュリアスがいつも観察している理玖斗という男の子が映った。彼はあの世界では珍しく竜が見えるのだ。

「理玖斗、理玖斗。駄目よ、危ないから」

男の子は母親から車がくるから気をつけなさいと注意されていた。

彼は「はーい」と立ち止まったあと、「あれ?」というように空を見上げる。雲の間を飛んでいくなにかが見えたらしかった。頭上にあるものに夢中になって、車が走ってくることに気づかない。そして――。

「――……は――はあっ……げえ」

布につつまれたものの正体を知って、エリオットは再び床に吐いた。こらえきれずに「わあああああああ」と叫ぶ。声が嗄《か》れるまで、いったいどのくらいわめきつづけたのかわからなかった。

牢番がきたが、「とうとうおかしくなったか」と牢屋のなかを覗《のぞ》き込んだだけで去っていった。彼にはジュリアスの姿は見えないのだ。

「――殺せ! もういいだろう。殺せよ!」

エリオットは叫んだが、ジュリアスは微笑《ほほえ》んだ。

『——殺すわけがない。おまえを永遠に生かしてやろうとしているのに。約束は守れ。我はおまえのいうとおり、あの錬金術師を〈果ての島〉で再生させているのだぞ。もしおまえが次の器をつくらずに、この場で果ててしまうのなら、あの男の命も尽きる』

もはや正気を保っている意味もなくなった。エリオットは暗号の本を開くと、自分だけに読める文字の羅列をぶつぶつと呟《つぶや》いた。

「——絶望より深い底があるのか。僕にそれを見せるのか……」

床に転がっていた白い石のかけらを手にして、錬成陣を描く。一文字書くたびに、エリオットの瞳は異様に光り輝いていった。

どうしてもこの術を成し遂げなければいけない。早く早く完璧に——それですべてが終わるのだ。

悪い夢を見た気がした。かなしくて、とてもつらい夢——。

リクトが目覚めたとき、まず目に入ったのは寝台の脇に置いてある椅子に座っているエレズだった。一瞬、また面会にきてくれたのか——と旧い記憶のなかの場面と混同した。

「……よかった、起きたのですか。あなたは三日ほど眠りっぱなしだったのですよ。王宮に影のような竜がやってきた件は聞きました。アダルバートとふたりで活躍したそうですね。弟子たちが優秀で、わたしも鼻が高いです」

「はい……」と返事をしながら、リクトはゆっくりと起き上がる。

違う。ここは悪臭に満ちた地下牢じゃない。リクトがいつも寝起きしているハイド地区の工房の部屋だった。

あれから三日も経ったのか。眠っているあいだずっと王子の記憶のなかにいた。地下牢での出来事は強烈で、からだにその悪臭が沁みついているのではないかと錯覚するほどだった。

「……エレズは国境の村からいつ戻られたのですか?」

「わたしが戻ったのはつい先ほどです。今回の竜もどきの件は、自ら錬成した竜に殺されたらしいルリシアの者たちが国境付近で見つかったので、やはり他国の陰謀だったと判明しました。ハイド地区の警戒態勢もとかれたし、わたしも危険人物ではなくなりました。あとはルリシアに対してどうするのか、政治の仕事でしょう」

「そうですか、よかったです」

今回の騒動が解決したと知って安堵《あんど》したが、リクト自身の問題はいまだ謎が残っている。

「なにか食べますか? 向かいの食堂のあなたのお友達が鍋にシチューをいれてもってきてくれたそうです。それをあたためるくらいなら、わたしにもできる」

「いえ、大丈夫です。自分でやります」

エレズにまかせたら竈《かまど》の火にかけるのではなく、錬金術の炎で鍋ごと燃やしかねなかった。

それにいまのリクトは食欲よりも優先しなければならないことがある。

「……エレズ、聞きたいことがたくさんあるのです。もしかしたら、僕がいやな思いをすることであっても、嘘をつかずに教えてください」

エレズはしばしの沈黙のあと「――はい」と頷《うなず》いた。

「僕のなかにはエリオット王子の記憶があります。そして神人のレナート様は、僕が王子自身だといいました。だから、だいたいは把握しているつもりなのですが……それでもよくわからないことがある。……結局、僕は誰なのですか？　エリオット王子だといわれても、性格は違うと思いますし……でも、先ほど起きたときみたいに、エレズを見て地下牢にきてくれたんだ――と感じて、王子の感覚が混ざることもある。……それでも、リクトとしての自分が消えるわけでもないですし……」

「――あたりまえです。消えたら困るでしょう。あなたはリクトなのだから」

きっぱりといわれて、リクトは心のなかでもやもやしていたものが少し晴れた。

「リクトで良いのですか……？」

「他の誰になりたいのですか？」

そう問われると、リクトでいたい――としか答えようがないのだった。

エレズはおかしそうに微笑んでから、小さく息をついた。

「わたしからも知っていることを話しておきましょう。……王子に三十年経ったら毎年王都で自分に似た子どもがいるかどうか探してくれといわれましたが、ほんとうに見つかるかどうかは半信半疑でした。器としてのあなたは地下牢で王子に錬成されて彼の魂を込められてから、彼が契約していた竜によって〈果ての島〉で人のかたちになるまで育てられた。あそこは時間の概念が違うから、どうやって過ごしていたのかはわかりません。神人のレナートの話と合わせると、王子の竜——ジュリアスは約十年前にこの世界に影響を与えすぎるという理由で、レナートによって滅ぼされたようです。あなたはいままでの例でいったら、赤子の姿で相応《ふさわ》しい家の人間に預けられるのですが、オッドアイの目印がなかったからジュリアスがずっと〈果ての島〉で手元においていたらしい。十年前にジュリアスがいなくなったので、あなたはそのときに地上に降ろされた。それから人買いに捕まえられたのでしょう」

ではは自分も〈果ての島〉にいたことがあるのか。記憶がまったくないので、妙な感じだった。

「エレズは奴隷商人のところで僕を見つけたとき……すぐにわかったのですか。リクトという名前は、自分で名乗ったのでしょうか」

「ええ……姿かたちもそうですが、なによりも〈黄金の力〉がありましたから。あなたの力にはストッパーがかけられていて、一見ふつうの子どものようにも見えるのです。オッドアイでないこともそうだし……王子が錬成するときに細工をしたのでしょうね。いままでどおりの器はつくらなかった。ある意味、古代王国を滅ぼした大錬金術師の因縁を断ち切ったのです。ちょうど竜もジュリアスは消えて、カトルになった。それから……あなたは記憶がないのに、名前だけはしっかりと『リクトです』といっていましたよ」

地下牢で王子が錬成陣を描いていたときの光景を思い出すと胸が痛む。もう正気を失っているようだったが、あんな状態でも必死に竜に抗っていたのか。そしてなによりも、この肉体を錬成するとき、素材の一部となった異世界の男の子である理玖斗……。

『リクト』という名前にしたのは、王子の罪ほろぼしなのか。せめて名乗らせて、新しい人生を与えたかったのか。

「エレズは——僕が王子とは違うとわかったとき、がっかりしませんでしたか。イメージとしては、元の人格で過去の記憶もしっかりしたまま生まれ変わってくると思っていたのではないですか」

「まさか……がっかりするわけがない。あなたは、エリオット王子の魂をもっているけれど……彼が王宮に生まれていなくて、忌み子と蔑まれなくて、素直な心のまま錬金術師に育てられたらどういう人間になるのかという実験例なのです。とても興味深く観察させてもらいました。退屈するひまもなかった。楽しかったですよ。それに、あなたは自分でいうほど王子とまったく異なるわけじゃない。重なる部分もかなりあります」

実験例——決して感情に流されないエレズらしい表現に、却って救われた。

たしかにリクトとしての意識ははっきりとあるのに、過去の記憶が頭のなかに流れ込んできてからは、王子の感覚が自然に自分に溶け込んでいると感じる。

それでいいのだ――と思えれば楽なのだけれども、王子のからだをリクトが乗っ取っているみたいで申し訳なくも思うのだった。

「……子どもの頃は、王子そのものの人格がでることもあったのですよ。魂がまだからだに馴染んでないせいだったのでしょうが……あなたが時々意識を失って記憶がなくなっていたのはそのせいです。あなたの自我の発達に影響があるといけないから説明はしませんでしたが」

持病だと思っていたが、それが原因だったのか。時おり、心のなかから自分ではないものの声が聞こえたような気がすることもあった。あれはすべて……。

「僕が気を失ったとき……王子がでてきていたのですか。エレズは年々症状がでなくなるといいました。じゃあ、王子のほうが消えていったという意味なんですか」

「いいえ。あなたのなかに王子が別人格として存在していたとか、そんなにはっきりしたものではないのです。断片的というか、持続性もないもので……うわごとをいったのが、王子に似ていたとか、そんなレベルです。たとえるなら王子の残り香が漂っていたようなもので……決してあなたがいるせいで、王子が消えたというものではありません」

そうはいわれても、リクト自身がずっと自分が消えるのではないかと考えていただけに、反対の立場だったのかと思うと心穏やかではなかった。

エレズは「それに――」と声を落とした。

「あなたに王子の記憶があるなら、わかるはずです。彼の人生はつらいものだった。彼は彼のままでもう一度生まれたかったとは思わないかもしれない。あなたみたいに生まれたかったのです。……あなたを育てていて、わたしはそう感じました。あなたのなかにちゃんと王子はいます。その証拠に、こうしてアダルバートの工房で彼とふたりで暮らしている。彼と生きたいと思っているのではないですか？　……あなたたちが共にいることを見届けるのが、わたしの師匠としての最後の仕事です」

当時からおそらくエレズはわかっていたのだろう。王子とアダルバートが愛し合っていたことを。

地下牢で王子が「『わが主』といったのは、僕に対してではなく、伝説の大錬金術師に対してなのだな」と問いかけたとき、エレズは「その答えはいずれわかります」と発言していた。

そう――エレズはリクトが特別なオッドアイをもっていなくても、錬金術が上達しなくても、「あなたはそれでいい」というだけで、あるがままの姿を受け入れて見守ってくれた。なんの得もないのにここまで育てあげて、アダルバートのもとに送りだしてくれた。

十年――長い時間をかけて身をもって示してくれた答えに、リクトは胸が熱くなる。

「……エレズ……」

「――あなたは、あなたらしくいればいいのです。誰もあなたに王子になってくれとは思っていません」

うか。

エレズがそう思ってくれるのはありがたかったが、そうではないひともいるのではないだろうか。

「……彼はエリオット王子だったらいいと――僕がエリオットの魂をもっているといわれたら、がっかりするのではないでしょうか。もっとエリオット王子そのものだったらよかったのに、と。それが申し訳ない気がするのです。ふたりに対して……」

エリオット王子とアダルバートが深い縁で結ばれていると思えば思うほど、自分ではなくて、王子がそのまま甦ればよかったのではないかと考えてしまうのだ。

「そんなことを気にしてるのですか。その心配は無用です。アダルバートは反対に、『リクトの意識が消えるのではないか』と気にしていたのですから」

ずっと気になっていた言葉――「お前が消えてしまうのではないかと思ってな……」。あれはやはりリクトの正体を知っていたからなのか。

「……僕が何者なのか、いつからアダルバートは知っていたのですか？」

「わたしが国境の村から戻ってきて先ほど説明するまで、はっきりとはわかっていませんでした。ただ実際になにが行われたのかは知らなくても、あなたに異世界の記憶があることで見当はついていたみたいです。最初はほんとにあなたが異世界から紛れ込んだ人間かと思ったようですが、途中から違うと気づいたといっていました。そもそもあなたには〈黄金の力〉の素養がある。〈黄金の力〉とはこの世界に残された神の力の名残なのですから、他の世界からきた人間にあるはずがないのです。異世界に詳しい術師のもとに話を聞きにいってから、その大前提に気づいて——王都に現れたわたしの顔を見て確信したといっていました」

「じゃあ……僕を見ていて、リクトの意識が消えて、王子がでてくればいいのにとは思わなかったのでしょうか」

「……それはアダルバートに聞いてください。もともと王子の記憶が流れ込んできたからといって、あなたの意識を上書きするようなことはないのですが……。もし、そうだったとしたら、王子が消えても、あなたが消えても——どちらにしても、彼には苦しいことです。だから、その点に関してはあまり追い詰めないであげてほしいとは思いますが……とりあえず彼はあなたが眠っている三日間、なにか変化があるのではないかと心配してつきっきりでそばにいたようですよ。『リクト、リクト』と何度も呼びかけながら——わたしがきてもずっと寝台のそばにいるといいはったのですが、さすがに寝不足でひどい顔をしていて見苦しいので、強制的に眠るようにといいつけて部屋から追い出したのです」

意識を失う前、アダルバートが「リクト」と呼びかけてくれた声が耳に残っている。

アダルバートはもうすべての事情をわかっている。王子の記憶が流れ込んでいたのに、いままで自分に起こっていた状況をなにも伝えずに黙っていたことが急に申し訳なくなってきた。

「……怒っていませんでしたか？」

「怒る？　なぜですか？　気になるなら、アダルバートを起こしてきなさい。部屋を追い出してから四時間は経っていますから、少しは眠ってましな顔になっている頃です」

どんな反応をされるのかが怖かったが、リクトはアダルバートの顔を見たくて寝台から起き上がると部屋を出た。

二階のアダルバートの寝室の扉をノックしてからそっと開けたけれども、誰もおらず、寝台には寝た形跡すらなかった。

どこに——？　出かけてしまったのだろうかと一階に下りて工房を覗くと、机に突っ伏して寝ているアダルバートの姿があった。

相変わらず無防備な寝顔だったが、いつもよりもさすがに疲れているように見えた。またこんなところで眠ったら風邪をひいてしまうのに——とリクトはブランケットをそっと肩にかける。

すると、アダルバートがぱちりと目を開けて、リクトを見上げた。

いきなり起きるとは思っていなかったので、心の準備ができていなくて焦る。

「あの……ご心配をかけまして——」

いいかけた途端、アダルバートは起き上がってリクトの腕をつかんで引き寄せた。リクトは座っている彼の膝の上に乗せられるかたちで、しっかりと背中に腕を回されて抱きしめられる。

頭を掻き抱くようにしながら、アダルバートはリクトの首すじに顔をうずめて安堵したような息を吐く。

「――無事でよかった」

　間近から青い瞳でまっすぐに見つめられ、吐息のような声で囁《ささや》かれると、リクトは心臓の鼓動がどうにかなりそうだった。

「アダルバート……エレズから聞いたかと思うのですが、僕は――エリオット王子でもあるみたいなのです。でも……」

なにをどう伝えたらいいのか。王子の記憶でわかったことがたくさんある。彼が無実だったこと、アダルバートを突き放したのは守るためだったこと、国のためには自分を陥れた兄王子が即位するしかないと悟って罪をかぶったこと――教えたいことはたくさんあったが、いろんな感情があふれてきて声にならなくなった。

泣きそうにゆがむ顔を見て、アダルバートは微笑みながらリクトの頰をなでる。

「どちらでもかまわない。――おまえがいとしい。どこの誰であってもだ」

エレズはその晩も「宿をとってありますから」と夕食を終えると早々に立ちあがって帰り支度をはじめた。

「泊まっていかないのですか？　もう危険人物ではないのだから、ゆっくりしていけばいいではないですか」

リクトが引き止めると、エレズはなにやら含みのある笑みを見せた。

「まだ王都にはしばらくいますよ。ただ今夜は——邪魔したくないので」

きょとんとするリクトの肩を「頑張るのですよ」とぽんと叩いてから、エレズはにっこりと微笑んで工房を去っていった。

「……帰られてしまいましたね。僕の部屋で寝てもらうつもりだったのに残念です」

リクトがしょんぼりとすると、アダルバートは無表情に「そうだな」と頷いた。

そのときにはなんとも思わなかったのだが、夕食の食器の後片付けをしているときに、遅ればせながらエレズの含み笑いの意味に気づいて、ひとりで顔を赤くした。

頑張るとは——ひょっとしてそういうことか。

しかし、やりとりが聞こえないはずはないのに、アダルバートはまったく反応していなかったから、リクトがあわてる必要はないのかもしれなかった。

先日、未遂のような出来事はあったが、その後も館でふたりきりで過ごしていて邪魔する者はないにもかかわらず、アダルバートはリクトになにもしてこない。不用意に頰をつつかれたりなでられたりしてスキンシップ自体は増えたけれども、それ以上の展開はないのだった。

いとしい——といわれたけれども、精神的な意味なのだろうか。そもそもアダルバートは男色家なのだろうか。王子とも結局プラトニックだったみたいだし……。

初めて工房を訪れたときと同じようなことを考えていると気づいて、リクトは自らの進歩のなさに落ち込んだ。

片づけを終えて工房に戻ると、アダルバートは机に向かって本を読んでいた。文字を追っている理知的で美しい横顔を見ると、自分がくだらないことを考えていたのが恥ずかしくなる。

「——今夜は、なにかお手伝いすることありますか?」

「ない。俺ももう寝る」

「そうですか。では僕も今日はこれで失礼させていただきます」

リクトが立ち去ろうとすると、アダルバートは「待て」と腕をつかんできた。

「寝るなら、俺の部屋に行っててくれ。俺もすぐに行く」

「——」

リクトはごくりと唾を呑む。

「あの、それは……どういう意味で……」

アダルバートは一瞬眉をひそめたものの、リクトがみるみるうちに耳まで真っ赤になるのを見て噴きだした。

椅子から立ち上がると、赤くなっているリクトの頬をなでて、前髪をかきあげて額に唇をおとす。

「――今夜は勘違いではない。俺の部屋でひとりで寝ろという意味ではなく、おまえが畏れているようなことをしたいのだが……許してくれるか」

「…………」

はい、と答えたつもりだったが、緊張しすぎて声になっていなかった。

「そんなに赤くなられると、俺はなにもできなくなるのだが。……もう少し待つつもりだったが、さすがに我慢できそうもない」

いとしげに髪をなでられ、再び額やこめかみに唇を押しつけられて、リクトは腰の力がぬけてしまって立っているのもあやしくなった。

「で、では――お待ちしています」

どうやって自分がその場を離れて、二階まであがったのか覚えていない。リクトはアダルバートの部屋の扉をやっとの思いで開けると、そのまま寝台に倒れ込んだ。

しばらく動けなかったが、最初から横になっているのも変なような気がして、起き上がって座って待っていることにした。

しばらくすると、部屋の扉が開いてアダルバートが入ってきた。彼は部屋にある燭台《しょくだい》の灯りをすべて消して、枕もとのテーブルのランプに新たに火をいれた。

ほのかな灯りに照らされた空間の沈黙が耐えられなくて、リクトは口を開く。

「……以前、秘密だといわれましたが……いまならお聞きしてもいいですか。アダルバートは男色家なのですか？」

「――――」

アダルバートは一瞬なんともいえない表情を浮かべてからためいきをついた。

「いま聞いてもいいような雰囲気でもない気がするが。まあいい。……俺は好きになったら、男も女も関係ないと思う。そういう意味では男色家にもなりえる未分化の存在だ。……とはいえ、初恋もまだなので、偉そうなことはいえないが」

ちらりと悪戯《いたずら》っぽい視線を向けられて、以前「おまえは男色家なのか」と問い返されたとき、リクトが堂々と述べた意見をそのまま真似されているのだと気づいて首すじまで熱くなった。

「からかっているのですね」

アダルバートは声をたてて笑ってから、寝台に座っているリクトの前にいきなり跪《ひざまず》き、その両手を握りしめた。

「――からかってはいない。……好きになったら、相手が男でも女でも誠意を尽くしたい。おまえはそういう恋がしたいといっていたのだろう？　俺もおまえには誠意を尽くそう。俺のものっているものはなんでもおまえに与える。だから、代わりにおまえは俺のものになってほしい」

真摯な眼差しに釘づけになって、すぐには返事ができなかった。アダルバートはリクトの手の甲に誓いの印のようにくちづける。

「——俺では駄目か？」

リクトは「とんでもない」と横に首を振った。

以前、アダルバートが王子の手をとって、ふたりで王宮を出ようと話をしていた場面を思い出した。いまも昔も変わらず、彼は誠実だった。

アダルバートは安堵したように微笑んで、寝台のリクトの隣に腰を下ろす。

「では、きちんと返事をしてくれ」

「は……はい」

顔を覗き込まれて、誓いの仕上げのように唇にキスをされた。

どこに目線を合わせたらいいのかわからずに、リクトはうつむく。

「……アダルバートは普段愛想がないのに、こういうときにしゃべる台詞《せりふ》は、いったい脳のどの辺りの部分で考えているのですか」

恥ずかしさのあまり、つい憎まれ口を叩いた。

「……このあいだ、『こんなかたちではいやです』と泣かれたからな。あれは応えた。だから不安にさせないように——俺なりに精一杯考えたんだが」

アダルバートはおかしそうに唇の端をあげると、リクトの頭をひきよせて額をこつんと合わせてきた。

「……ほんとうは俺はもう一生弟子をとるつもりはなかったのだ。なのに、いきなり工房に居候がきたと思ったら、いつのまにか心にまで住みつかれてしまった」

　着ているものをすべて脱がされると、心臓の鼓動はさらに速くなり、心もとないような気持ちになった。

　先ほどまでは部屋が薄暗いと感じていたのに、ベッドの脇のテーブルに置いてあるランプの灯りでさえも明るすぎる気がして、頬がじんわりと羞恥に火照る。

「あ、灯りを……」

　リクトがランプを消そうと手を伸ばしかけると、アダルバートが「駄目だ」と手首をとらえる。

「――おまえの可愛いところが見えなくなる」

　全裸になったアダルバートは、以前裸の上半身を目にしたときに感じたように、細身ながらも鍛えられた綺麗なからだつきをしていた。美しい顔も相俟《あいま》って、まさに芸術家が彫り上げた彫像のようだ。

「……でも……恥ずかしいのです。僕はアダルバートみたいに魅力的なからだをしていませんし」

「おまえは鏡を見たことがないのか？　このあいだ、おまえの肌に一度ふれてから、俺がどれだけ劣情を堪えていたのか……それも理解してないのだろうな」

意外な発言だった。ふたりきりでいてもアダルバートは変なそぶりなどまったく見せなかったし、つい先ほどまでほんとうに男色家なのだろうかと訝っていたくらいなのに。

「やはりなにもわかっていない。――おまえを可愛くないと思う男なんて、たぶんこの世にいない」

それはいくらなんでも欲目なのでは――と思ったが、口にはだせなかった。

アダルバートがあやすようにリクトの唇の周りを指でなぞり、開けさせた口に深く唇を重ねてきたからだ。

生きものみたいに潜り込んできた舌が、ゆっくりと口のなかを支配していく。

「ん……」

蜜がからまり、熱い息がこぼれるキスに、リクトは眩暈を覚えた。

くちづけの合間に目にするアダルバートの端整な顔は、絹糸のような長い黒髪に縁どられていて美しく、見ているだけで胸が落ち着かない音をたてる。

「ほんとうに色が白いのだな……」

アダルバートは上体を起こすと、あらためてリクトの裸体を眺めて感心したように呟いた。

白雪のようだといわれるリクトの肌は、つややかで肌理《きめ》が細かかった。

ふれたら溶けてしまいそうな肌に、アダルバートはそっとくちづけていく。

「──あ……」

白い胸のなかでピンク色に色づいている部分を指の腹でさすり、尖《とが》ったところを舐《な》めて吸う。まるで果実でも食べているみたいに丁寧に味わわれて、リクトは真っ赤になった。

「……あ……や……」

「……このあいだふれたときから、もう一度こうしたくてたまらなかった」

アダルバートの興奮した息遣いを感じて、胸をいじられているだけなのに下腹のものが疼《うず》いて昂《たかぶ》ってくる。

恥ずかしくてどうしようかと思っていると、アダルバートが反応しているものに手を伸ばしてくれた。

自慰の経験はあったが、ひとの手でふれられるのとは感触がまるで違う。自分よりも大きな手で、繊細な指づかいで刺激されると、たちまち蜜があふれだす。

先走りをからめるように指で先端を強く押されて、あっというまに限界がきてしまいそうだった。

「あ、アダルバート、もうあまり……」

唇を吸われて口のなかを舌で犯されると、下腹の疼きと直結して、もう我慢ができなかった。

「──ん……」

ほどなくリクトはアダルバートの手のなかで達した。勢いよく飛び散った体液が腹や胸を濡《ぬ》らす。

それらを指ですくいとると、アダルバートはリクトの胸へとなすりつけて、ていねいに舐めはじめた。

体液で濡れた乳首を舐めて、リクトの顔を見上げるアダルバートは、普段は理知的な青い瞳がどこか熱に浮かされているように見えた。情欲に突き動かされている姿も、いつもとは違った荒々しさがあって魅力的で——。

視線が合った途端、リクトは頬が燃えるのではないかと思うほど熱くなった。

「おまえはすぐ赤くなる」

「……こんなことされて——赤くならない人間がいるのですか……」

アダルバートはおかしそうに唇の端をあげたが、そんな表情ですらも普段とは違って艶っぽく映った。表情そのものはいつもどおりでも、瞳が欲情の熱で潤んでいるように見えるからだ。

「——これから先のことがしにくい。まだ俺はなにもしてないのだが」

アダルバートが上体を起こしたので、その男の部分が大きく張りつめているのが見えた。鍛えられた上半身は見事に引き締まっていて、腹の下で屹立《きつりつ》しているものは逞《たくま》しい。

リクトはますます首まで真っ赤になって、目をそらした。

アダルバートはなだめるように火照った目許にくちづけを落としてくる。かすかに息遣いが荒い。

ふいに腰の後ろに手を回されて、リクトは一瞬からだをこわばらせる。

男色行為がどういうものかは知識としてはあったが、すでに頭のなかが真っ白になってしまっていた。

アダルバートはリクトの足を開かせて、腰をあげさせると、交わるための場所にそっと指を這わせた。

薄い草叢《くさむら》をなでて、射精したばかりの中心のものに息をふきかける。

いきなり口に含まれて、リクトはさすがに仰天した。

「アダルバート、いいです。そんなことはしなくても……あ」

アダルバートは感じやすい先端に舌を這わせて、たくみに吸いあげてくる。敏感な部分を刺激されて、若いからだはすぐに反応した。

さらに足を大きく広げさせられて、再度腰を浮かせられた。足の付け根に荒い息を感じると思ったら、信じられないところに唇をつけられた。

「アダルバート……や――いやです」

「『いや』ばかりいわれていると、なにもできない」

舌で濡らされて指でさぐられると、窄《すぼ》まりがひくつくのがわかって、いたたまれなくなった。

次にオイルのようなものをしたたらせて、マッサージされた。丁寧に指で内部を刺激されると、リクトのものは再びはっきり芯をもった。

もうなにか文句をいうのも恥ずかしくなって、行為の間中、リクトはずっと顔をそむけて片手で目を隠していた。

しかし途中でアダルバートがその手をつかんで、手の甲にくちづけて外してしまう。そんなことをされたら、再び顔を隠すわけにもいかなかった。

「……乱暴にはしない」

アダルバートが囁くようにいう。瞳の奥には抑えがたい荒々しい熱があったが、同時にどこかせつなそうだった。

「おまえがいとしい。だから……無理にはしたくないが――おまえがいつもそばにいて、なにもしないでいるのは難しい」

ひょっとしてリクトが行為をいやがったり怖がったりしていると思われたのだろうか。顔を隠したりしていたから？

誤解されるような態度をとったのが申し訳なくなって、リクトはあわててかぶりをふる。

「……いやなのではありません。ただ経験のないことなので、恥ずかしくて――僕もなにかしたほうがいいですか。……教えてください」

「なにもしなくていい。ただ、俺に恥ずかしいことをされても、少しだけ我慢してくれ」

アダルバートは微笑み、あやすようにこめかみにくちづけてきた。リクトは「はい……」と目許に熱を覚えながら頷く。

リクトの足をかかえあげると、アダルバートはゆっくりと腰を押しつけてきた。先ほど丁寧に慣らした場所を押し開くようにして、硬いものが入ってくる。

リクトの狭い場所は、一気に大きな性器を呑み込むことはできなかった。アダルバートが困ったように眉根を寄せる。

「――力を抜いてくれ」

「……あ」

「いい子だから――リクト。……おまえを愛したい」

低く甘い囁き声は耳からからだの奥を疼かせて、ひどく心臓に悪かった。

ついばむようにやさしく唇を吸われると、全身のこわばりもとけて、硬い熱を受け入れている場所も緩んだようだった。

いったん深く挿入すると、アダルバートは動きを止めて、リクトの額の髪をかきあげてキスを落とした。

「――つらくないか」

リクトが頷くと、アダルバートはさすがに我慢できなくなったように熱い息を吐いて、腰をゆっくりと動かしはじめる。なじんだものが引き抜かれて、また奥深くに入ってくる感覚にぞくぞくした。

指で慣らされているときに心地よかった場所を、逞しいもので直接刺激されているので、あっというまに快感が膨らんでいく。

いままで経験したことのない淫靡《いんび》な熱に、リクトはとまどいながら喘《あえ》いだ。

「あ……あ、や」

大きなものを呑み込んでいる部分が、悦びに震えて、硬い肉を締めつけてしまう。

「リクト——」

アダルバートの声も興奮にかすれていた。はじめはゆるやかだったが、徐々に動きが激しくなり、リクトのからだを奥まで貫く。

両足をかかえあげられ、深く腰を入れられて突き上げられるたびに、快感が背すじを走って、昂奮《こうふん》が涙となって目尻ににじむ。

「——や……アダルバート。あ」

締めつけが心地いいのか、アダルバートは「は……」と荒い息をもらす。硬いもので粘膜を擦られつづけて、リクトは再び昂ってしまいそうだった。内側から感じる刺激が強烈すぎて困惑する。

「……アダルバート——あまり激しくしないでください。少し……怖いです」

初めての経験にとまどいながら頼むと、アダルバートは無言のまま、リクトの朱に染まった顔を見つめてきた。唇からかすかに漏れる荒い息遣い。欲情に濡れた瞳が揺らぐ。

「――すまない」

許しを請うように額にくちづけると、アダルバートはさらに荒々しく腰を突き入れてきた。

「あ……や――」

リクトの口をキスで封じながら、肉が馴染んでゆくのを愉しむように腰を動かす。

「リクト……」

切羽詰まったような声が彼の昂ぶりを伝えてきて、耳の奥まで熱くなる。つながったまま唇を合わせると、脳が溶けてしまいそうだった。

しがみつこうにもからだの力すら入らなくなって、リクトはつながった熱に支配されるだけになった。そのうちに動かされても引き裂かれるような恐怖はなくなって、甘い心地よさだけが残った。

リクトが再び達すると、それに合わせるようにアダルバートが荒々しく動き、からだの奥深いところを精で濡らす。

余韻の甘さに浸りながらくちづけを交わしているうちに、ほんとうに身も心も溶けてしまって、かたちがなくなるのではないかと心配した。

アダルバートの体温に抱かれて眠った夜、リクトは夢を見た。

山村の春の風景が見える。まだエレズの工房に引きとられて間もない頃——庭にある椅子に座って本を読んでいるリクトがいた。

工房に誰かお客がきたようなので、裏口から覗いてみると、見知らぬ若い男だった。長い黒髪をした綺麗な男——アダルバートだ。当時のリクトは大人の男を見ると奴隷商人を思い出してしまうので、エレズ以外の他人が怖かった。

リクトはおとなしく椅子に戻ると、再び本を開いて読みはじめた。そこでふっと気が遠くなって意識を失った。

幼い頃はよくこの症状がでていた。目覚めると、前後の記憶が欠けているのだ。やはりこの症状のせいで、アダルバートが工房に訪ねてきたことを覚えていなかったのだと納得する。

いつもなら記憶はなくなってしまっているはずなのに、夢のなかでは続きが見えた。

気を失ったはずのリクトが目を覚まして、辺りをきょろきょろと見回す。本が手元にあったので何事もなかったように開いて読みはじめる。

気を失ったときには、王子の人格がでてきていたとエレズはいっていた。

では、このときアダルバートに出会ったのは王子だったのだろうか。

工房に地元の客がきたので、アダルバートが席を外すために庭に出てきた。そして椅子のところに座っているリクトに声をかける。

「なにをしてるんだ」

リクトはじっとアダルバートの顔を見つめてから、ふわりと微笑んだ。

もしこのときに王子の意識があったのだとしたら、どんな思いでアダルバートを見つめていたのか。エレズはリクトのなかにはっきりとした王子の別人格があるわけではないといっていた。断片的なものしかなくて、たとえるなら残り香のようなものだと——。

「読めない文字があるから教えてほしい」

アダルバートはリクトを見てやや複雑そうに考え込むような目をしていた。

プラチナブロンドの子どもということで、この子に王子の面影があるのだろうかと、消えた記憶を必死に辿っていたのかもしれなかった。

アダルバートがあきらめたように吐息をつき、椅子に腰を下ろした途端、リクトはその背中に回って「長い長い」と無邪気に黒髪を引っ張った。

アダルバートは驚いたように振り返る。

「——よせ」

「だって綺麗な髪だもの」

リクトは楽しそうにアダルバートの髪を手で梳《す》きながら三つ編みにしはじめた。

本来のリクトならば、あの時期に見知らぬ男にこんなふうに親しくさわれるわけがない。これは間違いなく、王子の人格が表にでているときだった。

アダルバートは王宮で暮らしていた頃、王子に髪を三つ編みにされたことを覚えてないのだろうか。その記憶は消えてしまったのか。でも王子は覚えている。リクトのなかに残り香のように存在していた彼は……。

アダルバートは髪を編まれながら不服そうな顔をしていたが、リクトが鼻歌をうたっているのを見ると、いつのまにか目を細めていた。子どものすることだから仕方ない、というように。

会えた、会えた——。

鼻歌をうたいながら、リクトが心のなかでそういっているのが聞こえてきた。いや、リクトのなかの王子が——。

そこで夢から覚めた。リクトはなんともいえないせつない気持ちになって、隣に眠っているアダルバートの顔を覗き込む。

「——どうした……?」

眠りが浅かったのか、アダルバートがふいに目を開けてたずねる。

いま見た夢の話をしようかと思った。でも、これは自分の胸におさめておくべきことのような気がして——。

「……なんでもありません」

話す代わりに、リクトはアダルバートの頬にそっと唇を寄せた。

警戒態勢が解かれたおかげで、兵士たちが街をうろつくこともなくなった。観光客も戻ってきて、ハイド地区は以前の賑わいを取り戻している。

影のような竜が王都に現れた件はかなりの話題になっていた。ギルドの錬金術師が活躍した噂も広まっていて、いまハイド地区の工房では竜関係の商品が売れ筋になりつつあるという。

そんな世間の時流とはまったく無縁な工房の弟子であるリクトは、師匠との外出の前にアビーの食堂に立ち寄った。

「——へえ、いまからギルドに登録しにいくの？　で、やっと正式な弟子なのか。よかったじゃん」

「はい。アビーのおかげです」

アビーは「へ？　俺？」と目を見開く。

「俺はなにもしてないけど」

「王都に出てきて、僕が心細いときに一番最初に親切にしてくれたひとですから」

「なんだ。そんなの気にするなよ」

アビーは照れたように笑ったあと、「ところでさ」と声をひそめる。

「おもしろい客がきてるんだけど。三日ぐらい連続で。……あれ、カトルと一緒にいるのが、例のご主人様なんだろ？」

アビーの示すほうを見ると、窓際のテーブルにレナートとカトルが座っていた。

レナートは憂いを含んだ表情でお茶を飲み、向かい側に座っているカトルはスフレケーキにがつがつとフォークをたてている。

「あのご主人様、本物だな。さっき注文とりにいったら、『この馬鹿には紅茶とスフレケーキを』ってさらりとクールにいってたよ。よくわからない世界ってあるんだな」

決してそういう関係ではないのだが——神人という説明ができないので、リクトは適当なごまかしを思いつかずに否定しそびれてしまった。

「でも、カトルさんの主は僕なんですよ。レナート様は二番目だということになって」

アビーは「え」と驚く。

「いつのまにそんな関係に」

「主って柄でもないんですが、成り行きでついなってしまって……。ちょっと挨拶してきます」

「あんたほんとにすごいな」

アビーの誤解された賞賛を背に、リクトはレナートたちのテーブルに近づいた。

「こんにちは」

レナートは微笑んで頷き、カトルはぎろりと「なんだよ」と睨んでくる。

「アダルバートの弟子になったので、ご報告です。レナート様たちはお得意様ですし、今後もよろしくお願いいたします」

レナートは片眉をあげてみせる。

「……まだ弟子ではなかったのか」

「はい。昨日エレズにあらためて報告して、今日ギルドに登録にいきます。そしたら正式に弟子です」

「そうか。あの男に飽きたら、十二番目の席があるから、いつでもわたしを訪ねてくるといい」

以前にも同じようなことをいわれたのを思い出す。カトルがものすごい目で睨んできた。

「おまえ、調子にのるなよ。カトルの主になったからといって、ほんとうのご主人様はレナート様に変わりはないいんだからな」

「それは知ってますが……できれば、僕とも仲良くしてもらえるとうれしいです。僕はカトルさんを可愛いと思っているので」

しゃべるトカゲ姿がとくに――と思ったが、喜ぶか怒るかわからなかったので黙っておいた。

カトルは顔を赤くしてリクトを睨みつける。

「なにいってるんだ。カトルをおだてても無駄だからな」

「そうではないのですが。せっかく新しい関係性ができたのに、いままでのとおりというのも残念だなと思っています」

そう——竜の主になったというのに、とくに変わったことはない。期限付きとはいえ、それなりの覚悟をして契約しただけに、少し拍子抜けしているのも事実だった。

だが、いままでの竜の主の悲運を考えたら、なにもないのが一番の幸せかもしれない。

「——リクト。そろそろ行くぞ」

呼ばれて振り返ると、アダルバートが食堂に迎えにきていた。これからギルドの本部に行くのだが、彼は勝負服の老人ではなく青年の姿のままだった。

レナートが「ほう」と感心した声をあげる。

「普段の外出もほとんど老人姿だったおまえが……どんなに頑固であっても、やはり弟子ができると、心境に変化があらわれるのだな。まるで人間みたいになったではないか」

「……俺はもとから人間だ」

アダルバートは冷たく一言返しただけで、「行くぞ」とリクトに告げる。

食堂を出る際、アビーがきょとんとしたようにリクトたちを見ていた。

リクトが「またきますね」と手を振ると、アビーはつかつかと近づいてきて、いきなり小声で囁いた。

「……だ、誰？　隣に見たことないやついるけど」

「誰って——アダルバートですよ。……ああ、アビーは勝負服のときしか知らないのですよね。

紹介します」

「え。じーさんなの？　嘘だろ？」

アビーはぽかんと口を開いてアダルバートを見つめた。それはそうだろう。生まれてこの方、ずっと白髪白髭の老人だと思っていたのだから。

「アダルバート。こちらが僕の友達のアビーです。いつもよく話してる……」

アダルバートは一歩前に進みでてくると、腕を組んでじっとアビーを見つめた。

「知ってるぞ。この食堂の子どもだろう？　鼻たらしてた頃は、よく俺の工房の呼び鈴を鳴らして悪戯してくれた――」

「………」

アビーは硬直した表情になって、気まずそうに冷や汗をたらしながら「すいません……」と目をそらした。

どうやら話が弾みそうもない雰囲気だったので、リクトはアビーに「じゃあギルドの本部に行ってきます」と声をかけて、アダルバートと一緒に食堂を出た。

「――駄目ではないですか、アダルバート。なんでアビーにあんな脅しみたいなことをいうのですか」

「脅しに聞こえたのか？　純然たる過去の事実を告げただけだが」

「だって、アビーが固まってました」

「それはやつの行いのせいだろう。俺は知らん」

「仲良くなってもらえるかと思っていたのに……残念です」

リクトがしょんぼりとするのを見て、アダルバートは苦笑した。

「——では、おまえの友達なのだから、今度顔を合わせたときには『子どものときの悪戯など気にしてない』と伝えよう」

アビーは以前アダルバートが顔を合わせても挨拶もしないといっていたのだから、これはたいした進歩だった。

「アダルバート、大人ですね」

「俺はものすごく大人だ」

リクトが「はい」と笑顔になると、アダルバートは「おまえは結構たちが悪いな」といやそうな顔をした。

「アダルバート。そういえば、レナート様に以前にいわれて、また今日も同じことをいわれたのですが、十二番目の席とはなんのことだかわかりますか？　空けておいてやるとか」

「レナートがそういったのか？　それは愛人の席だろう。竜人は気に入った人間を〈果ての島〉に連れていくからな」

「愛人……」

考え込むリクトを見て、アダルバートは眉をひそめた。

「愛人になりたいのか？」

「まさか。ただ神なる種族の愛人となったら、どういうお手当がもらえるのだろうと考えていたのです」

アダルバートは眉間に皺をよせると、頭痛をこらえるようにこめかみを押さえた。

「なるほど。実におまえらしいな」

「それに――僕にはアダルバートがいますから」

なにも反応がなかったので、聞こえなかったのだろうとリクトはアダルバートの顔を仰ぎ見た。

アダルバートは無表情だったが、リクトの視線に気づくと少し照れたように口許をゆるめた。

「当然だ」

ギルドの本部に向かうためにメイン通りを歩いていると、いつものようにカロンの工房の混雑が目に入る。リクトは工房の様子をちらりと横目で窺《うかが》った。

アダルバートが「気になるなら見てこい」というので、少し中を覗いてくる。

「――どうだった？」

「竜関係の石や霊薬をとりそろえていて、さすがだなと思いました。いま、例の事件のせいで竜が流行《はや》りなのですよ。僕が竜の主だということで、それを強調したまじない石でも売りだせないでしょうか」

「竜というより、トカゲの主だから難しいだろうな」

「それも愛らしいと思うんですが、無理ですか」

「まあ、やる気があるなら工夫してみればいい。それより早くギルドに行かなければ、おまえはまだ正式な弟子ですらないのだが？」

アダルバートはあきれた顔を見せながらも、「……まったく」とやさしくつつみこむような眼差しをリクトに向けてくる。

数ヶ月前、初めてアダルバートの工房を訪れて「俺は弟子はとらない」とにべもなく突き放されたときには、まさか彼との関係がいまのようになるとは想像すらしていなかった。

何者かもわからなかったリクトがずっと欲しかった自分の居場所——そして、彼の工房に弟子としていることは、エリオット王子の夢を叶えることでもあるのだ。

偏屈で無愛想なところもあるが、錬金術師としては優秀で——なによりも誠実で、生まれる前からの運命のひと。

「はい。急ぎましょう」

そばにいられるのがとても誇らしい気持ちになって、リクトは師匠であり恋人でもあるアダルバートの隣に並んで歩きだした。

あとがき

はじめまして。こんにちは。杉原理生《すぎはらりお》です。

このたびは拙作『錬金術師と不肖の弟子』を手にとってくださって、ありがとうございました。

今回は趣味全開のファンタジー設定で、黒髪ロング美形錬金術師と敬語の美少年弟子という夢のカップル（個人的に）となっております。プロットの段階から張り切りすぎたせいか、最初うまくキャラクターが動かなかったのですが、ふたりとも理想を捨てて少し性格的に間の抜けた部分をつくったらうまくいきました。錬金術とか竜とか過去の因縁とかでてきて頁も長めのお話ですが、最後まで読んでいただけるとありがたいです。

さて、お世話になった方に御礼を。

イラストはｙｏｃｏ先生にお願いすることができました。ファンタジー設定で書くならぜひｙｏｃｏ先生に描いていただきたいという念願が叶ったのですが、スケジュールの件でご迷惑をおかけすることになってしまって大変申し訳ありませんでした。とんでもない進行で描いていただいたにもかかわらず、出来上がりのイラストはカラーモノクロともにどれも繊細で美しくて感激いたしました。とくにカラーはそれぞれ独特の雰囲気があって、色使いの素晴らしさを堪能させていただきました。モノクロは上半身裸のアダルバートのカットが色っぽくてお気に入りです。お忙しいところ、ほんとうに素敵な絵をありがとうございました。

お世話になっている担当様、今回もご迷惑をかけてしまい、大変申し訳ありませんでした。執筆に苦戦していたので、原稿の一部をお送りするたびに「楽しく読みました」といっていただけてすごく励みになりました。無理な進行に対応してくださって感謝しております。今後はご迷惑をかけないように頑張りますので、どうぞよろしくお願いいたします。

そして最後になりましたが、読んでくださった皆様にも、あらためて御礼を申し上げます。

今回のお話はずっと書いてみたいと思っていた独自設定の錬金術師の世界です。お話の初めではまだリクトは弟子ではなくて居候ですが、師匠となるアダルバートとの距離を縮めていく過程を楽しんでいただければと思います。ふたりとも特殊な世界に生きる世間知らずのひとたちなので、工房でのやりとりや脇役との絡みは書いていて面白かったです。とりあえず一冊のなかに書きたい要素をたくさん詰め込められたので満足です。

好きなものをあれこれ集めてつくった世界観のお話になりましたので、設定的に入りにくい部分もあるかと思うのですが——だからこそもし気に入って読んでくださる方がいればとてもうれしいです。

杉原　理生

この本を読んでのご意見、ご感想を編集部までお寄せください。

《あて先》〒105-8055　東京都港区芝大門2-2-1　徳間書店　キャラ編集部気付
「錬金術師と不肖の弟子」係

■初出一覧

錬金術師と不肖の弟子……書き下ろし

Chara

錬金術師と不肖の弟子

【キャラ文庫】

2016年5月31日　初刷

著者　杉原理生
発行者　川田　修
発行所　株式会社徳間書店
〒105-8055　東京都港区芝大門2-2-1
電話　048-451-5960（販売部）
03-5403-4348（編集部）
振替　00140-0-44392

印刷・製本　株式会社廣済堂
カバー・口絵
デザイン　百足屋ユウコ＋カナイアヤコ（ムシカゴグラフィクス）

ISBN978-4-19-900836-8

杉原理生の本

好評発売中

「星に願いをかけながら」

イラスト✦松尾マアタ

「慧《けい》くん、泣かないで」幼なじみへの片恋に悩んでいたある日、小さな手を伸ばして慰めてくれたのは、親友の小さな弟だった——。改装の依頼で古い喫茶店を訪れた設計士の慧。そこで再会したのは、精悍な大学生に成長した親友の弟・海里《かいり》だった!! 「あの頃から慧さんの側にいたかった」昔と変わらず無愛想なのに、その言葉は熱い激情を孕んでいて!? 可愛い弟から恋人へ——星に誓った永遠の恋♥

杉原理生の本

好評発売中

「制服と王子」

イラスト✦井上ナヲ

蔦の絡まる旧い校舎、生徒は「坂の上の囚人たち」と呼ばれる名門全寮制男子高――。期待を胸に入学した遥《はるか》だが、学年のリーダーという雑用係に任命されてしまった!! そんな遥を助けてくれるのは、同室で２年生の寮長・篠宮《しのみや》。戸惑う遥を優しく世話してくれる。他の先輩は後輩を奴隷扱いなのに、僕は距離を置かれてるの…？ 人気者の王子様と生真面目な新入生が、同じ部屋で育む純愛♥

杉原理生の本

好評発売中

［息もとまるほど］

イラスト✦三池ろむこ

17歳の夏、一度だけ従兄弟ではなく恋人として、熱く求められた二日間――。両親を亡くし、伯父の家で育った透《とおる》には、彰彦《あきひこ》は恋人以上に兄で大切な家族だった。この恋が成就しても、きっと皆を傷つける…。血を吐く想いで諦めた透。けれど11年後、疎遠だった彰彦が、なぜか会社を辞め実家に帰ってきた!!　再会して以来、優しい兄の顔を崩さない彰彦だが、時折仄暗く熱を孕む瞳で見つめてきて!?